SARAH NOFFKE
MICHAEL T. ANDERLE

DIE UNWAHRSCHEIN-LICHSTEN HELDEN

UNZÄHMBARE LIV BEAUFONT
BUCH 10

Für Kathy.
Dank dass Du mir mein erstes Fantasy-Buch gegeben hast.
Seitdem ist die Welt für mich ein besserer Ort.

Impressum

Die unwahrscheinlichsten Helden (dieses Buch) ist ein fiktives Werk. Alle Charaktere, Organisationen, und Ereignisse, die in diesem Roman geschildert werden, sind entweder das Produkt der Fantasie des Autors oder frei erfunden. Manchmal beides.

Copyright der englischen Fassung: © 2019 LMBPN Publishing
Copyright der deutschen Fassung: © 2020 LMBPN Publishing
Titelbild Copyright © LMBPN Publishing
Eine Produktion von Michael Anderle

LMBPN Publishing unterstützt das Recht zur freien Rede und den Wert des Copyrights. Der Zweck des Copyrights ist es Autoren und Künstlern zu ermutigen die kreativen Werke zu produzieren, die unsere Kultur bereichern.

Die Verteilung von diesem Buch ohne Erlaubnis ist ein Diebstahl der intellektuellen Rechte des Autors. Wenn Du die Einwilligung suchst, um Material von diesem Buch zu verwenden (außer zu Prüfungszwecken), dann kontaktiere bitte international@lmbpn.com Vielen Dank für Deine Unterstützung der Rechte der Autoren.

LMBPN International ist ein Imprint von
LMBPN Publishing
PMB 196, 2540 South Maryland Pkwy
Las Vegas, NV 89109

Version 1.01 (basierend auf der englischen Version 1.02), Mai 2021
Deutsche Erstveröffentlichung als e-Book: Oktober 2020
Deutsche Erstveröffentlichung als Paperback: Oktober 2020

Übersetzung des Originals The unlikely heroes
(Unstoppable Liv Beaufont Book 10) ins Deutsche vom:
4media Verlag GmbH

Verantwortlich für Übersetzungen, Lektorat
und Satz der deutschen Version:
4media Verlag GmbH,
Hangweg 12, 34549 Edertal,
Deutschland

ISBN der Taschenbuch-Version:
978-1-64202-562-0

DE20-0036-00052

Übersetzungsteam

Primäres Lektorat
Astrid Handvest

Sekundäres Lektorat
Anna Hunger

Betaleser-Team
Jürgen Möders
Sascha Müllers
Anita Völler

Kapitel 1

Peggy Reynolds liebte nichts so sehr wie ihr Meerschweinchen Zippers. Er war immer für sie da gewesen. Als ihr Mann sie wegen einer Tramperin verließ, die er am Piccadilly Circus aufgelesen hatte, hatte Zippers sie mit seinen albernen Mätzchen aufgemuntert. Als der Vermieter sich geweigert hatte den Ofen in diesem wirklich kalten Winter zu reparieren, hatte Zippers versucht sie mit Kuscheln warm zu halten. Und als der Arzt ihr sagte, dass sie besser abnehmen solle, da sonst ihre Gesundheit leiden würde, hatte Zippers sie nicht verurteilt, als sie nach Hause kam und sofort eine ganze Packung mit Schokolade überzogener Donuts verspeiste.

Ein treues Haustier war wichtiger als all der Reichtum, Ruhm und die Schönheit der Welt, dachte Peggy.

Sie hatte gerade Zippers am Morgen gebürstet, als es an der Tür klingelte.

»Ich erwarte niemanden. Oder doch?«, fragte sie das Meerschweinchen.

Er wackelte mit der Nase, als ob er antworten wollte.

Peggy eilte zur Tür und fragte sich, ob Fred zurück sei. Oder vielleicht war der Vermieter gekommen, um sich zu entschuldigen. Sie strich ihr Haar glatt, holte tief Luft und zog die Tür auf.

Auf der anderen Seite der Schwelle stand ein Lieferant, der eine große Schachtel Pralinen in der Hand hielt. Er war ein seltsam aussehender Kurier, mit seinem schwarzen

Irokesen und seinem unaufrichtigen Lächeln. Doch Peggys Herz hüpfte beim Anblick der bunten Schachtel in seinen Händen.

»Peggy Reynolds?«, fragte er mit tiefer Stimme.

»Das bin ich«, rief sie aus.

»Ich habe eine Lieferung«, sagte er und überreichte ihr die Schachtel.

Peggy schaute sie sich an und fragte sich, wo die Karte geblieben war. Vielleicht war sie in der Verpackung? War Fred zur Vernunft gekommen? Hatte der Vermieter gemerkt, dass er ein Idiot war?

Der Kurier drehte sich bereits um, als Peggy die Suche nach der Karte aufgab. »Muss ich nicht unterschreiben oder so?«

Er drehte sich nicht um, sondern schüttelte nur den Kopf.

Zu aufgeregt, um herauszufinden, wer den Karton geschickt hatte, schlurfte sie zurück in die Wohnung. »Zippers, schau mal, was ich hier habe!«

Mit zitternden Fingern hob sie den Deckel von der Schachtel. Da war keine Karte, aber der Geruch von zartschmelzender Milchschokolade stieg auf, der Peggy das Wasser im Mund zusammenlaufen ließ.

»Ich weiß, es ist erst morgens, aber ich sollte wirklich einen dieser Leckerbissen genießen, die mir mein heimlicher Verehrer geschickt hat«, sagte Peggy zum Meerschweinchen, das auf dem Sofa saß.

Sein Blick war nichtssagend, als sie eine Trüffelpraline aus der Mitte der Schachtel herauszupfte und sie in ihren Mund steckte. Peggy schloss die Augen und genoss das sanfte Knirschen, als sie in die äußere Schokoladenschicht biss und Karamell auf ihre Zunge sickerte. Selten hatte sie etwas so unglaublich Köstliches probiert. Es war himmlisch gut.

DIE UNWAHRSCHEINLICHSTEN HELDEN

Sie griff nach einer anderen Praline, als sie merkte, dass etwas mit ihr nicht in Ordnung war. Ihr Herz, das ihr ganzes Leben lang in ihrer Brust geschlagen hatte, blieb einfach stehen. Sie hatte keine Schmerzen. *So sollte ein Herzinfarkt eigentlich nicht ablaufen*, dachte sie verwirrt. Dann strahlte ein stechender Schmerz durch ihren ganzen Körper und ließ sie heftig krampfen. Sie schrie, umklammerte ihre Brust, betete. Aber es war sinnlos.

Zippers bewegte sich nicht von der Couch, als Peggy mit weit geöffneten Augen auf den Teppich fiel, die Brust fest umklammert. Innerhalb von Sekunden war sie tot.

✶ ✶ ✶

Der Nebel war dicht in London, als Kayla Sinclair in den Finanzdistrikt aufbrach. Sie mochte das triste Wetter nicht und noch weniger, wie sich ihr dichtes weißes Haar kräuselte.

Kayla konnte viele Dinge nicht ausstehen. Vielleicht hatte sie deshalb von ihrer verstorbenen Mutter die Fähigkeit geerbt Illusionen zu erzeugen – damit sie die Dinge so ändern konnte, dass sie ihr besser gefielen.

Es gab jedoch keine Illusion, die das Wetter ändern konnte. Kayla beschränkte sich darauf zwei bis drei Illusionen auf einmal zu erschaffen, obwohl sie damit immer noch eine der besten lebenden Illusionistinnen war. Das lag daran, dass die Sinclairs mächtig waren, weil sie die Stärke des Gott-Magiers geerbt hatten.

Olivia Beaufont hatte gesagt, dass sie zuerst den Vertreter der Sterblichen Sieben aus der Familie Luce ausfindig machen wollte. Kayla glaubte, dass das eine Lüge war. Zunächst einmal hatte *sie* die Luce-Familie, die mit dem Haus der Sieben in Verbindung stand, nicht ausfindig machen können. Einige

Familien, so hatte Talon ihr erzählt, wären schwieriger zu finden als andere. Wenn Kayla nicht in der Lage gewesen war, die Familie Luce zu finden, bezweifelte sie stark, dass die Dumpfbacke Olivia Beaufont es bereits getan haben konnte.

Zweitens hatte der Eine Kayla einen speziellen Codex gegeben, damit sie, sobald sie Mitglieder einer Familie gefunden hatte, feststellen konnte, ob sie direkte Nachkommen der ursprünglichen Sterblichen Sieben waren. Das half die Dinge einzugrenzen, aber erst nachdem Kayla die Familienmitglieder gefunden hatte. Selbst unter Verwendung von Magie war das nicht einfach oder gar schnell möglich.

Nach langer Suche hatte sie der Codex nach London geführt. Kayla grenzte den Fundort der Sterblichen Sieben für die Familie Reynolds auf diese Stadt ein und stellte fest, dass es drei potenzielle Kandidaten gab, drei Geschwister. Der Codex konnte es nicht weiter eingrenzen, aber das war in Ordnung. Kayla beschloss sich die Arbeit zu erleichtern, indem sie einfach alle drei eliminierte. Die Rolle der Sterblichen Sieben würde auf ein anderes Familienmitglied übergehen, aber nur, wenn ein infrage kommender Kandidat zur Verfügung stand. Dieser Übergang sollte laut Talon einige Zeit dauern.

»Ich werde sie einfach alle umbringen«, murmelte Kayla, der Hunger nach Tod pochte immer in ihren Adern.

Bei dem Gedanken eine ganze Familie zu töten, könnten einige zimperlich werden. In Kaylas Augen waren diese Typen schwach, da sie nicht bereit waren alles zu tun, was nötig war, um die Magie zu erhalten. Sie wollte sicherstellen, dass alle sieben Sterblichen und deren Familien für immer ausgelöscht wurden.

Sie hielt vor dem großen Bankgebäude inne und sah zu, wie Männer und Frauen in marineblauen oder schwarzen

Anzügen, die alle wichtig und beschäftigt aussahen, durch den Eingang marschierten. Sie hob ihr Kinn, um das oberste Geschoss des Gebäudes zu betrachten. Dort befand sich das Büro von Paul Reynolds. Er war eine sehr mächtige Person, die einen großen Teil des Reichtums in und um London herum kontrollierte. Sie hielt ihn für einen der Sterblichen Sieben, denn es würde Sinn ergeben, dass das geschickteste und intelligenteste Familienmitglied für diese Rolle ausgewählt würde. So funktionierte die zeitlose Magie, mit der die Gründer die ›Sterblichen Sieben‹ ins Leben gerufen hatten.

Kayla wollte sich selbst um Paul Reynolds kümmern. Seine Schwester Peggy Reynolds erhielt gerade eine Schachtel mit magisch vergifteten Pralinen von einem Kurier. Sie würde Sekunden nach dem ersten Bissen tot sein.

Ireland Reynolds, ein dürrer Streber, der einen Buchladen auf der Ostseite besaß, würde in Kürze Spencer treffen, die Illusion, die Kayla geschaffen hatte, um sich seiner zu entledigen. Es war augenscheinlich sehr wenig Aufwand nötig, um ihm das Genick zu brechen.

Aber sie würde dafür sorgen, dass Paul Reynolds sehr bald durch ihre eigene Hand sterben würde.

Kayla änderte ihr Aussehen, um sich dem der Banker anzupassen, die das Gebäude betraten und schritt aus dem Schatten heraus in Richtung Eingang. Als sie drinnen war, bemerkte sie, dass jede Person einem korpulenten Sicherheitsbeamten einen Ausweis zeigte. Kayla hatte gewusst, dass es nicht einfach werden sollte an Paul heranzukommen. Das war ein Grund dafür, dass sie wusste, dass er der Richtige war. Je schwerer zu finden oder zu erreichen, desto wahrscheinlicher war die Person einer der Sterblichen Sieben.

Als Kayla an die Reihe kam, hielt sie ein Abzeichen hoch und die Wache nickte. Sie eilte an ihm vorbei und stieg in den Aufzug. Alle stiegen aus, bevor der Aufzug in das obere Stockwerk fuhr.

Als Kayla oben ankam, wurde sie von einer Empfangsdame mit zu viel Make-up und einem hochnäsigen Grinsen im Gesicht empfangen. »Haben Sie sich verlaufen, Miss?«

In aller Ruhe schaute sich Kayla in dem modernen Büro um, in dem an der einen Wand eine juristische Bibliothek stand und an der anderen japanische Kunstwerke hingen.

Als sie die Frage der Empfangsdame nicht beantwortete, legte die Frau den Umschlag und den Brieföffner, den sie benutzt hatte, ab und stand auf. »Mister Reynolds hat heute keine Termine.«

»Das weiß ich«, sagte Kayla und schnippte mit dem Finger in Richtung des Brieföffners.

Die Augen der Frau weiteten sich, als er sich in die Luft erhob und an ihren Kopf schwebte. »Was? Was machen Sie da? Ich rufe den Sicherheitsdienst!«

»Nein, das tust du nicht«, maulte Kayla und ging an der Frau vorbei, als der Brieföffner ihr die Kehle aufschlitzte und Blut auf den Inhalt ihres ordentlich aufgeräumten Schreibtisches vergoss.

Paul Reynolds blickte alarmiert auf, als Kayla sein Büro betrat. Er war damit beschäftigt die Fische im Aquarium auf der anderen Seite des Raumes zu füttern. Sein Büro war riesig, mit einer Reihe von Fenstern, die sich über eine komplette Wand erstreckten.

»Cindy!«, rief er und startete nach vorne, blieb aber in der Nähe von Kayla stehen. »Wer bist du?«, rief er. Dann neigte er seinen Kopf zur Seite und blinzelte sie an. »Du ... du solltest gar nicht hier sein.«

Kayla lächelte. Er war der Richtige – er gehörte zu den Sterblichen Sieben für die Familie Reynolds. Sie wusste es.

»Ich sollte eigentlich schon hier sein. Du bist derjenige, der nicht mehr hier sein sollte.«

Sie zog die Finger einer Hand zusammen und Paul erhob sich, seine Beine traten ins Leere und ein Schrei verließ seinen Mund. »Was tust du mir an?«

»Hier geht es nicht um dich. Es geht um die Welt. Ich mache sie zu einem besseren Ort.« Kayla schwang mit dem Arm zur Seite und Paul folgte der Bewegung, flog durch die Luft und wurde nicht aufgehalten, als er gegen die Fensterscheibe krachte. Es schepperte laut, als das Glas explodierte, Paul hinausflog und auf der viel befahrenen Straße unten zu Tode stürzte.

Kapitel 2

In der Buchhandlung von Ireland Reynolds im Osten Londons durfte jeder einkaufen. Der Buchladenbesitzer stellte sogar morgens eine Schachtel mit Gebäck hin und kümmerte sich nicht darum, wen er bediente, ob es sich um Stammkunden handelte, einen einmaligen zahlenden Kunden oder diejenigen, die den Laden mit leeren Händen verlassen würden. Für Ireland spielte das keine Rolle, solange sich die Besucher des Ladens willkommen fühlten.

Einige beschwerten sich darüber, dass die Obdachlosen das Gebäck mitnahmen, aber Ireland bestellte einfach mehr bei der Bäckerei an der Ecke. Einige regten sich darüber auf, dass dieselben Obdachlosen auf den überbeanspruchten Sofas in der Leseecke schliefen, aber Irland wies darauf hin, dass sie Bücher lasen, wenn auch nur in den Schlafpausen. Die meisten beklagten sich jedoch nicht. Die Kunden liebten das warme Gefühl des Ladens, der mit alten Büchern überfüllt war und die flauschige orangefarbene Katze, die immer neben Ireland am Tresen saß.

Er war gerade dabei den Kopf seiner Katze Harry zu streicheln, als der Bäcker Guy mit der doppelten Lieferung von Scones und Blaubeer-Muffins an diesem Morgen eintrat. Es waren die besten in der Stadt, wie Ireland Guy immer sagte.

»Ich habe gerade etwas sehr Seltsames gesehen«, sagte Guy und legte die Schachtel auf den Tresen.

Ireland senkte sein Buch ein klein wenig. »Ich höre.«

Er hatte sein ganzes Leben lang seltsame Dinge gesehen. Seine Schwester Peggy auch. Eigentlich jeder in seiner Familie. Deshalb hatte sein Cousin Jay ein Magazin vom Typ National Enquirer gegründet. Sein älterer Bruder Paul sah jedoch nie etwas Seltsames, vielleicht lag das daran, dass er adoptiert war. Die Familie Reynolds schien immer die verrücktesten Geschichten zu erleben, als ob die Dinge einfach um sie herum passierten. Die meisten glaubten die Geschichten jedoch nicht. Ireland war sich ziemlich sicher, dass er irgendwann einen Fantasy-Roman über die Gnome schreiben würde, die er beim Pokern in der Gasse gesehen hatte und über die Fae, die Nebenwetten anzunehmen schienen, während sie den Spielern die Becher mit Met nachfüllten. Er würde Geschichten über die Brownies aufschreiben, von denen er ziemlich sicher war, dass sie jeden Abend seinen Laden abstaubten und über den Bigfoot, der in der Nähe seiner Tante Trinity lebte.

»Du weißt doch, dass es in den Nachrichten geheißen hat Magie sei real und so weiter?«, fragte der Typ.

»Ich schaue keine Nachrichten«, antwortete Ireland und beschloss sein Buch zu schließen. Er müsste diesen Abschnitt einfach noch einmal lesen, wenn Guy weiter plapperte, was in Ordnung war. Es gab immer genug Stunden am Tag zum Lesen.

»Das weiß ich«, begann Guy in einem konspirativen Flüstern. »Aber du solltest dir die Nachrichten ansehen, besonders jetzt. Das ist eine sehr seltsame Zeit in unserem Leben. Sie berichten über diese riesige Geschichte, dass es Sterbliche und Magier und anscheinend alle möglichen Arten von Geschöpfen gibt. Es heißt sogar, es gäbe Gnome.«

Ireland wölbte eine Augenbraue. »Was du nicht sagst?«

Der Mann nickte. »Ich weiß. Es ist schwer zu glauben. Jedenfalls sind du, ich und die meisten auf diesem Planeten anscheinend die Sterblichen und wir waren bisher nicht in der Lage Magie zu sehen, wegen dieser seltsamen Sache oder etwas anderem, aber jetzt können wir es.«

Ireland holte tief Luft, nahm dann seine dicke Brille ab und reinigte sie mit seinem T-Shirt. »Jetzt kannst du also Magie sehen?«

»Das können wir alle. Du kannst das auch. Schau dich einfach um«, meinte Guy. »Es ist bizarr. Ich dachte, das sei alles Quatsch, aber ich bringe dir gerade deine Bestellung und eine echte Fee ist an mir vorbeigehuscht. Ich dachte, ich würde einen Geist sehen. Ich habe gleich zweimal hingeschaut, weißt du? Und das kleine Ding kreiste zurück, schnupperte in der Luft und sagte mir, dass mein Gebäck nach dem Besten riecht, was es je gegeben hat.«

Ireland lachte. »Molly.«

»Was meinst du?«, fragte Guy und kratzte sich am dicken Kopf.

»Das war Molly oder zumindest habe ich sie immer so genannt. Ich weiß nicht, wie sie heißt. Sie spricht nie mit mir.«

»Hast du diese Fee schon einmal gesehen? Zum Beispiel vor kurzem?«, bohrte der Kerl weiter.

»Ich habe schon viele Feen gesehen. Auch diese Gnome, die du erwähnt hast. Ich habe sie in der Seitengasse gesehen. Ich weiß nichts über Magier, aber ich denke, sie würden nicht viel anders aussehen als wir. Aber vielleicht haben sie Zauberstäbe dabei oder so etwas.«

Guy schüttelte den Kopf. »Du solltest dir wirklich die Nachrichten ansehen. Es gibt anscheinend gute und böse Magier und letztere haben es geschafft, dass wir keine Magie sehen konnten. Jetzt können wir sie sehen. Und da ist diese ganze Geschichte, die sie vertuscht haben und die wir Sterblichen vergessen haben.«

Ireland schüttelte den Kopf. »Von all dem weiß ich nichts. Vielleicht habe ich schon Feen gesehen, aber ich bin mir nicht sicher, ob ich das alles glauben kann.« Er tätschelte die getigerte Katze neben sich. »Harry, was hältst du von diesem Unsinn?«

»Du benennst deine Katze nach einer magischen Person aus einem Buch, aber du kannst all diese magischen Verschwörungen nicht glauben?«, fragte Guy.

Ireland zuckte die Achseln. »Ich werde es nicht glauben, bis ich es sehe. Eine Geschichte, die wir vergessen haben? Das scheint ein bisschen weit hergeholt, selbst für mich.«

»Ich sage dir, die Welt, wie wir sie früher kannten, verändert sich. Warte nur ab, Ireland. Wenn du aus diesem Laden rauskämst, würdest du es feststellen. Vielleicht solltest du sogar versuchen, den Fernseher einzuschalten.«

Ireland schüttelte den Kopf. Er brauchte diesen Müll, der sein Gehirn verschmutzte, nicht. Er zitterte plötzlich und fuhr mit den Händen über seine schlaksigen Arme. »Ich glaube, es wird kälter. Ich hole besser meinen Pullover von hinten.«

»Okay, dann sehen wir uns morgen, alter Knabe.« Guy winkte Ireland zu, als er ging.

Als er hinten war, beschloss Ireland seine Schwester Peggy anzurufen. Ihr Ofen war schon eine Weile ausgefallen und obwohl er angeboten hatte für die Reparatur zu bezahlen, sagte sie, dass ihr Taugenichts von einem Ehemann bald zurückkommen würde und er es tun sollte. Für Peggy war es scheinbar eine Frage des Stolzes, deshalb hatte er damals beschlossen die Angelegenheit nicht weiter zu verfolgen.

Das Telefon seiner Schwester klingelte und klingelte und endlich ging der Anrufbeantworter ran. »Peg, ich bin's, Ireland. Ich schätze, du weißt das. Anrufererkennung und so weiter. Weißt du noch, wie wir immer Feen unten am Bach gesehen haben? Jedenfalls rufe ich nicht deswegen an. Ich wollte mich nur nach dir erkundigen. Es wird wieder kalt. Vielleicht kann ich deinen Ofen fürs Erste doch reparieren und wenn Fred wieder zu Sinnen kommt, mache ich ihn wieder kaputt, damit er ihn reparieren kann. Wie auch immer, ruf mich an, Schwesterherz. Ich liebe dich.«

Ireland war gerade dabei, seinen Bruder Paul anzurufen, um zu fragen, ob er etwas brauchte – er arbeitete immer so hart und vergaß gewöhnlich das Mittagessen – als ein lautes Krachen von der Vorderseite des Buchladens widerhallte.

Kaylas Illusion war angewiesen worden den Laden zu betreten und das tat er auch. Er war auf der Suche nach der Gestalt, die Ireland Reynolds repräsentierte. So sollte es funktionieren. Jemand, der Ireland sein könnte, fiel ihm ins Auge. Er ignorierte die orange getigerte Katze, die auf dem vorderen Tresen saß und schlenderte nach hinten. Jemand in der Belletristikabteilung war ihm ins Auge gefallen. Er drehte sich um. Ging drei Schritte. Dann stürzte ein Bücherregal auf ihn und beendete seine Welt.

Die Illusion hatte bei seiner Mission versagt. Wieder einmal.

Ireland rannte nach vorne, als er den Krach hörte. Er fragte sich verzweifelt, ob Dumpster Devin den Laden wieder plündern wollte.

Nachdem er das Hinterzimmer verlassen hatte, blieb er stehen und nahm den Anblick vor sich auf. Eine komplette Regalreihe im Laden war umgeworfen worden. Sie lagen übereinander wie Dominosteine, die Bücher überall verstreut.

»Geht es allen gut?«, fragte Irland und sah sich nach Verletzten um. Harry war in Ordnung. Tatsächlich saß er, wie üblich, gelangweilt auf dem Verkaufstresen und leckte sich die Pfoten.

Bei genauerem Hinsehen bemerkte Ireland ein Paar Füße, die unter dem ersten Regal herausragten. Sein Herz machte einen Sprung. Er näherte sich mit Vorsicht und ihn überkam ein seltsamer Moment wie im Zauberer von Oz. Sein Leben schien immer so zu verlaufen. Die seltsamsten Dinge geschahen. Immerhin hatte er dadurch immer gute Geschichten auf Partys parat – nicht, dass er jemals auf eine gegangen wäre.

Etwas in Ireland riet ihm innezuhalten. Er sollte sich zurückziehen und sich so weit wie möglich von demjenigen entfernen, der unter dem Regal eingeklemmt war. Doch er ignorierte es. Sein Helfer-Gen kam durch. Das war immer das Beste an ihm gewesen. Seine Mutter hatte ihm vor langer Zeit gesagt, dass es eine Organisation geben sollte, die ihn in Schach halten müsste. Eine, die ihm sagte, wann er handeln dürfte oder für ihn handeln sollte. Er schüttelte diese ferne Erinnerung ab und versuchte nicht an seine Mutter zu denken, die vor sehr langer Zeit gestorben war, als er noch jung war. Irgendein verrückter Unfall, wie viele in seiner Familie.

Ireland schaute Harry noch einmal an und dachte seltsamerweise, dass die Katze grinste. *Das war aber nicht möglich*, sagte er sich selbst. Er schüttelte den Gedanken ab, erkannte, dass er den Verstand verlieren könnte und konzentrierte sich auf den Mann unter dem Regal.

»Sir?«, fragte Ireland, seine Stimme zitterte. »Geht es Ihnen gut?«

Es gab keine Antwort.

Ireland war der Überzeugung, er sollte sich beeilen dieser Person zu helfen, aber sein Instinkt schrie ›Nein‹. Wieder ignorierte er ihn und näherte sich vorsichtig.

Als er nahe an dem Regal war, das den Mann bedeckte, versuchte er es zu verschieben. Das große hölzerne Regal bewegte sich kaum. Mit aller Kraft versuchte er es noch einmal, diesmal mit Hebelwirkung. Ireland war vielleicht nicht stark, aber er war klug.

Schließlich hob sich das Regal und er schob es zur Seite, wodurch der eingeklemmte Kunde befreit wurde. »Geht es Ihnen gut?«, fragte Ireland in aufrichtiger Sorge. Der Mann hatte einen schwarzen Irokesenschnitt und sein Gesicht war seltsam ruhig, als würde er einfach nur ein Nickerchen machen. Ireland hatte diese Person noch nie zuvor gesehen. Das war weder Dumpster Devin noch einer seiner Stammkunden.

Mit zitternder Hand ging er hin, um den Puls zu kontrollieren. Als seine Finger die Haut des Mannes berührten, verwandelte er sich in Asche und wehte wie Staub im Wind davon. Der Fremde löste sich buchstäblich auf, als hätte etwas die Teile von ihm in die Luft geblasen.

Ireland keuchte und richtete sich kopfschüttelnd auf. »Oh toll, noch etwas, das ich gesehen habe und nicht erklären kann.«

Kapitel 3

»Ich bin zu aufgeregt, um zu arbeiten«, sagte Liv, während sie im Elektronikgeschäft hin und her lief.

John kratzte sich an seinem dicken, braunhaarigen Kopf und studierte den Lüftermotor, an dessen Reparatur er arbeitete. »Bist du zu aufgeregt, um mir einen Schraubenzieher zu geben?«

Kopfschüttelnd hob Liv das Werkzeug auf und reichte es John. »Es ist nur so, dass du einer der Sterblichen Sieben bist.«

»Ich bin mir immer noch nicht ganz sicher, was das bedeuten soll«, sagte er und zog eine Grimasse, als er den Schraubendreher bei einer besonders hartnäckigen Schraube einsetzte.

»Das bedeutet, dass du im Rat sitzen, Fälle prüfen und dabei helfen wirst, den Kriegern Arbeit zuzuweisen«, erklärte sie und ging wieder auf und ab. »Das bin ich! Du wirst *mir* Fälle zuweisen. Ihr werdet über Dinge abstimmen. Es wird großartig sein, dich im Rat zu haben.«

»Du meinst diese Gruppe von Idioten, die dir auf die Nase schauen und dich auf todesmutige Missionen schicken?«

Liv nickte. »Ja und jetzt wirst du einer von ihnen sein.«

Er schüttelte den Kopf. »Du fragst dich, warum ich nicht aufgeregt bin.«

»Sie sind nicht alle schlecht. Clark ist im Rat und er ist ziemlich in Ordnung, wenn er sich nicht geradezu besessen damit beschäftigt, welchen unbequemen Anzug er tragen

21

wird oder ob er seinen letzten Bissen Essen zweiunddreißig Mal gekaut hat. Okay, schon gut. Er ist der Schlimmste«, scherzte Liv. »Aber es gibt ein paar Ratsmitglieder, die großartig sind und ich vertraue ihnen wirklich.«

»Und die anderen?«, fragte John skeptisch. Er sah so anders aus, seit Pickles seine Chimärengestalt angenommen hat. John war geheilt und er wirkte viel jünger.

»Bei Lorenzo bin ich mir nicht sicher«, erklärte Liv. »An ihm ist etwas faul. Kayla ist eine Sinclair und ihr traue ich ganz sicher nicht. Und Haro? Er ist wahrscheinlich ein Guter, aber er stimmt nicht immer so ab, wie ich es gerne hätte.«

»Ich freue mich darauf die Magier zu treffen, von denen du mir so viel erzählt hast«, gestand John, aber er klang nicht gerade begeistert. Liv verstand es. Das war eine Menge für ihn zu verarbeiten. Für ihn hatte sich alles so schnell verändert und jetzt war er verpflichtet, dem Rat anzugehören. Sie war sich sicher, dass er es als die Ehre betrachten würde, die es war, sobald der Schock nachgelassen hatte.

»Der heutige Abend wird so cool werden.« Liv hatte das Gefühl, sie könnte vor lauter Energie einen Marathon laufen. »Du darfst mit mir ins Haus der Vierzehn gehen und die Kammer des Baumes sehen. Oh und ...« Ihre Stimme verstummte, als ihr Gedankengang durch den besorgten Gesichtsausdruck von John unterbrochen wurde. »Was ist?«

Als er erkannte, dass sie seine Angst entdeckt hatte, zwang er sich ein falsches Lächeln ins Gesicht. »Ach, es ist nichts. Nur dieser verdammte Motor. Ich kann ihn nicht dazu bringen mein Leben zu retten.« Er zeigte auf den Ventilator, den er reparieren wollte.

Liv nickte, untersuchte John jedoch weiter auf Anzeichen von Stress.

Pickles, der neben Plato saß, war wieder in seiner Jack-Russell-Terrier-Gestalt und benahm sich wie ein normaler Hund, während er sich den Hintern leckte. Plato, der sich selten wie ein echtes Etwas verhielt, warf dem Tier einen abfälligen Blick zu, offensichtlich durch seinen groben Reinigungsversuch abgeschreckt.

»Vielleicht kann ich bei der Reparatur helfen?«, schlug Liv vor. »Weißt du, was damit nicht stimmt?«

»Ich bin mir nicht sicher, aber ich gebe dir Bescheid, sobald ich es eingegrenzt habe«, meinte er und grunzte nicht, wie er es normalerweise tat, als er sich aufrichtete und vom Boden aufstand. Der Stress verbarg sich immer noch in den Augenwinkeln.

»Was ist los, John?«, fragte Liv. »Bist du nervös wegen des Treffens heute Abend?«

Er griff nach unten und klopfte Pickles auf den Kopf. Der Hund kuschelte sich an seine Finger. »Nein, das ist es nicht.« Er lenkte seine Aufmerksamkeit auf Plato und lächelte. »Keine Sorge, ich habe dich nicht vergessen. Nur weil du dich nicht als geheime super-duper Chimäre entpuppt hast, macht dich das nicht weniger ehrfurchtgebietend.«

Plato schien sich nicht darum zu kümmern und blickte weiterhin ausdruckslos nach vorn.

»Die Katze kann tatsächlich sprechen«, sagte Liv ernsthaft.

»Du hast das erwähnt, aber niemand hat ihn je gehört«, gab John zu bedenken und zwinkerte ihr zu, als er der Katze den Kopf tätschelte.

»Das liegt daran, dass er ein grausames und bösartiges Tier ist, das mich als verrückt erscheinen lassen will«, neckte Liv. »Aber er hat mir auch schon viele Male das Leben gerettet.«

»Wofür ich dankbar bin«, bekundete John, während Pickles um mehr Aufmerksamkeit bettelte. Den Hund streichelnd, beugte John sich vor und sprach ihn an. »Aber du bist eine Chimäre, die mich jünger gemacht hat und ich fühle mich so gut wie seit Langem nicht mehr.«

»Plato verwandelte sich dieses eine Mal in einen Greif und flog mich vom Matterhorn herunter«, plauderte Liv drauflos. »Dann gab es ein anderes Mal, als er sich in einen Löwen verwandelte und mich aus einem Brunnen zog, um mich vor einer blutrünstigen Wassernixe zu retten.«

John blickte über die Schulter. »Hat ihn schon einmal jemand so etwas tun sehen?«

Sie schüttelte den Kopf. »Nein, denn er ist ein mysteriöser Lynx, der seine Geheimnisse nicht verraten oder zeigen darf, sonst verliert er eines seiner vielen Leben oder so.«

»Aber du hast gesehen, wie er sich verwandelt hat?«, fragte John. »Ich frage mich, wie sich das auf ihn ausgewirkt hat?«

Gerade da neigte Plato den Kopf mit einem seltsamen Gesichtsausdruck zur Seite.

»Ja, ähm, ich weiß es nicht«, spekulierte Liv.

Ohne Vorwarnung schoss Pickles in seine Chimärengestalt, nahm einen Großteil des freien Platzes ein und stieß Plato zur Seite. Die Chimäre knurrte majestätisch, ihr Schlangenschwanz zischte und der Kopf der Ziege auf seinem Rücken meckerte.

John schlug sich auf das Bein und lachte. »Ernsthaft, daran werde ich mich nie gewöhnen. Wer hätte gedacht, dass mein Welpe ein magisches Geschöpf ist?«

Plato, der von der Show definitiv unbeeindruckt war, sprang auf die Werkbank und schnippte wütend mit dem Schwanz. Das schien Pickles nur zu ermutigen. Die Schlange folgte Plato und verspottete ihn, indem sie vor seinem Gesicht tanzte.

»Nur weil man groß und mächtig ist, heißt das noch lange nicht, dass man den kleinen alten Plato schikanieren darf«, sagte John mit einer Babystimme.

»Ich würde mir keine Sorgen um den kleinen alten Plato machen«, argumentierte Liv und ging zum Ventilator hinüber. »Zum einen glaube ich nicht, dass er irgendwelche Gefühle hat. Außerdem bin ich mir sicher, dass er einfach blinzeln und Pickles auslöschen könnte.«

John lachte und streichelte den Löwenkopf. »Schau dir diesen Kerl an? Er muss drei- oder vierhundert Pfund wiegen als Chimäre!«

»Ich sage nur: Unterschätze die Katze nicht.« Sie kniete sich hin, um den kaputten Lüftermotor zu inspizieren. »Ich glaube, ich sehe das Problem.«

»Wirklich?«, fragte John neugierig und blickte ihr über die Schulter. »Ich habe schon vermutet, dass deine jungen Augen das Problem erkennen könnten.«

»Ja, ich glaube, es ist ...«

Pickles jaulte, als ob er Schmerzen hätte. Liv und John drehten sich um und fanden seinen Schlangenschwanz zwischen seinen Beinen eingeklemmt. Seine Pfote bedeckte sein massives Gesicht, als wäre er gerade angegriffen worden. Plato, der ganz beiläufig auf der Werkbank saß, schien kurz davor zu sein, einzunicken.

»Was ist passiert, Junge?«, fragte John und schaute ihn an. Die Chimäre schrumpfte in seine Terriergestalt zurück und kauerte an Johns Beinen.

Liv warf der ahnungslosen Katze einen vernichtenden Blick zu. »Plato ist das, was passiert ist.«

John hob Pickles auf und wiegte ihn liebevoll wie ein Baby. »War das eine gemeine kleine Miezekatze an deiner Nase? Ich wette, du hast vergessen, dass du jetzt ein großer Junge bist und es spielend mit ihm aufnehmen kannst.«

Liv wedelte mit dem Finger Richtung Katze. »Was habe ich dir über das Kratzen von riesigen Chimären gesagt?«

Plato blinzelte ihr unnachgiebig zu. Sie war sich sicher, dass eine Vielzahl von Erwiderungen in seinem Kopf herumflogen, bereit, ausgespuckt zu werden.

»Das ist richtig«, fuhr Liv fort, als er nicht antwortete. »Wir verspotten nicht die magische Kreatur, die in den letzten über dreißig Jahren geschlummert hat. Hausregel Nummer eins.«

John lachte und setzte den Hund ab. »Er hat schon länger geschlafen. Sagtest du nicht, dass beim Tod eines Sterblichen Sieben die Chimäre auf den nächsten in der Familie übergeht, der für die Rolle infrage kommt?«

Liv nickte. »Ja, anscheinend sucht sich die Chimäre aus jeder Familie das Mitglied der Sterblichen Sieben aus. Das bedeutet, dass einer deiner Vorfahren vor dir von Pickles bewacht worden ist.«

Laut seufzend erschien John plötzlich schwermütig. »Ich frage mich, wer das war. Mein Onkel David hatte ein Hängebauchschwein, das ihm überallhin gefolgt ist und mein Großvater hatte diesen Deutschen Schäferhund, der nie von seiner Seite gewichen ist. Sie waren beide gute Männer.«

Für Liv war es überwältigend, wie die Sterblichen Sieben wirkten. Bald würde sie den Rest suchen müssen und obwohl sie wusste, wie man sie durch das Freilassen ihrer Chimären bestimmen konnte, war sie sich nicht sicher, wie sie sie tatsächlich finden sollte. Sie hoffte, dass Papa Creola ihr helfen könnte.

Als Liv von dem Ventilator aufblickte, sah sie wieder diesen speziellen Ausdruck auf Johns Gesicht. »Was ist los?

Du hast vorhin gesagt, dass du nicht nervös wärst, weil du ins Haus gehen wirst, oder? Was beunruhigt dich dann?« Normalerweise wäre sie nicht neugierig, aber jetzt war alles anders. John stand unter großem Druck und sie wollte, dass er mit ihr redete.

Er fuhr sich mit den Händen durch die Haare. »Ich weiß einfach nicht wie ich das alles schaffen soll. Ich habe den Laden und jetzt muss ich in einem Rat sitzen und was hast du gesagt? Ist das jeden Abend so?«

Liv nickte. »Ja, aber nur für ein paar Stunden.«

Das schien nicht zu seiner Beruhigung beizutragen. »Da schlafe ich normalerweise. Aber es ist in Ordnung, denke ich. Ich finde schon eine Lösung.«

»Ich werde Überstunden im Laden machen«, bot Liv an.

Er schüttelte den Kopf. »Oh, nein, das wirst du nicht. Du hast schon genug am Hals. Du solltest hier gar nicht mehr arbeiten. Verdammt, vielleicht sollte ich darüber nachdenken die Werkstatt zu schließen, zumindest für eine Weile.«

Liv stemmte ihre Hände in die Hüften. »Auf keinen Fall, John Carraway. Du hast viel zu hart gearbeitet, um diesen Laden aufzugeben und wir beide lieben ihn. Wir werden einfach kreativ werden müssen, wie wir die Dinge handhaben. Vielleicht beschäftigst du noch eine andere Person?«

Er schien die Idee in Betracht zu ziehen. »Okay, wir werden uns etwas überlegen. In der Zwischenzeit muss ich darüber nachdenken, wie ich allen von dieser ›Sterblichen Sieben‹-Geschichte erzählen kann. Ich freue mich darauf die Neuigkeiten mit Alicia zu teilen.«

Wie jedes Mal, wenn er die Wissenschaftlerin für magische Technologie erwähnt hatte, färbten sich Johns Wangen mit Farbe. Liv lächelte ihn an. »Sie wird begeistert sein und hey, das ist eine ausgezeichnete Idee. Vielleicht kann Alicia kommen und uns mit dem Laden helfen.«

Er winkte ihr abweisend zu. »Sie hat ihren eigenen Laden in Venedig, um den sie sich kümmern muss. Sie wird nicht den ganzen Weg zur Arbeit in mein kleines altes Geschäft kommen wollen.«

»Zuerst einmal muss sie nur durch ein Portal treten«, begann Liv. »Reisen ist für uns Magier außergewöhnlich einfach. Und zweitens wird Alicia wahrscheinlich die Gelegenheit beim Schopfe packen. Sie mag Technik und das Reparieren von Sachen und am allerwichtigsten, sie mag dich.«

Die Röte auf Johns Wangen wurde intensiver. »Glaubst du das wirklich?«

Liv rollte mit den Augen. »Glaubst du wirklich, sie ruft jeden Tag an, weil sie nicht herausfinden kann, wie man einen Staubsauger oder was auch immer jemand in ihren Laden gebracht hat, repariert? Das ist eine Frau, die ein Gerät entwickelt hat, das die Zeit stehenlassen, zurück- und vorspulen kann!«

John lachte. »Gutes Argument. Ich fand es zwar seltsam, aber ich freue mich so, wenn sie anruft, dass ich den dummen Grund dafür sofort abtue.«

»Dann plaudert ihr beide stundenlang«, fügte Liv hinzu.

»Gut, dass sie mein Telefon aufgerüstet hat, sodass es jetzt wie deines funktioniert, sonst wären die internationalen Anrufe ein Problem.«

Liv war dankbar die Leichtigkeit in Johns Augen zu sehen. Alicia war perfekt für ihn. Liv konnte es kaum erwarten, sie persönlich zu sehen. Die junge Wissenschaftlerin war in ihn verliebt gewesen, als er alt und grau war. Jetzt, da er jünger aussah und wieder Haare hatte, wäre sie noch mehr in ihn verliebt.

»Weißt du, Alicia könnte bereits wissen, dass du der erste der Sterblichen Sieben bist«, erklärte Liv.

Wie sie erwartet hatte, blickte er plötzlich schockiert auf. »Wie das?«

»Nun ...«, sagte sie und zog das Wort in die Länge. »Das Haus könnte vielleicht eine Pressemitteilung an die magischen Rassen geschickt haben.«

»Vielleicht?«, fragte er skeptisch.

»Mit ›vielleicht‹ meine ich, dass sie es getan haben.« Sie holte tief Luft und berichtete weiter, ermutigt durch den überwältigten Ausdruck auf seinem Gesicht. »Der Rat hielt es für eine gute Idee die Nachricht weiterzugeben, um die Moral zu stärken. Nach den Taten des SandMans, der fast Tausende Sterbliche getötet hätte, brauchte die magische Gemeinschaft diese gute Nachricht. Viele zweifeln im Moment am Haus, vor allem die Elfen, die sich nicht von uns regieren lassen wollen. Doch wenn die Sterblichen Sieben wieder eingesetzt werden, wird das Gleichgewicht und hoffentlich auch das Vertrauen wieder hergestellt.«

John verarbeitete das Gesagte und nickte kurz darauf. »Das macht Sinn. Aber all das ist so viel.«

»Das verstehe ich, aber du freust dich trotzdem darauf einer der Sterblichen Sieben zu sein, nicht wahr?«, fragte Liv.

Bevor er antworten konnte, bimmelten die Glocken an der Tür, als sie sich öffnete. Eine Frau von etwa vierzig Jahren schritt mit seltsamer Zuversicht hindurch, als gehöre ihr das Haus. Liv wusste sofort, dass sie eine Magierin war. Sie konnte es fühlen.

John griff sich an die Brust, als hätte er einen Herzinfarkt und sämtliche Farbe wich aus seinem Gesicht. Er schien kurz davor zu sein, umzukippen. Stattdessen eilte er nach vorne und blieb kurz vor der Frau stehen. »Chloe! Was machst du denn hier?«

Kapitel 4

Drei Dinge geschahen gleichzeitig.

Liv rief aus: »Was?!«

Pickles verwandelte sich in seine Chimärengestalt und nahm hinter John eine schützende Haltung ein.

Und Chloe warf ihre Arme um John und umarmte ihn fest.

Als sie sich zurückzog – nach einer zu langen Umarmung – knurrte Pickles, ein mörderisches Geräusch, das die Geräte auf den hinteren Regalen zum Vibrieren brachte.

Chloe trat zur Seite und warf Pickles einen anerkennenden Blick zu. »Wow. Dein kleines Hündchen ist eine Chimäre. Das ist unglaublich.«

Johns Mund hing immer noch offen, während er die Frau anstarrte, die durch den Laden schlenderte und die Umgebung beurteilte. Chloe trug einen Maxirock und ihr gewelltes rotes Haar reichte bis zum unteren Rücken. Die Armreifen an ihrem Handgelenk klirrten, als sie mit den Fingern über die verschiedenen Geräte fuhr. »Das ist also der kleine Laden, den du eröffnet hast. Ich wollte schon immer mal vorbeischauen.«

»Er ist erst seit dreißig Jahren geöffnet«, maulte Liv trocken.

Chloe drehte sich um und sah Liv abschätzig an. »Und du bist?«

»Sie ist eine Krieg...«

»Ich bin eine Frau und gleichzeitig Johns Assistentin«, fiel Liv ihm ins Wort, bevor er Chloe sagen konnte, dass sie eine Kriegerin war. Irgendetwas sagte ihr, dass es besser wäre diese Information nicht weiterzugeben.

»Wie wäre es dann, wenn du mir etwas Wasser holst? Ich bin durstig«, befahl Chloe.

Liv fing das schelmische Funkeln in Platos Augen auf und das ermutigte ihre rebellische Seite. »Sicher«, sagte sie. Sie schnippte ihren Kopf zur Seite und ein Becher Wasser materialisierte sich über Chloes Kopf. Bevor sie danach greifen konnte, kippte der Becher um, sodass sein Inhalt über die ältere Magierin schwappte und sie durchnässte.

Mit den Fäusten an der Seite stieß sie ein frustriertes Grunzen aus. »John, schau, was deine Assistentin mit mir gemacht hat!«

John wusste nicht, was er dagegen tun sollte. Er starrte Liv und Chloe einfach verwirrt an.

Mit einem Fingerschnippen trocknete Chloe ihr Haar und schüttelte es dramatisch. »Wie ich sehe, ist deine Assistentin eine Magierin. Keine sehr gute, aber trotzdem interessant. Du scheinst Magier anzuziehen, nicht wahr?«

»Sie ist eigentlich eine …«

»Ja, eine frische Magierin«, sagte Liv. »Das tut mir leid. Ich wollte es dir geben, aber ich bin so ungeschickt mit meiner Magie. Ich Dummerchen.«

Chloe schenkte ihr ein unaufrichtiges Lächeln. »Du wirst es schon noch lernen, kleines Mädchen.«

John schritt vorwärts, Pickles auf seinen Fersen. »Chloe, was machst du hier? Warum bist du gekommen?«

Sie nahm ihre Aufmerksamkeit von einer zerlegten Klimaanlage. »Weil ich dich vermisst habe.«

»Es ist also nicht deshalb, weil er kürzlich als einer der Sterblichen Sieben für das Haus benannt wurde?«, fragte Liv.

Chloe wurde auf sie aufmerksam. »Hast du kein Bad zu putzen oder den Boden zu kehren?«

»Eigentlich nicht«, sagte Liv, verschränkte ihre Arme über der Brust und warf der anderen Frau einen herausfordernden Blick zu.

»Oh? Du bist einer der Sterblichen Sieben?« Chloe fragte John und tat so, als wäre sie überrascht. »Das ist erstaunlich. Ich habe gehört, dass die Sterblichen Sieben im Rat noch mächtiger sein werden als die Magier Sieben, weil ihre Stimmen doppelt so viel wiegen, da sie sterblich sind.«

»Es ist merkwürdig, dass du nicht wusstest, dass John einer der Sterblichen Sieben war und dennoch hast du die Pressemitteilung darüber wörtlich zitiert«, wunderte sich Liv.

»Das muss ich aus der Gerüchteküche haben«, schoss Chloe zurück.

»Noch einmal, Chloe, warum bist du hier? Du hast mir vor über drei Jahrzehnten kaum ein Wort hinterlassen«, flehte John. »Ich habe versucht dich zu finden. Ich habe alles getan, was ich konnte.«

Chloe lächelte. »Ach, wirklich? Es tut mir leid, John. Aber ich bin zur Vernunft gekommen.«

»Fünfunddreißig Jahre später?« Liv rollte verständnislos mit den Augen.

Chloe ignorierte sie. »Ich hatte ehrlich Angst, dass du in meiner Welt verletzt werden könntest.«

»Du hast mir erklärt, ich würde weder die Magie noch deine Welt verstehen«, argumentierte John. »Das war dein Grund, als du mich verlassen hast.«

Chloe klopfte an die Seite ihres Kopfes und sagte: »Dein Gedächtnis ist so gut wie eh und je, außerdem bis dut außergewöhnlich gut gealtert.«

John strich sich lächelnd und errötend durchs Haar. »Es ist einfach so seltsam dich zu sehen.«

Chloe näherte sich ihm zögerlich, ihre Augen richteten sich auf Pickles, der bereit zum Sprung war. Als sie nahe genug dran war, streichelte sie ihm mit dem Finger über den Arm. »Mit seltsam meinst du gut?«

»Ich weiß es nicht«, gestand er. »Es passiert gerade so viel in meinem Leben. Mit den Sterblichen Sieben und meinem ersten Treffen heute ...«

»Deshalb«, begann Chloe. »Wie viel weißt du über das Haus der Sieben?«

»Liv ist eine ...«

»Befürworterin, um es bei seinem wahren Namen zu nennen«, unterbrach Liv. »Das Haus der Vierzehn.«

»Richtig«, sagte Chloe. »Egal, wie es auch genannt wird, es ist eine verabscheuungswürdige Organisation. Wir brauchen keine Regeln für Magie. Das Haus erlegt uns nur Vorschriften auf. Ich habe sehr gute Magier gekannt, die von ihnen festgenommen wurden.«

»Und diese perfekten Magier haben was getan?«, forderte Liv.

Chloe winkte mit der Hand, die Armreifen klirrten. »Kleinigkeiten! Magische Technik verkaufen oder Tränke herstellen.«

»Magische Technik und Zaubertränke, die was bewirkt haben?«, bohrte Liv nach.

Chloe drehte sich um und stellte sich ihr mit einem prüfenden Blick ins Gesicht gegenüber. »Ich weiß es nicht. Zeug, das durch Wände hindurchsehen konnte, oder Tränke, die einen nicht enden wollenden Husten erzeugten. Diese Art von Zeug. Eigentlich harmlos.«

»Für Nichtwissende, aber du scheinst es zu wissen«, erklärte Liv. »Und ja, Dinge, die die Privatsphäre der Bürger verletzen oder einem anderen Schaden zufügen sind illegal, wenn sie nicht über die richtigen Kanäle verkauft werden.«

»Gesprochen wie eine wahre Anhängerin des Hauses der Sieben«, schoss Chloe zurück. »Wen kümmert es, wenn wir Tränke verkaufen, die andere verletzen? Es ist eine Ellenbogengesellschaft da draußen. Jeder Magier handelt für sich selbst.«

Pickles knurrte als Antwort darauf. Liv schenkte ihm ein Lächeln.

»Was ist mit den Sterblichen?«, fragte Liv. »Wer wird sie beschützen, wenn ihnen diese Tränke in die Hände fallen? Wer wird ihnen helfen, wenn sie durch Magie verletzt werden?«

Chloe rollte mit den Augen und lenkte ihre Aufmerksamkeit wieder auf John. »Wirklich, wie sollen wir richtig aufholen, wenn uns deine Assistentin ständig unterbricht?«

»Liv ist mehr wie meine Familie«, sagte John, als er sich aufgerichtet hatte. Er hatte sich etwas erholt. »Und Chloe, du sagst nicht gerade direkt, warum du nach all dieser Zeit hier bist.«

Sie schniefte. »Ich bin deinetwegen da, John.«

»Und?«, fragte er, senkte sein Kinn und warf ihr einen Blick zu, den Liv noch nie gesehen hatte.

»Außerdem bin ich sehr stolz zu hören, dass du zu den Sterblichen Sieben gehörst«, fuhr Chloe fort und rückte näher an John heran. Sie drückte sich fast gegen ihn. »Ich leite eine Gruppe, die sich die Renegades nennt. Wir arbeiten daran, das Haus zu stürzen. Du befindest dich in der perfekten Position, um uns zu helfen. Du kannst uns sagen, was in den Sitzungen geschieht. Wer die Krieger sind. Hilf uns sie ausfindig zu machen, damit wir nicht erwischt werden und sie einen nach dem anderen ausschalten können.

Dann, eines Tages, werden wir mächtig genug sein, um ihre Herrschaft zu bekämpfen.«

Das Feuer baute sich in Liv so intensiv auf, dass sie dachte, es würde jeden Moment ausbrechen. Stattdessen erinnerte sie sich daran, gleichmäßig zu atmen.

»Also, was sagst du dazu, John?«, fragte Chloe, ihre Lippen näherten sich seinen.

Liv war zutiefst schockiert, als John seinen Mund auf ihren legte und sie küsste. »Chloe, ich wäre mehr als glücklich dir zu helfen.«

Kapitel 5

»Bist du wahnsinnig, John?«, schrie Liv und schlug ihn auf den Arm, nachdem Chloe den Elektronikladen verlassen hatte.

Er wagte es sie anzugrinsen. »Ja, aber ich dachte, das wüsstest du bereits.«

»John, du willst dieser Hexe helfen, das Haus niederzureißen? Ich verstehe, dass du deine Zweifel hast, aber du musst mir glauben, wenn ich dir sage, dass der Hauptzweck des Hauses der Vierzehn rein ist. Viele dort verstehen, dass Legalität sich von Moral unterscheidet.«

»Zunächst einmal, Liv, wenn du mir erzählen würdest, dass die Welt eine Scheibe ist, würde ich dir glauben, also musst du dich nicht sehr anstrengen mich von irgendetwas zu überzeugen.«

»Hmmm, tu das nicht. Glaube niemandem blind, vor allem nicht einer dieser Flachpfeifen.«

Er lachte. »Aber ich glaube dir alles, was du sagst. Du hast noch nie gelogen und dein Instinkt ist großartig.«

»Okay, es ist merkwürdig, denn du klingst klar und doch verschwörst du dich mit dieser Verrückten, nur weil sie deine Ex-Frau ist.«

John schüttelte den Kopf. »Ich werde nichts dergleichen tun, aber sie glaubt, dass ich es tun werde, was perfekt ist.«

Liv studierte ihn. John war nicht der gerissene Typ. Er intrigierte nicht. Was sie sehen konnte, war ziemlich genau das, was sie bei John Carraway gesehen hatte. »Was hast du vor?«

Er grinste wieder. »Wenn du gedacht hast, ich würde auf diesen schlimmen Akt der Verführung hereinfallen, hast du dich getäuscht. Hast du schon von dieser Renegade-Truppe gehört?«

Liv schüttelte den Kopf.

»Dann wird eine meiner ersten Amtshandlungen als Ratsmitglied des Hauses der Vierzehn darin bestehen, bei der Bestimmung der Mitglieder dieser Rebellen zu helfen.«

Livs Gesicht wurde heller. »Was du auch tun kannst, weil Chloe denkt, dass du für sie arbeitest.«

»Exakt. Ich kann sie mit falschen Informationen füttern und so viel wie möglich über die Gruppierung herausfinden und es dann an dich weitergeben, damit du sie zu Fall bringen kannst.«

Liv wollte den Mann vor ihr umarmen. »Das ist genial. Aber du hast es so gut gespielt, dass ich das überhaupt nicht kommen sah.«

Er zwinkerte ihr zu. »Das war Teil des Plans. Als Chloe auftauchte, wusste ich sofort, dass sie etwas wollte. So arbeitet sie nun einmal. Aber ich weiß auch, dass sie mich gut genug kennt um herauszufinden, ob ich lüge.«

»Man musste also wirklich handeln«, erklärte Liv.

Er lächelte triumphierend. »Wenn ich dich getäuscht habe, habe ich sie definitiv getäuscht.«

»John, nicht, dass ich jemals Zweifel gehabt hätte, aber du wirst einen unglaublichen Ratsherrn für das Haus der Vierzehn abgeben.«

Er verbeugte sich leicht. »Ich hoffe es.«

Kapitel 6

Der Pazifische Ozean und die Touristen, die die Strandpromenade in Santa Monica entlang liefen, waren nicht mehr interessant, als er ungläubig auf das Haus der Vierzehn schaute. »Das ist alles?«, fragte er und starrte auf den zweistöckigen Laden.

Sie standen vor einer einzigen schwarzen Tür mit einem handgemalten Schild mit der Aufschrift ›Geschlossen‹. Die Tür war schwarz-rot-kariert eingerahmt und darüber war eine Leuchtreklame mit der Aufschrift ›Handlesen‹ angebracht.

Das Gebäude, das sehr schmal und scheinbar mit den umliegenden Häusern verbunden war, hatte im zweiten Stock ein Fenster, an dem Paisley-Vorhänge hingen, hinter denen sich verschiedene Schatten bewegten.

»Da steckt mehr dahinter, als man auf den ersten Blick sieht«, erklärte Liv. Plato stand neben ihr und Pickles war auf der anderen Seite von John.

»So ähnlich wie die Erweiterungen und Renovierungen, die du im Geschäft und in deiner Wohnung vorgenommen hast, nehme ich an.«

Liv schüttelte den Kopf. »Die Magie, die auf das Haus angewendet wird, geht weit über alles hinaus, was ich bisher an diesen Orten getan habe. Du musst einfach selbst sehen, was ich meine.«

Er winkte sie an die anspruchslose Tür. »Dann also nach dir.«

»John, du kannst mir nicht einfach folgen«, erklärte Liv. »Das Haus muss dir Einlass gewähren.«

Er kratzte sich am Kopf. »Wie wird es das machen?«

»Das ist ein Ort zum Handlesen, also lass dir aus der Hand lesen.« Liv trat vor und drückte ihre Hand an die Tür direkt unter dem Schild mit der Aufschrift ›Geschlossen‹. Einen Moment später leuchtete der goldene Griff schwach, die Tür glitt auf und sandte einen seltsamen modrigen Geruch durch die Luft. Liv drückte die Tür auf, dann trat sie in die Dunkelheit. »Mach einfach, was ich getan habe und es sollte klappen. Diese Tür schließt sich automatisch hinter mir. Ich werde auf der anderen Seite auf dich warten.«

Er schenkte ihr ein zaghaftes Lächeln, als sich die Tür schloss.

Plato erschien neben ihr, während sie im Eingangsbereich stand und erwartungsvoll zur Tür schaute.

»Ich kann nicht glauben, dass John demnächst das Haus der Vierzehn betritt«, sagte Liv, ihre Stimme vibrierte vor Aufregung. »Es ist, als ob all meine Welten aufeinanderprallen würden und es ist erstaunlich und erschreckend zugleich.«

»Meistens aber erschreckend, oder?«, fragte Plato.

Liv senkte ihr Kinn und schaute die Katze finster an. »Das solltest du eigentlich nicht fragen müssen, da du in meinem Kopf bist, du gruseliges, mysteriöses Tier.«

Sie atmete tief ein und beobachtete aufmerksam die Tür. »Es ist einfach so erstaunlich, dass John am Ende zu einem der Sterblichen Sieben wurde. Ich meine, wie stehen die Chancen, dass es die Person ist, die ich am Tag nach dem Tod meiner Eltern getroffen habe, gleich nachdem ich dich kennenlernte …« Livs Worte verhallten, als sie alles zusammenfügte. »Warte mal. Plato, hast du das alles eingefädelt?«

»Ich habe keine Ahnung, was du meinst«, sagte er unschuldig, als er sich über die Pfote leckte.

»Du hast mir bereits erzählt, dass meine Eltern dich gebeten haben auf mich aufzupassen, falls ihnen jemals etwas zustoßen sollte. Deshalb bist du aufgetaucht, als das passiert ist, was allein schon seltsam war. Aber wie bin ich zufällig in Johns Laden gelandet, der sich später als einer der Sterblichen Sieben entpuppte? Und in der Zwischenzeit habe ich von Papa Creola, der mit Informationen etwa so freigiebig ist wie du, erfahren, dass meine Magie stärker ist, weil ich ständig in der Nähe eines der Sterblichen Sieben bin.«

»Das *ist* seltsam«, meinte Plato beiläufig. »Ich habe keine Ahnung, warum Papa Creola so geheimnisvoll ist. An deiner Stelle wäre ich ihm gegenüber misstrauisch.«

Liv legte sich die Hand auf die Hüfte. »Du weichst meinen Spekulationen aus.«

»Mache ich das?«, fragte er schüchtern.

»Plato«, sie zog seinen Namen in die Länge.

Er wich ihrem Blick aus, der ein Loch in ihn brennen konnte. Nach einer langen, unbehaglichen Stille gab er ein wenig nach. »Okay, gut. Ich habe dich vielleicht in Johns Richtung ermutigt.«

»Weil du wusstest, dass er zu den Sterblichen Sieben gehört?«, bohrte Liv weiter.

»Ich war mir nicht sicher, aber ich hatte eine Ahnung.«

»Du hast gewusst, dass seine Gegenwart meiner Magie helfen würde?«

»Nochmals, ich war mir nicht sicher, aber ich dachte, es bestünde zumindest die Möglichkeit«, antwortete er.

Liv antwortete nicht, sondern starrte den Lynx nur weiter an, wissend, dass Schweigen eine mächtige Verhandlungstaktik war.

»Gut, deine Eltern haben mir gesagt, ich soll auf dich aufpassen. Ich wusste, dass es gut für dich wäre in der Nähe der Sterblichen Sieben zu sein«, erklärte er widerwillig.

»Weil sie auch für Magier ein Gleichgewicht schaffen«, vermutete Liv.

Plato nickte.

»Wenn du John gefunden hast, der zu den Sterblichen Sieben gehört, kannst du mir dann helfen, die anderen zu finden?«, erkundigte sich Liv voller Hoffnung.

Er zuckte die Achseln. »Ich habe tonnenweise Magie eingesetzt, um John ausfindig zu machen und bis vor kurzem war ich mir nicht einmal sicher, ob das gelungen ist. Ich fürchte, es würde mich zu viel kosten, das noch einmal zu tun.«

»Wie eines deiner neuntausend Leben?«, scherzte Liv.

Platos Gesicht wurde plötzlich ernst.

Liv war angespannt, nicht sicher, warum der Lynx in letzter Zeit gestresster schien und nicht so amüsiert von ihren Witzen war wie sonst. »Ist diese Sache mit John das andere Geheimnis, das du mir verraten wolltest?«

Plato wandte seinen Blick ab. »Nein und ich bin noch nicht ganz bereit diesen Weg zu beschreiten.«

»Weil ich wütend sein werde?«, vermutete sie.

Er schüttelte den Kopf und schien dann seine Meinung zu ändern. »Nein, oder vielleicht. Es ist schwer zu sagen. Um ehrlich zu sein, ich glaube, es wird dich verletzen.«

Livs Mund sprang auf. »Also, wann wirst du mir dieses Geheimnis verraten?«

»Im letztmöglichen Augenblick«, gestand Plato, als sich die Haustür öffnete und John und Pickles durch die Tür traten.

»Da bist du ja«, sagte Liv, beugte sich nach vorne und umarmte John, als wäre es Jahre und nicht Minuten her, dass sie ihn das letzte Mal gesehen hatte.

Geistesabwesend schlang er, durch den Zutrittsweg abgelenkt, seine Arme um sie. »Das ist nicht so, wie du es beschrieben hast.«

Liv zog sich zurück und schaute sich um, wobei sie den Eingang zum ersten Mal richtig bemerkte. Es war heller als sonst. Größer. Und es schwebten Funken um ihn herum. »Eigentlich ist er anders als vorher.«

»Ist er das?«, fragte John. »Ich frage mich, warum?«

»Das Haus der Vierzehn ändert sich je nachdem, wer dorthin kommt und was in der magischen Welt vor sich geht«, erklärte Liv. »Ich bin sicher, es sieht anders aus, weil du hier bist.«

John drehte sich einmal im Kreis und nahm alle Details auf. »Es ist absolut wunderschön. So etwas habe ich noch nie gesehen.«

Liv lächelte. »Es *ist* wunderschön. Noch mehr als sonst.« Sie zeigte auf den langen Flur. »Wie sieht dieser Bereich für dich aus?«

Er blickte sie an, als sei dies eine Fangfrage. »Ich vermute genau so, wie er für dich aussieht. Es ist ein langer, majestätischer, gewölbter Flur, mit golden bemalten Statuen.«

Liv nickte und marschierte zielstrebig auf den Bereich zu, der in der Sprache der Gründer beschriftet war. »Ich schätze, es ist dasselbe. Ich frage mich, ob du in der Lage sein wirst die alten Symbole zu lesen.«

»Symbole?«, wollte John wissen. »Welche Symbole?«

Liv berührte sie und sie erwachten wie sonst auch immer zum Leben. Ihre Botschaft war dieselbe wie zuvor: ›Stoppt den Einen und ihr werdet uns alle befreien‹.

Mit erwartungsvollem Blick wandte sie sich an John. »Das haſt du gesehen, oder?«

Er schüttelte den Kopf. »Nein, was hätte ich sehen sollen?«

»Es gibt diese Symbolſprache, die die Gründer geschaffen haben. Wenn ich sie berühre, tanzt die Botschaft herum.«

»Das iſt nett, aber nein, ich sehe nichts. Nur schimmerndes Gold.« John schaute auf und bewunderte die komplizierten Details über ihm. »Aber du sagteſt doch, es sei die Sprache der Gründer, oder?«

Liv nickte und setzte alles zusammen. »Die Sterblichen Sieben waren nicht Teil des urſprünglichen Hauses. Sie wurden nachträglich hereingebeten.«

»Ich bin also nicht in der Lage die Symbole zu sehen oder zu lesen«, vermutete John.

Liv führte ihn bis ans andere Ende. »Wenn man die antike Sprache nicht sehen kann, kann man das wohl auch nicht sehen.« Sie zeigte auf die Schwarze Leere, die noch heller war als beim letzten Mal. Die ſpiralförmige Masse schien größer geworden zu sein und nahm nun den größten Teil des Raumes zwischen der Kammer des Baumes und der Tür zum Wohntrakt des Hauses ein.

John musſte tatsächlich lachen. »Wie könnte ich das nicht sehen? Es iſt riesig.«

Liv konnte es nicht fassen und warf den Blick zwischen der Schwarzen Leere und John hin und her. »Iſt das dein Ernſt? Du kannſt es tatsächlich sehen?«

»Nun, ja.« Er trat einen Schritt zurück und zog sie mit sich. »Aber etwas sagt mir, dass ich mich fernhalten soll, als wäre sie voller Böses. Es fühlt sich an, als ſtünden wir am Rande der Grube zur Hölle.«

Liv nickte. »Das ist genau das Gefühl, das ich auch habe. Ich frage mich, warum du es sehen kannst? Niemand sonst kann es.« Dann verband sich etwas in ihrem Kopf und sie keuchte entsetzt wegen dieser Erkenntnis. »Ich frage mich, ob ich es nur deinetwegen sehen kann? So ähnlich, wie du meine Magie stärker machst. Ich bin die Einzige – soviel ich weiß – die das sehen kann und ich bin die Einzige, die ständig in der Nähe eines der Sterblichen Sieben ist. Vielleicht gibt es etwas an dir, dass das Böse ans Licht bringt?«

»Du behauptest ja die Sterblichen Sieben brachten Gleichgewicht in das Haus«, erinnerte sich John.

Liv nickte. »Ich schätze, wir werden warten müssen, wie sich die Dinge entwickeln, wenn die anderen um dich herum sind.«

John grinste. »Ich hätte nie gedacht, dass ich irgendetwas für irgendjemanden erleuchten würde, besonders nicht für eine Gruppe mächtiger Magier.«

Liv zeigte auf die Tür der Reflexion. »In einem kleinen Augenblick musst du dort durchgehen. Es wird ein sehr seltsamer Prozess für dich sein. Ich weiß, es sieht aus wie ein Spiegel, aber es ist keiner.«

»Es sieht eigentlich wie eine massive Holztür aus«, meinte John verwirrt.

»Tut es das?«, fragte Liv. »Du siehst also keine spiegelnde Oberfläche?«

John schüttelte den Kopf. »Nein. Nur eine normale Tür. Was kann sie?«

»Wenn man hindurchtritt, versetzt sie einen in einen traumähnlichen Zustand und man sieht eine seiner schlimmsten Ängste«, erklärte Liv. »Es soll etwas bei den Ratsmitgliedern und Kriegern bewirken, damit wir freier oder ehrlicher oder so etwas sind, wenn wir uns in der Kammer des Baumes befinden.«

»Aber das ist kein Problem für die Sterblichen Sieben«, bemerkte Clark von hinten.

Liv und John drehten sich um und standen dem ordentlich gekleideten Magier, der die *Vergessenen Archive* dabei hatte, gegenüber. Er hielt das Buch hoch.

»Ich habe mich eingehend damit beschäftigt und die Sieben Sterblichen wurden ins Haus gebracht, weil man glaubte, Magier seien durch Magie korrumpiert. Wir brauchten die Objektivität der Sterblichen, um über das magische Gesetz zu herrschen. Deshalb kontrollieren sie dieses Element. Meine Nachforschungen haben ergeben, dass von jeder der Familien der Sterblichen Sieben von der Chimäre ein Mitglied für den Rat ausgewählt wird. Ihnen wurde befohlen diejenigen zu finden, die moralisch scharfsinnig und vertrauenswürdig sind.«

Liv lächelte John stolz an. »Das ist Mister Carraway, jawohl.«

Er errötete. »Das würde ich nicht sagen. Vielleicht bin ich einfach ignorant oder langweilig und weiß es nicht besser.«

Liv lachte über seinen typischen Versuch seine Einzigartigkeit abzutun. »Akzeptiere einfach, dass du der Beste bist, John.«

»Oder vielleicht die einzige Option. Ich habe keine lebenden Verwandten, die mir bekannt sind«, erklärte er. »Meinen Familienmitgliedern ist immer etwas passiert, was sie vor ihrer Zeit hat sterben lassen.«

Das hatte für Liv immer seltsam geklungen, aber jetzt roch es nach einer Verschwörung im Zusammenhang mit dem Haus.

»Dann müssen die Sterblichen Sieben nicht durch die Tür der Reflexion gehen, um in die Kammer des Baumes zu gelangen?«, fragte Liv bei Clark nach.

Er schüttelte den Kopf. »Ich denke nicht, aber ich bin mir unsicher, was in der Kammer wartet. Es scheint, dass das Haus für die Sterblichen Sieben anders ist als für uns.«

Ein Schauer lief Liv über den Rücken. Sie war gleichzeitig neugierig und nervös zu erfahren, wie Johns Anwesenheit die Welt, die sie gekannt hatte, verändern würde.

Kapitel 7

Die Tür der Reflexion verschluckte Liv, wie sie es immer tat und übernahm ihre Sinne. Ihre gegenwärtige Realität verschwand, als sich eine neue Vision vor ihren Augen abspielte. Für einen Moment dachte sie, dass sie die Tür der Reflexion einfach passiert hatte und in die Kammer des Baumes getreten war. Aber John saß auf der Bank, obwohl sie wusste, dass er nach ihr eintreten sollte. Neben ihm befanden sich verschwommene Gesichter zusammen mit den anderen Ratsmitgliedern, die sie kannte.

Liv nahm ihren Platz neben Stefan ein und sah ihn nicht an, obwohl sie seinen durchdringenden Blick auf sich spüren konnte. Haro begann sich an die Krieger zu wenden und widmete seine Aufmerksamkeit zunächst Maria Rosario. Seine Worte klangen über Liv hinweg, ihre Bedeutung wurde nicht einmal registriert, wie verschlüsselte Worte über eine Gegensprechanlage.

»Wir dürfen nicht aufgeben«, drängte Stefan aus den Mundwinkeln.

»Das haben wir bereits«, antwortete Liv sofort, das Kinn hochhaltend und die Augen auf den Rat gerichtet.

»Nein, *du* hast es getan«, argumentierte er.

»Es ist vorbei.«

»Aber wir hatten nicht einmal eine Chance.«

»Gesetz ist Gesetz«, erklärte sie, ohne ihren Tonfall zu erkennen. Liv klang nicht wie sie selbst. Wann war ihr ein Gesetz je wichtig gewesen?

Sie fühlte sich plötzlich korrumpiert, als wäre sie nicht mehr sie selbst. Sie hatte aufgegeben. Sie hatte sich den Gesetzen gefügt. Liv war zu all dem geworden, gegen das sie gekämpft hatte.

Ihr Atem blieb ihr in der Kehle stecken, als sie vollständig durch die Tür der Reflexion in die reale Kammer des Baumes trat.

Der Raum sah genauso aus wie in ihrer Vision, außer dass John und die anderen gesichtslosen Sterblichen Sieben nicht mit dem Rat auf der Bank saßen. Liv tat so, als wäre sie nicht aufgeregt, während sie ihren Platz zwischen Stefan und Spencer Sinclair einnahm. Neben der Figur zu stehen, von der sie sicher war, dass sie sie im Sumpf getötet hatte, war in Wirklichkeit viel weniger kurios, als neben Stefan zu stehen. Die Version von Spencer, die sie getötet hatte, war eine Illusion gewesen, aber die in der Kammer? Sie wusste es noch nicht. Stefan schaute sie, wie in dem Traum von der Tür der Reflexion, direkt an und sein Blick schien sie innerlich zu verbrennen.

Clark trat als Nächster durch die Tür der Reflexion und eilte zu seinem Platz auf der Bank, einen eifrigen Ausdruck im Gesicht. Er trug die *Vergessenen Archive*.

»Wie ich höre, hast du also Fortschritte gemacht«, flüsterte Stefan.

Liv richtete sich auf, diese Erfahrung spiegelte diejenige wider, die sie kurz zuvor gemacht hatte. »Fortschritte? Nein, ich hatte noch keine Gelegenheit dazu.«

Aus ihrem Augenwinkel sah sie, wie er schielte. »Aber der Rat behauptet, dass einer der Sterblichen Sieben gefunden wurde.«

»Ach, der«, Liv atmete erleichtert auf. Sie hatte ursprünglich angenommen, er meinte damit, dass sie sich in die

Gesetze über Beziehungen und Royals vertieft hatte. »Ja, ich schätze, das habe ich wohl.«

»Du schätzt?«, lachte Stefan, als der Rat unter sich murmelte und etwas angeregt diskutierte. »Von ein paar Milliarden Menschen hast du einen von sieben gefunden, der dazu beitragen wird, das Gleichgewicht in diesem Haus wiederherzustellen.«

»Er wohnte buchstäblich im selben Gebäude wie ich und war auch noch mein Chef«, gab Liv zu. »Das war also gar nicht so schwer.«

»Ein eigenartiger Zufall«, sinnierte Stefan.

»Nicht wirklich. Nur eine weitere Verschwörung Platos.«

»Wie bekomme ich einen magischen Lynx dazu auf mich aufzupassen?«, fragte Stefan.

»Deine Eltern machen einen Deal und sterben«, antwortete Liv trocken.

Er nickte, als ob dieses Nicken absolut sinnvoll sei. »Ich werde daran denken, wenn ich meine eigenen Kinder habe.«

Livs Magen drehte sich um. Musste er diese Bemerkung wirklich machen? Normalerweise hätte sie gelacht und einen Witz darüber gerissen, dass er kleine Dämonenkinder zeugen könnte, um die er sich sicher keine Gedanken machen müsste. Aber das war vorher. Jetzt waren die Dinge anders. Sie waren schwieriger.

Die Aufmerksamkeit aller richtete sich auf John, als er durch die Tür in die Kammer trat. Er hielt inne und blickte zurück über seine Schulter.

Flüstern erfüllte den Raum.

»Mister Carraway, nehme ich an?«, begrüßte ihn Haro freundlich. »Sie sind am richtigen Ort.«

John warf einen Blick auf den Rat, bevor er direkt auf Liv schaute. Sie schenkte ihm ein ermutigendes Lächeln. Er erwiderte es nicht, sondern drehte sich zur Tür um, als ob er die ganze Sache infrage stellen wollte.

»Mister Carraway, geht es Ihnen gut?«, fragte Hester DeVries.

»Dies ist der richtige Ort, falls Sie glauben, dass Sie sich verlaufen haben«, sagte Bianca, die nicht so sensibel klang wie die anderen, sondern eher gelangweilt.

»Das weiß ich«, gestand John. »Ich habe mich nur gefragt, ob mein Hund mich begleiten würde.«

»Hund?«, fragte Kayla mit Abneigung in der Stimme. »Wir erlauben keine Tiere in der Kammer des Baumes.«

Liv grinste leicht und fing den listigen Ausdruck in Clarks Augen ein. Er hatte es dem Rat noch nicht gesagt. Sie hatten es ihm überlassen die *Vergessenen Archive* zu studieren, da Forschung sein Spezialgebiet war und der Band umfangreich, kompliziert und detailliert.

»Ohne Pickles gehe ich nirgendwohin«, erklärte John mit Nachdruck. Es war eine Überraschung zu hören, dass er mit irgendjemandem in diesem Ton sprach.

»Pickles?«, meinte Bianca selbstgefällig. »Ich muss wirklich protestieren. Erstens wissen wir nicht einmal mit Sicherheit, dass dieser Sterbliche einer der Sieben ist. Alles, was wir haben, ist Miss Beaufonts Wort in dieser Sache …«

»Das sollte ausreichen«, argumentierte Raina. »Sie erklärte mit hundertprozentiger Sicherheit, dass sie diesen Mann als einen der Sterblichen Sieben erkannt hat.«

»Zweitens«, fuhr Bianca fort, offensichtlich empört darüber unterbrochen worden zu sein, »haben wir jetzt zufällig ausgesuchte Sterbliche, die mit ihren Haustieren durch das Haus rennen. Das ist wirklich eine Schande. Es muss Grenzen geben.«

»Eigentlich liegt ein Teil des Beweises darin, dass John Carraway vor uns steht«, argumentierte Haro. »Sonst hätte er das Haus nicht betreten können.«

DIE UNWAHRSCHEINLICHSTEN HELDEN

»Obwohl das wahr ist«, begann Lorenzo mit Herausforderung in seiner Stimme, »konnten wir auch bestätigen, dass er das Familienblut der Carloways in sich trägt, die sich später in ›Carraway‹ umbenannten. Das sollte ausreichen, um ihm Zugang zum Rat zu gewähren.«

»Und noch einmal: Wie sollen wir feststellen, wer die tatsächlichen Sterblichen Sieben sind?«, fragte Bianca. »Woher wissen wir, dass Miss Beaufont diesen Mann nicht einfach ausgewählt hat, weil er mit ihr verbunden ist? Sie sind ihr Arbeitgeber in dem Waschsalon, in dem sie arbeitet, korrekt?«

John gluckste, als ob das lustig wäre. »Eigentlich in einer Elektronikwerkstatt. Der Waschsalon befindet sich aber im selben Block, falls Sie ihn suchen.«

»Ich war noch nie auf der Suche nach so etwas«, erklärte Bianca patzig.

»Ich denke«, unterbrach Clark vorsichtig, »es ist an der Zeit, dass ich offenbare, was ich über die Bestimmung der Sterblichen Sieben erfahren habe. Der Rat ist mit den Elfen-Verhandlungen ausgelastet gewesen und so hat er diesen Aspekt der *Vergessenen Archive* mir überlassen.«

Bianca seufzte. »Ehrlich gesagt, hat sich auch niemand dafür interessiert außer dir, Mister Beaufont. Einige von uns haben reale Angelegenheiten, um die sie sich kümmern müssen.«

»Ich bin sehr interessiert«, argumentierte Hester.

»Das bin ich auch«, fügte Raina hinzu.

Haro räusperte sich. »Es stimmt, dass die Elfen-Verhandlungen unsere ganze Aufmerksamkeit in Anspruch genommen haben. Es gab viele Veränderungen in diesem Haus und unsere gesamte Aufmerksamkeit war gefordert. Ich würde sehr gerne hören, was du entdeckt hast, Rat Beaufont.«

Clark lächelte begeistert, als er die *Vergessenen Archive* aufschlug. »Seht her, ich habe herausgefunden, dass jeder der Sterblichen Sieben bewacht wurde von …«

Alle keuchten auf und unterbrachen Clark, als Pickles in Chimärengestalt in die Kammer des Baumes trat.

Jude und Diabolos kamen beide aus dem Schatten, während sie ihre Augen auf die majestätische Kreatur gerichtet hatten.

John grinste und streichelte den Kopf des Löwen, nachdem er neben ihm angekommen war. »Da bist du ja, Kumpel. Ich hatte mich schon gewundert. Jetzt setz dich, Pickles.«

Kapitel 8

Hester und Raina sprangen mit weit aufgerissenen Augen und offenen Mündern aus ihren Sitzen.

»*Das* ist Pickles?«, fragte Bianca und klang unsicher, ob sie beeindruckt oder abgestoßen sein sollte.

»Ich verstehe das nicht«, begann Haro und neigte seinen Kopf zur Seite, als ob er ein mathematisches Problem berechnen wollte. »Sie, Mister Carraway, besitzen eine Chimäre?« Er richtete seine Aufmerksamkeit auf Liv. »Hast du ihn so gefunden?«

Bevor Liv antworten konnte, leuchtete der mit dem Familiennamen Carraway verbundene Teil des Baumes hell auf. Daraus wuchs ein Zweig, der sich wie eine Blüte an einem Frühlingsmorgen entfaltete. Der Name ›John‹ leuchtete über dem Zweig und verstärkte sich mehr als alle anderen, bevor er sich wieder verdunkelte. Die Zweige des Baumes mit den Namen der Ratsherren und Krieger schwankten leicht, als ob sie von einer Brise erfasst wurden. Alle starrten voller Ehrfurcht und beobachteten das Schauspiel mit stillem Interesse.

»Wie ich schon sagte«, lenkte Clark mit klarer, lauter Stimme die Aufmerksamkeit aller auf sich. »Ich habe entdeckt, dass die Sterblichen Sieben von den Gründern jeweils eine Chimäre als Symbol des guten Willens erhalten hatten. Diese Chimären sollten die Sterblichen Sieben bewachen und, wenn sie starben, das nächste Mitglied auswählen, das sie ersetzen sollte.«

»Sie sind also ewige Wesen«, sinnierte Haro.

Clark nickte. »Sie sind Experten darin aus jeder Familie die richtige Person zu bestimmen, die die Sterblichen Sieben repräsentieren kann.«

»Im Gegensatz zu den Magier Sieben, die ernannt werden, sind diese magisch ausgewählt«, erkannte Raina interessiert.

»Woher wissen wir, dass die Chimären für solche Aufgaben geeignet sind?«, fragte Bianca.

Liv rollte mit den Augen. »Sie sind unsterbliche Wesen, die von den Gründern genau zu diesem Zweck erschaffen wurden.«

Die Krieger um sie herum nickten zustimmend. Alle außer Spencer. Er schien nicht völlig anwesend zu sein und stierte einfach in die Luft, als ob er von den Ereignissen gelangweilt wäre.

»Dein Arbeitgeber hatte eine Chimäre, die ihm gefolgt ist, stimmt das?«, forderte Bianca zu wissen. »Dann war es gar nicht so schwer diesen der Sterblichen Sieben zu finden, schätze ich.«

»Die Chimären sind tatsächlich getarnt«, erklärte Clark.

»Getarnt?«, hakte Kayla nach, die sich nach vorne lehnte. »Als was?«

»Als Haustiere«, antwortete Clark einfach. »Pickles, zum Beispiel, war ein Jack-Russell-Terrier, bevor Liv ihn in die Chimärenform entließ. Jetzt kann er hin und her wechseln.«

»Ihn freigelassen?«, fragte Kayla mit plötzlichem Interesse. »Wie hast du das gemacht?«

Liv verengte ihre Augen wegen der Magierin, der sie nicht über den Weg traute. »Ich wurde von einem Experten für Chimären mit dieser Fähigkeit beschenkt.«

»Dieses Geschenk ist was genau?« Der intrigante Ausdruck auf Kaylas Gesicht passte Liv nicht. Ein warnender

Blick von Clark sagte ihr, dass er plötzlich die gleiche Sorge hegte.

»Es ist ein Zauber. Ich kann ihn nicht reproduzieren oder dir oder jemand anderem zur Verfügung stellen«, erklärte Liv.

Das befriedigte Kaylas Neugier noch lange nicht. Sie öffnete ihren Mund, um etwas zu sagen, wurde aber von Lorenzo unterbrochen.

»Miss Beaufont, du planst also diese Technik einzusetzen, um die anderen Vertreter zu finden? Ist das richtig?«

»Ich werde es versuchen«, sagte Liv vorsichtig, wobei ihr Blick zurück zu Kayla glitt.

»Das ist einfach faszinierend«, freute sich Hester. Sie rutschte ein Stück auf der Bank zur Seite. »Wir sollten Platz machen für Rat Carraway und seine Chimäre.«

»Ich glaube nicht, dass genug Platz vorhanden ist«, klagte Bianca.

»Sei doch nicht albern.« Raina hob ihr Tablet auf und schlurfte die lange Bank hinunter.

»Aber die Chimäre ist riesig«, stellte Lorenzo fest und zog eine Grimasse wegen dieser Kreatur.

Wie aufs Stichwort schrumpfte Pickles in Terriergestalt zusammen und folgte John auf seinem Weg die Treppe hinauf zur Bank.

Lorenzo, Kayla und Bianca rührten sich nicht vom Fleck, als er versuchte einen Platz zu finden. Haro und Raina standen. Hester tätschelte den Platz neben ihr und Raina bot ihn John zur Begrüßung an. »Kommen Sie zu uns, Rat Carraway.«

»Da es noch niemand bisher gesagt hat«, bemerkte Raina, »willkommen im Haus. Wir freuen uns, dass Sie sich uns anschließen.«

Die drei am hinteren Ende wirkten überhaupt nicht begeistert, als John Platz nahm und Pickles ihm leise keuchend auf den Schoß sprang.

Clark stöberte noch in den *Vergessenen Archiven*, als Kayla ihn anschnauzte. »Ich möchte mehr über diese Chimären wissen. Du behauptest, sie beschützen die Sterblichen Sieben?«

»Das stimmt«, antwortete Clark und sein Blick verband sich vorübergehend mit dem von Liv.

»Wenn er also angegriffen würde, würde der Hund ihn beschützen?«, fragte Kayla.

»Theoretisch«, erklärte Clark.

»Obwohl es nicht unbedingt ein Hund sein müsste«, sinnierte Haro. »Du sagtest ›Haustier‹, stimmt's?«

Clark seufzte. »Ich schätze, es muss nicht so sein. In Johns Fall war es das.«

»Das ist mein Fall«, mischte Liv sich ein. »Ich versichere euch, dass ich in der Lage bin die Sterblichen Sieben zu finden und dass ich nicht noch mehr Zeit und Aufmerksamkeit des Rates für diese Angelegenheit in Anspruch nehmen muss.«

»Es liegt in der Verantwortung des Rates deine Aktivitäten zu überwachen und zwar in Bezug auf das, was du tust, wie du es tust und wann«, argumentierte Kayla.

»Dreimal. Ein Proteinriegel, ein Sandwich und Nachos. Um ungefähr neun Uhr heute Morgen, mittags und um sechs Uhr abends«, erklärte Liv bereitwillig.

»Wovon redest du?«, schrie Kayla fast, ihr schwarzes Haar fiel ihr ins Gesicht.

»Das ist, wie oft ich heute gegessen habe, was ich gegessen habe und wann«, antwortete Liv. »Ich erzähle dir als Nächstes von meinem Schlafplan. Das wird etwas komplizierter, da ich ungefähr so oft schlafe, wie Bianca lächelt.«

»Was soll das bedeuten?«, schaltete Bianca sich ein.

»Selten«, erklärte Liv, klimperte mit den Augen und lächelte süß.

»Miss Beaufont macht diesen Rat wieder zum Gespött«, beklagte Bianca.

»Obwohl ich zustimme, dass Kriegerin Beaufont nicht besonders reif handelt«, begann Haro, »hat sie ihren Standpunkt klargemacht. Der Rat überwacht zwar das Verhalten der Krieger, aber wir sind nicht in der Lage Mikromanagement durchzuführen. Kriegerin Beaufont hat mehr als einmal bewiesen, dass sie es nicht nötig hat, dass wir ihre Missionen beaufsichtigen. Und ich wage zu behaupten, dass unsere Zeit an besseren Orten verbracht werden könnte.«

»Bei den Elfen-Verhandlungen zum einen.« Raina richtete ihren Blick auf ihren Bruder Stefan. »Du hast Fortschritte gemacht?«

Er nickte. »Ich habe alle Bedrohungen für die Elfen ausgelöscht und mir ihre Loyalität verdient. Aus irgendeinem Grund scheinen sie jedoch immer noch nicht bereit zu sein sich mit uns zu verbünden.«

»Das liegt daran, dass sie ein Haufen Neandertaler sind, mit denen man nicht vernünftig reden kann«, brummte Lorenzo. »Ohne sie sind wir mit Sicherheit besser dran.«

»Da muss ich widersprechen«, warf Hester ein. »Wenn wir das Haus und das, was es für die magische Gemeinschaft tut, in Ordnung bringen wollen, brauchen wir alle wichtigen Rassen an Bord.«

»Damit sind auch die Sterblichen gemeint«, erklärte John.

Alle hielten inne und betrachteten ihn, als würden sie erwarten, dass er weitersprach.

Er versteifte sich und hielt Pickles näher bei sich. »Einer der ursprünglichen Zwecke des Hauses war der Schutz der sterblichen Welt, nicht wahr?«

Hester nickte. »Das ist richtig. Aber derzeit wollen sich die Elfen nicht an die Regeln des Hauses halten, was uns teilweise machtlos macht. Wir befürchten, dass, wenn sie aus der Reihe tanzen, andere Rassen es auch tun werden.«

»Dann wird das Haus nutzlos sein«, fasste John zusammen.

Sie nickte.

»Aber wenn Rat …« John hielt inne und schaute Lorenzo direkt an.

»Rosario«, sagte er.

»Wenn Rat Rosario Elfen als unwichtig ansieht, werden sie dies auf irgendeiner Ebene spüren«, erklärte John.

»Das ist lächerlich«, spuckte Lorenzo aus.

»Eigentlich«, teilte Stefan mit, »erwähnten die Elfen während meiner Gespräche mit ihnen, dass sie von den Royals nicht respektiert werden.«

»Ich würde auch kein Bündnis mit Leuten eingehen wollen, die mich nicht respektieren«, tat John kund.

»Ich stimme zu«, bekräftigte Raina. »Was bedeutet, dass die Verhandlungen vielleicht jetzt dem Rat zufallen. Stefan hat getan, was er konnte, um ihren guten Willen zu verdienen. Was wir brauchen ist der Beweis, dass jeder von uns sie respektiert und ihre Loyalität möchte.«

»Das ist Zeitverschwendung«, sagte Lorenzo, während sein Gesicht rot anlief. »Wir haben genug Zeit damit verbracht die Elfen zu überzeugen. Sollen sie sich doch von uns abspalten. Wir werden stärkere Bündnisse mit anderen eingehen.«

»Ich bin nicht anderer Meinung, aber lasst uns darüber abstimmen«, schlug Haro vor.

Alle nickten, also stimmte der Rat darüber ab, ob sie ihre Zeit damit verbringen sollten sich die Gunst der Elfen zu verdienen. Wie üblich stimmten Hester, Raina und Clark dafür weiterhin Brücken zu den Elfen zu bauen. Bianca, Kayla, Lorenzo und ein scheinbar unschlüssiger Haro stimmten dagegen.

»Rat Carraway, wie stimmen Sie ab?«, fragte Hester.

Plötzlich sah er Liv mit nervöser Anspannung in den Augen an. Sie lächelte ihm einfach zu, weil sie wusste, dass er die richtige Entscheidung treffen würde.

»Ich stimme für den Aufbau einer Partnerschaft mit den Elfen«, sagte er selbstbewusst.

»Da die Stimmen der Sterblichen doppelt zählen, bedeutet das, dass es fünf zu vier steht«, stellte Clark mit Enthusiasmus fest.

Kapitel 9

Kayla Sinclair betrat die Schwarze Leere ohne die kleinste Andeutung von Zögern. Ja, es stank fürchterlich. Ja, es füllte die Magengrube mit Abscheu. Aber das taten auch viele Zutaten, die in komplizierten und starken Tränken verwendet wurden. Der Gott-Magier war einfach so, argumentierte sie. Er war ein notwendiger Teil der magischen Welt und eines Tages würde er sie mit ihrer Hilfe regieren.

Talon blickte beiläufig von den vielen Eidechsen und Schlangen, die seinen Thron umringten, auf und blinzelte sie leicht an, wobei sie wegen seiner strahlenden Augen anfangs schielte. »Du bist wütend«, bemerkte er.

Kayla zeigte dorthin, woher sie gekommen war. »Hast du gehört, was gerade passiert ist?«

Er schwieg einen Moment und schüttelte den Kopf. »Ich höre nicht alles, was im Haus der Sieben geschieht. Ich kann die Dinge mehr oder weniger wahrnehmen, aber nur, wenn meine Macht wächst.«

Der Art und Weise nach zu urteilen, wie er sprach, wurde er immer stärker, bemerkte Kayla. »Die Chimären. Warum hast du mir nicht gesagt, dass die Sterblichen Sieben von ihnen bewacht werden? Das wäre hilfreich gewesen.«

Die Augen des Gott-Magiers verdunkelten sich, als sein Blick nach unten fiel. »Sie werden immer noch von Chimären bewacht?«

»Du wusstest also davon?«

Er schüttelte den Kopf. »In der Vergangenheit, vor dem großen Krieg, hatten die Sterblichen Sieben Chimären. Ich war mir jedoch sicher, dass sie alle starben, als die Gründermagier getötet wurden, außer mir natürlich und die Magie für die Sterblichen verschwand.«

»Sie sind nicht gestorben«, erklärte Kayla. »Und der Erste der Sterblichen Sieben wurde rekrutiert und ins Haus gebracht.«

Talon nickte. »Das dachte ich mir. Ich fühlte so viel, wollte es aber nicht glauben.« Er erhob sich wie ein Geist und schwebte über den Steinboden. »Es wird noch viel schwieriger werden mein Schicksal zu erfüllen, wenn die Sterblichen Sieben zurück ins Haus gebracht werden.«

»Das weiß ich, Mylord, aber ich kann dir nicht helfen, wenn du mir nicht diese wichtigen Details mitteilst, wie zum Beispiel über die Sache mit den Chimären. Die Chimäre dieses Sterblichen, der einer der Sieben ist, wurde befreit und so wurde er hereingebracht und als Royal bestimmt. Hätte ich das gewusst, wäre meine Aufgabe vielleicht einfacher gewesen.«

»Vor langer Zeit, als ich die Gründer ermordet und die Sterblichen aus dem Haus vertrieben hatte, sollte ich zur vollen Macht aufsteigen«, erklärte der Gott-Magier. »Vater Zeit hat das verhindert und seitdem habe ich geschlummert. Die Chimären waren in all den Jahren meine geringste Sorge.«

»Sie gehören mir«, schrie Kayla fast.

Talon schritt weiter, seine Robe und die langen weißen Haare flossen über die Knochen seiner Beute. »Das ist beunruhigend.«

»Heute Abend werde ich diesen John jagen, der zu den sieben Sterblichen gehört«, erklärte Kayla.

»Das darfst du nicht«, warnte Talon. »Wenn seine Chimäre freigelassen wurde, wird der Sterbliche sehr schwer zu töten sein. Er ist es nicht wert deine Tarnung aufzugeben. Deine Energie ist besser eingesetzt, wenn du versuchst die anderen der Sieben zu finden, bevor ihre Chimären freigesetzt werden.«

Kayla stieß einen langen, frustrierten Atemzug aus. »Das habe ich versucht zu tun, aber zwischen dem, was du mich mit den Elfen machen lässt und den Ratsgeschäften ist es nicht leicht die Zeit dafür zu finden.«

»Ich versichere dir, dass die Mission, auf die ich dich geschickt habe um die Elfen zu infiltrieren, deine Zeit wert war«, freute sich Talon. »Es ist nur eine Frage der Zeit, bis ich genau erfahre, wo sich Vater Zeit befindet.«

»Und die Sanduhr?«, fragte Kayla. »Wolltest du sie nicht?«

Der Gott-Magier hielt inne und winkte mit der Hand. »Nein, dafür habe ich keine Verwendung. Sie ist lediglich ein Mittel zum Zweck.«

»Was soll ich dann Mac Shazia sagen?«

»Sag ihm, er soll die Sanduhr ausleeren oder behalten, oder was immer er will«, befahl Talon. »Sorge nur dafür, dass Vater Zeit sie nicht zurückbekommt. Je länger er ohne sie ist, desto leichter wird er zu finden sein. Wenn wir ihn gefunden haben, kann ich endlich die volle Macht erlangen.«

Kapitel 10

Jedes Mal, wenn Sophia den Kanal auf dem Fernseher wechseln wollte, blinzelte sie einfach. Es gab eine Unmenge von Möglichkeiten, bei denen sie und der Drache sich auf keine einigen konnten. Das Ei, das sie mit großer Mühe ins Wohnzimmer gerollt hatte, lag vor dem Sofa neben ihr.

Es fiel ihr schwer zu glauben, dass das Drachenei so groß geworden war. Noch schwerer war es für sie zu begreifen, wie viel größer sie innerhalb einer Stunde gewachsen war. Sie hatte die Besorgnis und Enttäuschung auf Livs Gesicht gelesen, als sie zu ihrer Geburtstagsfeier gekommen war. Innerhalb von sechzig Minuten war sie ein ganzes Jahr älter geworden und herangewachsen, ihre Gesichtszüge wurden reifer und ihr Geist folgte dem. Danach hatte Sophia fast einen ganzen Tag lang geschlafen.

Jetzt verstehst du, warum ich so viel schlafe, sagte der Drache, der noch keinen Namen hatte, in Gedanken.

Nein, eigentlich nicht, antwortete sie telepathisch und wechselte wieder den Kanal. *Es ist unglaublich langweilig, wenn man zwanzig Stunden lang schläft.*

Wir wachsen, argumentierte er. *Wir brauchen unsere Ruhe.*

Ich habe nur einen Tag geschlafen. Das macht man normalerweise so ziemlich jeden Tag und man wacht immer nur für ein paar Stunden am Stück auf.

Du bist mir auf der Reife-Skala ein wenig voraus, erklärte der Drache. *Keine Sorge, ich werde schnell aufholen und dann hast du eine Menge Arbeit vor dir.*

Sophia stand dem großen blauen Drachenei gegenüber. *Was hat das zu bedeuten?*

Nichts, antwortete er sofort. *Es ist nur so, dass ich, wenn ich schlüpfe, dir um Meilen voraus sein werde, Magierin.*

Sie schniefte. *Meinst du?*

Nicht, wenn du diesen Unsinn nicht abstellst. Was sehen wir uns da an?

Keeping up with the Kardashians, sagte Sophia mit schelmischer Freude.

Sophia Beaufont, wechsle sofort den Sender! Du weißt, dass ich historische Dokumentarfilme oder den Wissenschaftskanal bevorzuge.

Warum kommst du nicht raus und zwingst mich dazu?, hänselte sie.

Wenn ich das tue, dann versenge ich dir alle Haare, drohte er. *Welche Farbe haben sie übrigens?*

Rot, log sie. *Flammend-heißes Rot.*

Nein, sicher nicht. Ich würde nie von einer Rothaarigen angezogen werden.

Weil du schlechte Laune hast?, fragte sie.

Nein, ich liebe schlechte Laune. Weil sich deine Haare furchtbar mit meinen Schuppen beißen würden.

Du bist so oberflächlich, sagte Sophia und lachte laut auf.

»Was ist los?«, fragte Clark, als er mit einem Handtuch über den Schultern aus der Küche kam.

»Nichts«, rief Sophia. »Ich lache nur über den Drachen.«

»Richtig, denn der ist richtig komisch«, sagte Clark, als er wieder in der Küche arbeiten ging.

Die meisten würden die Gespräche, die sie mit dem Drachen führte, für ziemlich merkwürdig halten. Sie dachten wahrscheinlich, sie würden über Reitstile oder Kampftechniken sprechen. Bislang hatten sie sich darüber noch nicht unterhalten.

Sophia entschied sich seinem Wunsch nachzukommen und stellte den Fernseher auf ein Programm um, das dem Drachen mehr Spaß machen würde. Als die Erzählerin über Supervulkane zu sprechen begann, spürte sie, wie der Drache sich erholte.

Beschreibe, was auf dem Bildschirm passiert, forderte er.

Da ist ein Berg, sagte sie trocken. *Er steht in Flammen, sozusagen. Es ist heiß. Da ist Lava.*

Er seufzte. *Ich dachte an etwas Konkreteres. Hey, kannst du die Heizung aufdrehen?*

Nein, das letzte Mal, als ich das tat, war Liv wütend, als sie nach Hause in die Sauna kam.

Sie ist so unvernünftig, klagte der Drache.

An diesem Tag hatte es fast einundvierzig Grad hier drin.

Mmmmm, die perfekte Temperatur.

Wie sollen du und ich zusammenleben, wenn wir so unterschiedliche Lebensbedingungen brauchen?

Du wirst dich anpassen müssen, sagte er sofort.

Sophia lachte. *Im Ernst?*

Es bedarf eines kleinen Kompromisses von beiden Seiten. Außerdem werde ich nicht immer bei dir sein. Meine Größe wird das verhindern. Aber mit der Zeit wird die Hitze dich nicht mehr stören und kühlere Temperaturen werden mir nicht mehr so unangenehm sein. Aber im Moment sind sie für mich noch schwer zu ertragen.

Ich weiß, erklärte Sophia mitfühlend. *Keine Sorge, das kriegen wir schon hin.*

Wann?, fragte der Drache ungeduldig wie immer.

Sophia hörte, wie sich die Haustür schloss und signalisierte, dass Liv endlich zu Hause war. Sie stand auf. *Und zwar sofort.*

* * *

Liv war nicht überrascht Sophia bei der Couch neben ihrem Drachenei vorzufinden. Sie hatten sich dort in letzter Zeit am Nachmittag immer herumgetrieben. Zum Glück herrschte nicht wieder eine gottlose Temperatur in der Wohnung. Was sie überraschte, war, dass Clark eine Schürze trug und ein Tablett mit Mini-Quiches in der Hand hielt.

»Was machst du da?«, fragte sie ihren Bruder. »Dir ist klar, dass du nicht mein Butler oder mein persönlicher Koch bist, oder was auch immer du hier vorhast, oder?«

Er streckte ihr das Tablett entgegen und drängte sie eine der Mini-Quiches zu nehmen. »Nimm. Es ist ein neues Rezept.«

»Du musst nicht weiter backen, um deine Unterkunft zu verdienen«, erklärte sie. Clark war vor Kurzem eingezogen mit der Begründung, dass das Haus sich in letzter Zeit fremd angefühlt hatte und er lebte nicht gern allein. Liv hatte ihn eingeladen mit ihr und Sophia zusammenzuziehen und nachdem der einst winzigen Einzimmerwohnung ein weiterer Flügel hinzugefügt worden war, passte alles perfekt zusammen.

Er schüttelte den Kopf. »Das ist nicht der Grund, warum ich es tue. Backen hat etwas, wodurch ich mich weniger gestresst fühle.«

»Dann schlage ich vor, dass du die ganze Zeit backst«, witzelte sie.

»Ha-ha«, sagte er und hielt das Tablett in ihre Richtung.

Sie willigte ein und nahm eine. »Wenn ich herausfinde, dass du meine Ernährungsgewohnheiten sabotierst, lege ich Mistkäfer in dein Bett.«

»Schon wieder?«, schoss er zurück. »Du solltest mit deinen Vergeltungsmaßnahmen kreativer werden. Weißt du, etwas das mich wirklich auf Trab hält.«

»Hey, diese Backerei funktioniert wirklich gut bei dir. Normalerweise würdest du nicht widersprechen. Wie geht es weiter? Eine Freundin vielleicht?«

Er schüttelte den Kopf. »Zwischen dem Backen, dem Rat und den *Vergessenen Archiven* bin ich am Ende meiner Kräfte.«

»Ich verstehe.« Liv nahm noch eine der Mini-Quiches und steckte sie sich in den Mund, ihre Augen leuchteten auf. »Die sind wirklich gut. Ich werde nicht verhungern, solange du da bist.«

»Was meinst du mit: Du verstehst?«, fragte Clark und ging ins Wohnzimmer, wo Sophia und das Ei einen Dokumentarfilm über Vulkane ansahen … wieder einmal.

»Ich bin auch ziemlich beschäftigt mit der ganzen Suche wegen der ›Sterblichen Sieben‹«, gestand Liv, die ihm folgte und sich eine weitere Quiche über seine Schulter hinweg griff. Er streckte immer wieder seine Hände aus und hielt das Tablett gerade außerhalb ihrer Reichweite.

»Lass Sophia etwas übrig«, warnte er, als er das Tablett vor ihr abstellte.

Sophia winkte ab. »Danke, aber der Drache sagt, ich solle nichts essen, was nicht vor kurzem gemuht hat.«

»Sag Sammy, dass du kein Drache bist«, forderte Liv und schob sich eine weitere Quiche in den Mund.

»Ich muss ihm nichts ausrichten«, sagte Sophia. »Er kann dich hören.«

Clark lachte.

»Er kann dich auch hören, Clarky«, fügte Sophia hinzu. »Anscheinend schnarchst du sehr laut und das weckt ihn auf.«

»Hier«, sagte Liv und zauberte ein Paar Ohrenschützer herbei, die die Spitze des Eis bedeckten.

Sophia kicherte vor Freude. »Er sagt, er mag sie, weil sie ihn wärmen, aber er wird ein größeres Paar brauchen, um das Schnarchen auszusperren.«

»Ich lasse ihm von Rory etwas stricken«, erklärte Liv.

»Eigentlich wollte ich mit dir über etwas sprechen, das mit Rory zu tun hat«, bekannte Sophia im Stehen. Sie trug ein blau-weiß gestreiftes Kleid und ihr Haar war aufwendig geflochten und über die Schultern drapiert.

Liv warf Clark einen vorsichtigen Blick zu. »Was ist los, Soph?«

»Der Drache schätzt alles, was du getan hast, um ihm entgegenzukommen«, begann sie und drehte sich plötzlich um, um sich dem Ei zuzuwenden. »Ich lege dir keine Worte in den Mund. Ich kann das nicht tun, wenn du nicht aus deiner Schale kommst und für dich selbst sprichst.«

Die beiden hatten dies viel öfter getan, seit sie begonnen hatten, schneller zu reifen. Rory hatte gesagt, dass sie ihre ›Zwischenjahre‹ durchlaufen würden. Es würde anscheinend besser werden … vielleicht. Der Riese erklärte, dass dies einfach ein Teil ihrer Dynamik sein könne. Da der Drache nicht von einer Drachenfamilie aufgezogen wurde und hauptsächlich magische Einflüsse hatte, könne seine Persönlichkeit etwas anders sein als bei anderen Drachen. Als Liv Bermuda bedrängt hatte, um mehr Einzelheiten zu erfahren, hatte diese einfach gesagt: »Er wird den schrecklichen Humor eines Magiers haben.«

Liv fand das nicht so schlimm, aber die Riesin schien zu glauben, dass er sich dadurch sehr von seinem eigenen Leben entfernen würde. Das würde die Dinge ziemlich interessant machen, wenn er geschlüpft wäre und Sophia und er sich auf den Weg machten, um sich den Drachenreitern anzuschließen. Liv argumentierte, dass anders auch gut sein konnte. Es hatte ihr im Haus gute Dienste geleistet. Sie war eine Nonkonformistin.

Bermuda war jedoch gegen diese Idee. »Die Drachenreiter haben die Dinge lange Zeit auf die gleiche Weise gemacht. Sie tolerieren diejenigen nicht, die anders sind.«

»Gut«, hatte Liv aufmüpfig gesagt, was den finsteren Blick der Riesin auf sie gelenkt hatte.

»Soph«, sagte Liv, um die Aufmerksamkeit ihrer kleinen Schwester zurückzugewinnen. »Was ist mit Phil los?«

Sophia lachte, gewöhnt an die vielen verschiedenen Namen, die Liv jeden Tag für den Drachen benutzte. »Er sagt, es ist zu kalt hier drin.«

»Wir sprachen darüber eine Sauna zu installieren«, erklärte Liv. »Jetzt, wo Clark hier ist, kann er mir helfen. Wir müssen nur noch ein weiteres Stockwerk hinzufügen, was ein wenig kompliziert ist.«

»Er will auch Wasser«, fuhr Sophia fort.

»Wie eine Wanne?«, fragte Clark. »Vielleicht schaffe ich das.«

»Wie ein Wasserfall«, gestand Sophia nervös.

»Ist das alles?«, fragte Liv trocken.

»Einen Erdhügel, eine Ziegenherde in der Nähe und viel frisches Laub«, listete Sophia in rascher Folge auf.

Liv wandte sich an Clark. »Meinst du, du kannst das in die Renovierungspläne einbauen?«

Er schüttelte den Kopf. »Einen Ort, der auf sechshundert Quadratmetern liegt? Nein, das ist sehr zweifelhaft. Ich habe nicht diese Art von Magie, nicht einmal, nachdem ich John in letzter Zeit nahe war.«

Liv stimmte mit einem Kopfnicken zu. »Ja, ich auch nicht.«

Sophias Gesicht war die Enttäuschung anzumerken.

Liv kniete nieder und musste nicht mehr so tief gehen, um ihrer kleinen Schwester auf Augenhöhe zu begegnen, da Sophia nicht mehr so klein war. Obwohl sie erst neun Jahre alt war, hatte sie die Größe einer Zehn- oder Elfjährigen und wuchs jeden Tag schneller, genau wie ihr Ei. »Mach dir keine Sorgen, Soph. Ich werde mit Rory sprechen und er wird mir helfen eine Möglichkeit zu finden.«

»Danke, Liv«, flüsterte sie, wobei ein Lächeln ihr Gesicht überzog.

»Aber«, sagte Liv und hielt einen Finger hoch, um sie auszubremsen. »Das wird wahrscheinlich bedeuten, dass Bob umziehen muss.«

Sophia schien dies sofort zu verstehen, ihr Gesichtsausdruck zeigte es.

»Aber ich möchte, dass du mindestens so lange bei uns bleibst, bis dein Drache geschlüpft ist.« Sie zeigte auf die Worte, die Clark über den Kamin geschrieben hatte. Sie passten zu denen am alten Ort und zu denen, die sie von ihren Eltern gelernt hatten.

Familia Est Sempiternum

»Wir bleiben vorerst zusammen. Ist das klar?«, fragte Liv ihre kleine Schwester.

»Ja und ich möchte wirklich nirgendwo hingehen«, gestand Sophia sofort. »Der Drache und ich haben darüber diskutiert und er behauptet, wir würden nicht immer zusammen sein. Ich schlafe die meiste Zeit drinnen und er zieht es vor, es nicht zu tun. Auch er denkt, es wäre gut für mich, hier zu sein, bevor …«

»Bevor?«, fragte Clark mit plötzlicher Spannung in seiner Stimme.

»Bevor ich es nicht mehr bin«, enthüllte Sophia errötend und blickte ihre Geschwister an.

Liv und Clark gaben beide stillschweigend zu, dass dies eine sich schnell nähernde Realität war, aber keiner von beiden konnte darüber sprechen. Sie wollten das Beste für Sophia, aber warum bedeutete das, dass sie schneller als gewöhnlich erwachsen werden und sie verlassen musste? Es gab kein größeres Prestige, als ein Drachenreiter zu sein und doch wünschte sich Liv manchmal, dass ihre erstaunlich talentierte Schwester nicht für eine solche Ehre ausgewählt worden wäre. Das verursachte in Liv ein schreckliches Gefühl, aber sie wollte ganz egoistisch immer nach Hause kommen und diese strahlend blauen Augen und dieses strahlende Lächeln sehen. Doch die wahre Liebe wünschte sich immer das, was für jemanden besser war. Alles andere war nur bedingte Liebe.

»Soph«, sagte Clark, »warum gehst du dich nicht zum Abendessen waschen? Ich habe Boeuf Stroganoff gemacht, da ich weiß, dass dein ganz besonderer Drache dir gerne befiehlt, dass du Steak essen sollst.«

Sophia drehte sich mit dem Gesicht zum großen blauen Ei. »Ach, wirklich? Du bist nicht wählerisch? Wie war das, als du mir gesagt hast, ich solle nur klassische Musik hören, weil dir bei Popmusik der Kopf schmerzt?«

»Und ihr beide mögt euch tatsächlich?«, fragte Liv und schaute zwischen dem Ei und Sophia hin und her.

Die kleine Magierin strahlte. »Ich liebe ihn! Er ist eine Nervensäge, aber ähnlich wie du über Stefan denkst, gibt es niemanden, mit dem ich lieber zusammen wäre. Er versteht mich einfach, aber nicht auf romantische Weise. Es ist schwer zu erklären.«

Liv nickte, als sie ihre Schwester ins Bad begleitete. »Ja, geh dich waschen. Bitte vergleiche dein Drachenei nie wieder mit einer romantischen Beziehung.«

Rory hatte Liv erklärt, dass die Bindung, die ein Reiter mit seinem Drachen hatte, tatsächlich tiefer war als eine romantische Beziehung. Es war ähnlich wie eine Seelenverwandtschaft. Da sie für die Ewigkeit miteinander verbunden waren, würden Sophia und der Drache einander beeinflussen. Es war wie eine Verstrickung. Was mit ihr geschah, würde auch ihm passieren, auf irgendeiner Ebene. Wenn er wuchs, reifte sie heran und umgekehrt. Sie waren zwei Teile eines Ganzen und es gab absolut keine Möglichkeit sie zu trennen, außer durch den Tod, der sich offensichtlich auf den verbleibenden Partner auswirken würde, indem er entweder dahinsiechte oder tatsächlich auch starb. Liv schluckte und war einmal mehr nicht in der Lage eine solch seltsame Bindung zu begreifen.

»Du musstest ihr ja erlauben sich ein Drachenei schenken zu lassen«, maulte Clark und ging in Richtung Küche.

»Ich wusste nicht, dass es das war, was Rory für sie im Sinn hatte«, erklärte sie, ihrem Bruder folgend. »Und es ist eine unglaubliche Gelegenheit. Sie wird zur Elite gehören.«

Clark drehte sich um, sobald sie in der Küche waren. »Ich weiß. Ich freue mich für sie. Es ist nur so viel zu verarbeiten.«

Liv nickte. »Ich weiß. Glaube mir, ich weiß.«

Ihr Bruder schien zu resignieren. »Es tut mir leid. Du hast eine Menge zu bewältigen und ich sollte dich damit nicht belasten.«

Liv blinzelte Clark verblüfft zu. »Diese Sache mit dem Kochen und Backen macht dich wirklich weich, nicht wahr?«

Er schenkte ihr ein Lächeln. »Ich brauchte ein Ventil. Rory hat es vorgeschlagen.«

Liv teilte sein Lächeln. »Er kennt viele Möglichkeiten.«

»Wie du es gewünscht hast, habe ich mich mit den Gesetzen zu den Beziehungen zwischen den royalen Familien befasst«, sagte Clark und löffelte Boeuf Stroganoff auf einen Teller.

»Und?«, fragte Liv und genoss den würzigen Geruch, der aus dem großen Topf aufstieg.

»Die Gesetze sind komplex«, erklärte Clark. »Es gibt absolut keine Schlupflöcher.«

»So wie ich nicht sagen kann, dass Stefan ein entfernter Cousin dritten Grades ist und wir daher nicht zwei verschiedene Familien sind, die sich treffen?«, scherzte Liv.

Er zog eine Grimasse. »Wie ekelhaft. Nein, ich dachte an ein weniger hinterwäldlerisches Schlupfloch, aber es gibt keins.«

»Welche Optionen haben wir also?«, fragte Liv und nahm den Teller, den er ihr gab.

»Wir müssen das Gesetz ändern.«

Liv atmete tief durch, da sie diese Antwort befürchtet hatte. »Wie schwer wird das werden?«

»Liv, diese Gesetze wurden von den Gründern geschaffen«, erklärte er. »Es sind die gleichen Gesetze, die besagen, dass es eine sterbliche Vertretung im Rat geben muss. Wenn wir versuchen dieses Gesetz zu ändern, was hält jemanden davon ab zu versuchen die anderen Gesetze zu ändern?«

»Aber nur weil etwas geschrieben steht, ist es noch lange nicht richtig«, argumentierte Liv. »Den Royals zu sagen, sie dürften sich nicht verabreden, ist falsch. Zu behaupten, dass Royals sich nicht mit anderen Rassen fortpflanzen können, ist … nun, das ist rassistisch.«

»Ich stimme zu, aber das ist schlüpfriges Terrain«, riet Clark. »Wenn man ein Gesetz ändert, öffnet man die Tür für alle, um welche zu ändern.«

Liv war nicht so entmutigt, wie sie vermutete, dass Clark es sich vorgestellt hatte. »Also holen wir die Sterblichen

Sieben zurück. Sobald sie an Ort und Stelle sind, werden wir die Stimmen haben, die wir brauchen, um die Dinge dauerhaft zu verändern.«

»Du gehst davon aus, dass die Sterblichen Sieben alle wie John sein und so abstimmen werden, wie du es willst«, argumentierte Clark.

»Nein, ich setze darauf, dass sie alle moralisch scharfsinnige Menschen sind, wie du gesagt hast«, konterte Liv. »Das bedeutet, dass sie die Vielfalt schätzen werden. Sie werden überholte Gesetze ändern wollen. Im Gegensatz zu den vertrockneten alten Gründern, die die Sterblichen herausgedrängt haben, werden sie sich nicht durch andere Rassen im Haus einschüchtern lassen.«

Clark erstarrte, als er sie plötzlich ansah. »Was sagst du da?«

»Warum waren nur Magier im Haus?«, fragte Liv. »Ich meine, wir haben die Sterblichen eingeladen, um die Dinge auszugleichen. Aber warum waren andere Rassen nicht vertreten? Vielleicht ist es das, was den Elfenverhandlungen fehlt? Um Magie richtig zu regieren, sollte da nicht jeder eine Stimme haben?«

Kapitel 11

Clark war nicht gegen Livs Idee, dass im Rat alle Rassen vertreten sein sollten, er dachte nur, es wäre noch zu früh. Es hatte sich viel verändert und es gab viel zu tun. Der Fortschritt hing davon ab die Dinge auf die richtige Weise anzugehen.

Zuerst mussten die ›Sterblichen Sieben‹ gefunden werden. Dann musste die Angelegenheit mit den Elfen wieder in Ordnung gebracht werden. Vielleicht könnten eines Tages andere Rassen in das Haus eingeladen werden. Dann spielten die Gesetze über Beziehungen untereinander und Fortpflanzung keine Rolle mehr.

Livs Kopf schwirrte wegen all dieser Ideen, sodass sie nicht einmal bemerkte, dass sie Rorys Haus erreicht hatte, bis Junebug sie auf dem Bürgersteig begrüßte.

»Hey, Kumpel«, rief sie dem Kater zu halb in der Erwartung, dass er antwortete wie Plato. Stattdessen strich er nur an ihrer Wade entlang und schaute erwartungsvoll zu ihr auf. Sie kraulte seinen Kopf und schlängelte sich den Weg entlang zu Rorys Haustür, die – ganz untypisch – geschlossen blieb.

Liv hob ihre Hand und erwartete, dass die Tür aufschwingen würde, wie sie es normalerweise tat, wenn sie auftauchte. Stattdessen öffnete sie sich nur einen Spalt.

»Lass June nicht hier rein«, rief Rory von drinnen.

Liv warf einen Blick auf die flauschige Katze und zuckte die Achseln. »Sorry, nicht meine Regeln, Kumpel.«

Der Kater schien sie zu verstehen, als er sich zum Baum in der Mitte des Vorgartens davonschlich. Liv schlüpfte ins Haus und hielt inne.

»Hmmm, was machst du da?«, fragte sie.

Der Riese saß auf dem Boden seines Wohnzimmers und flocht gelbe Fasern aus haarähnlichen Fäden zusammen. »Ich mache einen Juteteppich.«

»Aaaaaaha«, sagte Liv. »Dir ist klar, dass du einfach in den Dritte-Welt-Laden hinunterlaufen und einen dieser handgeknüpften Teppiche kaufen könntest.«

Rory schaute ihr mit seinem normalen finsteren Blick in die Augen.

»Oder du kannst einen zaubern.« Sie hob ihre Hand. »Soll ich dir einen besorgen? Ich werde immer besser darin aus dem magischen Katalog zu bestellen.«

»Riesen gehen dort nicht hin«, sagte er. Er saß im Schneidersitz und band die Fasern zusammen, als würde er Rapunzels Haar flechten. »Wir machen unsere Sachen lieber selbst, statt sie zu zaubern.«

»Ich weiß«, gestand Liv und nahm auf dem Boden neben ihm Platz. »Ihr seid alle gut und Magier sind schlecht. Wir sind die Schlechtesten und ihr seid die Besten. Wir machen schreckliche Witze und ihr macht gar keine Witze. Du bist das Yin zu meinem Yang.«

»Was willst du?«

»Wow, du bist heute aber schlecht gelaunt«, erkannte Liv und rutschte ein paar Zentimeter zurück, als ob er sie mit seinen Worten verbrannt hätte.

Rory seufzte und fuhr mit den Händen durch seine dunklen, chaotischen Locken. »Es tut mir leid. Das war unhöflich. Es ist nur so, dass Mum in letzter Zeit eine echte Schreckschraube ist.« Er schlug mit der Hand auf seinen Mund und verdrehte die Augen. »Du hast nicht gehört, dass ich das über sie gesagt habe. Vergiss es sofort.«

Liv lachte. »Du machst dir Sorgen, wenn du sagst, dass sie eine Schreckschraube ist? Ich sage im Schlaf noch schlimmere Dinge über diese Frau.«

Rory senkte sein Kinn und betrachtete sie mit zusammengekniffenen Augen.

»Ach, komm schon. Nur zum Spaß. Du weißt, ich liebe Bermuda, oder Frau Laurens, oder wie auch immer sie in letzter Zeit von mir verlangt, dass ich sie nenne.«

»Ich glaube, es wäre ihr lieber, wenn du sie überhaupt nicht benennen würdest«, erklärte Rory.

»Genau«, triumphierte Liv. »Du verstehst also, warum ich sie im Schlaf als Fiesling bezeichnen könnte. Oder Frau Unerträglich. Einmal nannte ich sie …«

Rory schnitt ihr das Wort ab. »Ich hab' es kapiert.«

»Richtig. Sorry.« Liv meinte es ernst. »Ich weiß, man soll nicht schlecht über die Mutter von jemandem reden. Ich liebe sie, wirklich. Aber sie scheint mich nicht besonders zu mögen. Oder irgendjemanden. Jedenfalls, warum nervt sie dich in letzter Zeit so?«

»Wann *tut* sie das nicht?« Rory flocht weiter die Jute und wob ein wirklich schönes Muster. Er hatte bereits mehrere lange Stränge fertig, die neben ihm auf dem Boden lagen. »Entweder ist es die Arbeit und dass ich nicht so hart arbeite wie mein Vater, oder es geht um Verabredungen und dass ich es nicht einmal versuche, oder meine Ernährung und dass ich nicht genug Avocados esse.«

»Avocados essen ist zu viel«, stellte Liv fest. »Wie kriegt man diese matschigen, geschmacklosen Dinger runter? Jemand hat neulich meine Nachos ruiniert, indem er einen Klumpen von diesem Zeug darauf deponiert hat.«

»Das nennt man Guacamole, sie hat einen hohen Kaliumgehalt und ist gesund …« Rory schüttelte den Kopf. »Jetzt fange ich schon an wie sie zu klingen.«

Liv nickte mit Sympathie. »Es ist schwer nicht wie unsere Eltern zu klingen. Sie haben großen Einfluss auf unser Leben.«

»Ich weiß«, sagte Rory und knüpfte den Teppich mit mehr Eifer als zuvor. »Ich wünschte nur, dass sie mich für eine Weile in Ruhe und mein eigenes Leben leben lassen würde.«

»Dieser Job, von dem sie behauptet, du machst ihn nicht so gut wie dein Vater … das ist dieser geheime Job, richtig?«

»Ja«, antwortete er sofort.

»Und wenn du das Architekturbüro leiten …«

»Das ist es nicht«, unterbrach er.

Liv lachte. »Ich weiß. Warum solltest du, ein talentierter Ernährungswissenschaftler …?«

»Nein«, sagte er und zu ihrer Erleichterung schlich sich ein Lächeln auf sein ernstes Gesicht.

»Ich weiß, dass du Rudolf bei seinen neuen Geschäftsunternehmungen geholfen hast, also musst du fast ein Seelenklempner sein. Du versuchst dem König der Fae zu helfen seinen Verstand zu finden, nicht wahr?«

»Ich bin kein Therapeut«, erklärte er kopfschüttelnd.

»Gut, denn ich müsste dir sagen, dass Rudolf nicht den Verstand verloren hat. Er hatte eigentlich nie einen.«

»Möchtest du wirklich wissen, was ich beruflich mache? Was das Familienunternehmen ist?«, fragte Rory völlig ernsthaft.

»Willst du es mir sagen?«

Er zuckte die Achseln. »Es ist nichts, wirklich. Ich bin ein …«

»Verschwinde, du lästige Katze!«, rief Bermuda vom Vorgarten aus.

DIE UNWAHRSCHEINLICHSTEN HELDEN

Rorys Augen weiteten sich, als er aufstand. »Oh, nein. Was macht sie denn hier? Mum sagte, sie wollte heute nicht kommen.« Er rollte verzweifelt die Teile des Teppichs auf.

»Ist sie auch dagegen, dass du Juteteppiche herstellst?«, fragte Liv und versuchte zu helfen.

Er nickte. »Meine Hobbys gefallen ihr nicht. Sie denkt, sie lenken vom Geschäft und von Verabredungen und wer weiß was sonst noch ab. Hier, hilfst du mir die loszuwerden?«

Liv war schon dabei und schickte die Jutefasern durch Raum und Zeit, sodass sie wie von Zauberhand auf Clarks Bett erschienen. Rory war damit beschäftigt sein Haar mit den Fingern aus dem Gesicht zu streichen und sein zerknittertes Hemd zu glätten.

»Wohin hast du sie geschickt?«, fragte er, als sie nur noch zwei weitere Teile verschwinden lassen musste.

»In Clarks Zimmer. Er wird ausflippen, wenn er seine Zimmertür öffnet und ein Riesen-Chaos vorfindet«, freute sich Liv spitzbübisch. »Hast du verstanden, was ich dort angerichtet habe? Riesen-Chaos und es gehört alles dir.«

»Beeilung«, sagte Rory, als er sein Hemd in die Hose stopfte.

Die Tür schwang auf, gerade als Liv den letzten Teppichteil verschwinden ließ.

Kapitel 12

Liv und Rory standen stramm, die Arme an den Seiten.

Bermuda beäugte beide spekulativ. »Was habt ihr beiden gemacht?«

»Geknutscht.« Liv verstummte kurz und fügte dann hinzu: »Aber richtig!«

Rory ließ den Kopf hängen und bedeckte die Stirn mit der Hand, während er laut aufstöhnte.

»Nein, das habt ihr nicht. Rory weiß, dass dein Herz dem Dämonentöter mit der schlechten Frisur gehört«, behauptete Bermuda.

»Nur weil ich auf die Sache mit der verbotenen Liebe stehe und auf Jungs mit tiefschwarzen Haaren sowie Kampfnarben«, erklärte Liv.

Der Blick Bermudas fiel auf den Boden und zielte auf einen einzelnen Strang Jutefaser. »Was ist das?«

Liv zeigte darauf und ließ den Strang verschwinden. »Mein Haare. Entschuldigung. Ich muss wohl Haare verlieren.«

»Ich hätte nichts anderes erwartet, weil du dir die Haare nicht bürstest«, erklärte Bermuda.

»Oder meine Nägel feile«, sagte Liv und zeigte der Riesin ihre schlecht manikürten Hände.

Bermuda zog eine Grimasse, als sei der Anblick der eingerissenen Nägel und der schlecht behandelten Nagelhaut ein Mordschauplatz. »Wirklich, Kind, es ist immer wieder ein Wunder, dass du es im Leben so weit gebracht hast.«

»Und doch habe ich einen der Sterblichen Sieben gefunden, den SandMan zu Bett gebracht und es hinbekommen, dass die Sterblichen wieder Magie sehen können«, erklärte Liv.

»Niemand mag Angeber.« Bermuda drehte sich zu ihrem Sohn um und schimpfte: »Steh gerade, Rory. Du stehst wieder krumm. Keine Frau will dich, wenn du kein Selbstvertrauen ausstrahlst.«

»Mit mir rumzuhängen wird dir auch nicht helfen«, sagte Liv und gab Rory einen Klaps auf den Arm. Er sah aus, als wolle er sich in einen sehr großen Schrank verkriechen.

»Eigentlich liegst du da falsch, Kriegerin Beaufont«, sagte Bermuda zu ihrer Überraschung. »Du hast bei den anderen magischen Rassen einen ziemlich guten Ruf. Sie mögen keine hohe Meinung vom Haus haben, aber sie respektieren die Opfer, die du für die Sterblichen bringst und für Papa Creola zu arbeiten schadet auch nicht. Das letzte, was ich gehört habe, ist jedoch, dass er andere für die Arbeit mit ihm rekrutiert, sodass du nicht lange der einzige Star bleiben wirst.«

»Oh, nein, sag, dass es nicht so ist«, meinte Liv mit null Aufregung in der Stimme. »Papa wird andere Angestellte haben, die er herumkommandieren und dazu zwingen kann nach seinem Willen zu handeln. Was soll ich denn dann tun?«

Bermuda schüttelte den Kopf, als sie ihren Reiseumhang ablegte. »Warum Vater Zeit dich zu seinem ersten Rekruten gemacht hat, muss ich erst noch herausbekommen.«

»Sie hat ihn aus seinem Versteck geholt und die Herrschaft der Vampire beendet«, brummte Rory monoton.

»Das weiß ich, mein Sohn«, sagte Bermuda mit gedämpfter Stimme, als sie an Rory vorbei in die Küche schritt. »Aber es ist besser, wenn wir Livs Leistungen herunterspielen, damit sie nicht überheblich wird.«

Als sie in der Küche verschwunden war, stieß Rory einen Seufzer der Erleichterung aus. »Danke, dass du mich gedeckt hast.«

»Gern geschehen«, erwiderte Liv und blickte um den Riesen herum. »Sie hat sich dieses knallharte Liebe-Papa-Psychologie-Zeug wirklich zu Herzen genommen, nicht wahr?«

Er nickte. »Mama sagt immer, dass Komplimente für die Schwachen seien.«

»Das ist dein Problem mit Verabredungen«, analysierte Liv. »Mädchen mögen es, wenn man ihnen sagt, dass sie hübsch sind.«

Rory neigte überrascht den Kopf zur Seite. »Warte, du magst es, wenn man dir sagt, dass du hübsch bist?«

Sie schüttelte den Kopf und warf ihm einen beleidigten Blick zu. »Verdammt, nein. Ich würde jemandem die Nase brechen, wenn er das zu mir sagen würde. Ich meinte andere Mädchen, diejenigen, die sich die Haare bürsten und gerne Kleider tragen.«

Rory nickte, als wäre es durchaus sinnvoll. »Wahrscheinlich magst du es, wenn man dir sagt, dass du fiese Schläge austeilen oder ein einziger Blick von dir einen Dämon zur Unterwerfung zwingen könnte.«

Liv seufzte. »Das sind Worte, die mein Herz zum Schlagen bringen.«

Rory lachte. »Du bist ein unglaublich seltsames Mädchen.«

»Danke«, sagte Liv und erspähte die Nervosität, die sich unter der Oberfläche des Gesichts ihres Freundes verbarg. »Zurück zu deinem Dating-Leben.«

»Es gibt kein Dating-Leben«, murrte er sofort.

»Richtig, aber was ist mit dem Mädchen aus dem Grill-Restaurant in Texas? Die Tochter von Liam. Hieß sie nicht Madeline?«

Er nickte. »Nein, Matilda. Und nein, das wird nicht funktionieren. Mama sagt, sie ist zu sehr verwestlicht. Sie will, dass ich zurück auf die Isle of Man gehe und jemandem aus dem ursprünglichen Stamm den Hof mache.«

»Was willst *du*?«, fragte Liv und lauschte in der Küche nach Bermuda. Sie war immer noch am Herumtrampeln. Glücklicherweise war es für die Riesin nicht leicht sich an jemanden heranzuschleichen.

Er sackte zusammen. »Ich weiß es nicht. Jemand Nettes. Keine Riesin des traditionellen Typs. Und hübsch würde nicht schaden.«

»Matilda war all das«, lieferte Liv.

Er nickte, da er offensichtlich bereits selbst zu diesem Schluss gekommen war.

»Was wenn ich sie hierher einlade?«, fragte Liv. »Vergiss nicht, sie war wirklich neugierig auf Hollywood und die Westküste.«

Sein Gesicht wurde knallrot. »Nein, das kannst du nicht machen. Mama wird es herausfinden und das wäre sehr unangenehm.«

Liv dachte einen Moment lang nach. »Ich bin sicher, dass es einen legitimen Weg gibt, wie wir euch beide zusammenbringen können. Lass uns einfach ein bisschen darüber nachdenken.«

»Über was nachdenken?«, fragte Bermuda und trug ein Tablett mit Tee in den Wohnbereich.

»Darüber nachdenken, wo wir Stanley unterbringen können«, meinte Liv sofort ohne zu überlegen.

»Stanley?«, erkundigte sich Bermuda und stellte das Tablett ab.

Rory seufzte, bereits daran gewöhnt. »Liv geht gerne Namen für Sophias Drachen durch. Es ist jedes Mal ein anderer. Sie findet es niedlich.«

Bermuda schenkte eine einzige Tasse Tee ein und reichte sie ihrem Sohn. »Natürlich tut sie das.« Sie knurrte Liv an: »Der Name eines Drachen ist heilig. Der Reiter muss ihm einen Namen geben und nur er.«

»Ich glaube nicht, dass Sophia sich einen meiner Vorschläge zu Herzen nimmt«, gestand Liv.

»Ich hoffe nicht.« Dann befahl sie Rory: »Na los, trink aus, mein Sohn.«

Er beäugte den Tee widerwillig. »Ich möchte wirklich keinen.«

»Es ist mir egal, was du möchtest«, spuckte Bermuda aus.

Liv musste ihre Lippen zusammenpressen, um nicht etwas zu sagen, was Rory bereuen würde. *Sie* würde es nicht bereuen seiner überheblichen Mutter gesagt zu haben, dass sie ihrem Sohn nicht vorschreiben konnte, wie er sein Leben zu leben hatte, aber *er* würde es bereuen und sie wollte die Dinge für ihn nicht noch verschlimmern. Es war nicht ihre Aufgabe dafür zu sorgen, dass Bermuda ihren Sohn fair behandelte. Das war seine Aufgabe. Aber sie würde ihn auf seinem Weg ermutigen, wenn er es zuließe.

»Aber Mama, ich …«

»Trink einfach«, unterbrach Bermuda.

»Ich bin fast ausgetrocknet«, mischte sich Liv ein. »Kann ich etwas Tee haben?«

Sie schüttelte den Kopf. »Nur, wenn du eine fruchtbare Riesin anlocken willst.«

Liv tat so, als würde sie ein paar Sekunden darüber nachdenken und schüttelte dann den Kopf. »Nein, ich glaube, das möchte ich nicht. Sind Anziehungszauber nicht illegal?«

»Es ist weder ein Zauberspruch noch ein Trank«, erklärte Bermuda. »Es ist einfach eine Kräutermischung, die dafür sorgen wird, dass Rorys Spermienzahl hoch genug ist, wenn er nächste Woche das richtige Mädchen trifft.«

Liv tat so, als würde sie ersticken. »Damit ist die Sache wohl erledigt. Meine Freunde haben die seltsamsten ...« Sie verstummte entmutigt, angesichts des wütenden Ausdrucks, der sich auf Bermudas Gesicht bildete. »Seltsamsten Geschmack bei Kunstwerken.« Liv versuchte ihren Fehler zu vertuschen. Sie zeigte auf das neue Gemälde über dem Kamin, das einen bewusstseinserweiternden Sonnenuntergang darstellte und scheinbar von einem betrunkenen Affen gemalt wurde.

»Das habe ich gemalt«, maulte Bermuda und drückte ihre Hände auf die Hüften.

Rory stöhnte wieder einmal.

Liv rollte mit den Augen. »Natürlich hast du das. Es ist ziemlich ... farbenfroh.«

»Damen lieben Sonnenuntergänge und Farben«, erklärte Bermuda endgültig.

»Tun wir das?«, forderte Liv heraus.

Die andere Frau musterte mit den Augen Livs komplett schwarzes Outfit. »Du offensichtlich nicht. Was war mit Sophias Drachen? Du hast gesagt, du überlegst dir, wo ihr ihn unterbringen wollt. Ist er geschlüpft?«

»Ja und wir schmeißen für ihn eine Geburtstagsparty bei Chuck E. Cheese.«

»Das ist wieder einer dieser Versuche Witze zu reißen, nicht wahr?«, fragte Bermuda.

Liv drängte Rory mit dem Ellbogen, der immer noch die nicht getrunkene Tasse Tee in der Hand hielt. »Ihr kann aber auch nichts entgehen.«

»Was ist mit dem Drachenei?«, wollte Rory wissen, schob die Teetasse auf das Tablett und erhielt prompt einen strafenden Blick von seiner Mutter.

»Alfred gefällt es bei mir nicht«, erklärte Liv.

»Wegen der Dekoration?«, fragte Bermuda.

Liv rollte mit den Augen. »Seltsamerweise macht es dem Drachen, der nichts sehen kann, weil er in einer Schale brütet, nichts aus, dass es mir an Farbe mangelt. Anscheinend will er, dass es glühend heiß ist, was ich mir aus offensichtlichen Gründen nicht leisten kann.«

Bermuda nickte. »Ich habe geahnt, dass das bald zum Thema werden würde.«

»Weil Bedürftige anscheinend wählerisch sein können, möchte Kyle auch Wasser, etwas feuchte Erde und ich weiß nicht, wahrscheinlich auch einen begehbaren Kleiderschrank.«

Bermuda kratzte sich am Kopf. »Ich glaube nicht, dass er einen Schrank braucht, da … Oh, du warst wieder kindisch, nicht wahr?«

»Das nennt man ›Scherz‹, Mum«, sagte Rory mit leiser Stimme, während seine Augen den Boden studierten.

»Das wird einige Arbeit erfordern, aber du bist am richtigen Ort«, begann Bermuda. »Wenn du uns nur ein paar Wochen Zeit gibst, sollten wir etwas zustande bringen, das funktionieren wird.«

»Ein paar Wochen?«, protestierte Liv. »Der kleine Kerl, der nicht mehr so klein ist, verlangt sofort etwas. Sophia glaubt, dass sein Wachstum und Wohlbefinden von der richtigen Umgebung abhängt.«

»Was bedeutet, dass auch ihr Wachstum und ihr Wohlbefinden gefördert werden muss«, erkannte Bermuda und fuhr mit der Hand über ihr kräftiges Kinn.

Liv bemerkte, dass Rory ein wenig schwankte und sich sein Gesicht durch die Unentschlossenheit verzerrte. »Ro, ist alles in Ordnung?«

Er warf ihr einen Blick zu. Nickte. »Ja, es ist nur, dass ich das auch vorausgesehen habe. Ich weiß, dass Drachen reale Orte bevorzugen, weshalb es nicht funktionieren wird, wenn du bei dir zu Hause eine künstliche Umgebung schaffst.«

»Nein. Magier verzaubern nur alles, sodass es wie etwas anderes erscheint, aber es ist nicht real«, sagte Bermuda selbstgefällig.

»Nun«, begann Liv, »ich wollte einen echten Vulkan in mein Wohnzimmer stellen, aber wie du dir vorstellen kannst, war John gegen diese Idee. Er sagte, seine Gebäudeversicherung würde durch die Decke gehen.«

Tatsächlich entschlüpfte Rorys Mund ein Lachen, was ihm einen weiteren mörderischen Blick seiner Mutter einbrachte. Er bedeckte seinen Mund und richtete sich auf. »Richtig und da Riesen mit ihrer elementaren Magie echte Landschaften erschaffen können, habe ich es auf mich genommen den Garten in Ordnung zu bringen.« Er streckte seine Hand aus und wies ihnen den Weg in die Küche, wo sich der Hinterausgang befand.

»Sohn, ist es das, woran du in deiner Freizeit gearbeitet hast?« Bermudas Stimme erhob sich um eine Oktave.

»Mum, ich wusste, dass es wichtig wäre für Sophia und den Drachen«, argumentierte er.

»Aber das Familienunternehmen«, erklärte Bermuda. »Kein Wunder, dass du Kunden verlierst. Als dein Vater das Unternehmen geleitet hat, war nie Zeit für Nebenprojekte.«

Liv rannte in die Küche. »Gut, sehen wir uns die Umgestaltung des Gartens an. Ich bin gespannt, was du gemacht hast, Rory. Hast du eine Feuerstelle und einen Pool eingebaut? Ich wette, das würde Keith gefallen.«

»Es ist eigentlich nichts«, murrte Rory, nachdem seine Stimme jegliche Positivität verloren hatte.

»Wirklich, Rory, wenn du deine Zeit mit zusätzlichen Dingen verplemperst, wünschte ich mir wirklich, es wäre ...«
»Einfach unglaublich«, unterbrach Liv, als sie die Tür öffnete und sah, was Rory geschaffen hatte.

Kapitel 13

Der Garten, der zuvor mit überquellenden Gemüsebeeten und Obstbäumen schon erstaunlich war, war nun eine Dschungeloase. Auf dem ganzen Hektar hinter Rorys Haus befand sich eine Lavagrube, die von einem plätschernden Bach begrenzt wurde, der von den Hügeln um den Hof herablief. Es gab Bäume mit üppigem Laub, zwischen denen Weinreben hingen und die Schatten vor der Sonne spendeten. Es gab sogar erdige Stellen, auf denen Kröten und andere Tiere herumsprangen. Das war genau das, was Sophias Drache gewollt hatte.

Eine Libelle brummte an Livs Kopf vorbei, jagte eine Mücke und gab ihr plötzlich das Gefühl tief im Wald und nicht in einem Garten mitten im Osten von Los Angeles zu sein.

»Wow, Rory!«, rief Liv aus. »Hast du das alles gemacht?«

Er nickte und schien sich für diese erstaunliche Leistung zu schämen.

»Und das ist alles echt?«, fragte sie.

»Natürlich ist es das«, sagte Bermuda, als sie von der Terrasse marschierte und sich bückte, um eine seltsam aussehende Blume zu inspizieren. »Ich bin beeindruckt. Das ist eine rattenfressende Kannenpflanze.«

Rory nickte. »Das Ungeziefer war dieses Jahr ein Problem und ich weiß, dass Dracheneier den Schädling in ihrem Lebensraum nicht dulden.«

»Du hast völlig recht.« Bermuda stapfte weiter durch den Dschungel, vorsichtig, um auf dem Weg zu bleiben, weg von der dampfenden Lava.

»Rory, das ist absolut perfekt«, sagte Liv. »Ich kann nicht glauben, dass du geahnt hast, dass Sophias Ei all das brauchen würde und es erschaffen hast. Du bist einfach fantastisch. Nicht wahr, Misses Laurens?«

Bermuda drehte sich um. »Was meinst du?«

»Rory. Es ist großartig, dass er das geschaffen hat, findest du nicht?«

Sie schien überhaupt nicht beeindruckt zu sein. »Ich hätte dir dabei helfen können, mein Sohn.«

»Es war in Ordnung«, sagte Rory. »Ich habe keine Hilfe gebraucht.«

Liv wusste, dass das nicht ganz der Wahrheit entsprach. Rory wollte nicht, dass Bermuda erfuhr, woran er arbeitete, da sie es missbilligte. Er hätte eine Riesin umwerben oder bei einem Treffen der Handelskammer sein sollen, egal welche Geschäfte er betrieb.

»Die Sache ist nun erledigt«, meinte Bermuda. »Jetzt müssen wir nur noch herausfinden, wie wir das Drachenei hierher bekommen. Du sagst, es wäre größer geworden?«

Liv nickte. »Ja. Soph kann es von Ort zu Ort rollen, aber keiner von uns kann es hochheben.«

»Als er das letzte Mal gefragt hat, konnte ich ihn kaum noch in die Wanne wuchten«, erinnerte sich Rory.

»Drachen wiegen, gemessen an ihrer Größe, viel mehr als die meisten anderen Lebewesen«, erklärte Bermuda. »Er muss zu diesem Zeitpunkt mehrere hundert Pfund wiegen, aber das ist nicht das größte Hindernis, um ihn hierher zu bringen.«

»Stimmt, der Verkehr in LA wird ihn in einen Wutanfall versetzen«, bestätigte Liv.

Bermuda ließ einen langen, verärgerten Atemzug aus. »Nein, das ist es nicht. Das Drachenei ist bei dir in Sicherheit. Hier wird es sicher sein. Ein Drachenei dieser Größe quer durch die Stadt zu befördern, wird jedoch von Wilderern nicht unbemerkt bleiben.«

»Wilderer?«, fragte Liv. »Bei Drachen? Scheint etwas zu sein, wo das Haus eingreifen sollte.«

Bermuda lachte humorlos. »Oh, meine Liebe, das Haus mischt sich nicht in Drachengeschäfte ein. Das ist das Territorium der Elite.«

»Okay, dann nehmen wir Kontakt mit ihnen auf und sie können dafür sorgen, dass wir das Ei ohne Probleme transportieren können«, erklärte Liv.

»Erstens: Die Drachenelite hat Wichtigeres zu tun, als uns beim Transport eines Eies zu helfen«, wusste Bermuda.

»Obwohl du gerade behauptet hast, das sei ihre Aufgabe?«, fragte Liv.

»Und zweitens«, fuhr Bermuda fort, »weiß niemand, wie man sie kontaktieren kann oder ob es sie wirklich gibt.«

»Das ist diese ominöse Organisation, der Sophia beitreten wird, wenn ihr Drachenei geschlüpft ist, nicht wahr?« Liv wandte sich an Rory. »Habe ich dir in letzter Zeit dafür gedankt, dass du Sophia ein Ei geschenkt hast? Gib ihr das nächste Mal einfach ein paar deiner selbst gebackenen Kekse.«

»Um Wilderer fernzuhalten, müssen wir uns einmischen«, fuhr Bermuda fort, als hätte Liv nichts gesagt. »Ich weiß, wie ich viele von ihnen abhalten kann, da ich die unglückliche Gelegenheit hatte, während des Schreibens der *Mysteriösen Kreaturen* auf einige von ihnen zu treffen. Ich werde jedoch etwas Hilfe brauchen.«

»Ich kann helfen«, meldete sich Liv.

Bermuda schien von der Idee nicht begeistert zu sein, nickte aber dennoch zustimmend. »Okay, ich denke, das könnte funktionieren. Sophia wird die ganze Zeit bei ihrem Ei sein müssen. Das ist das Beste für sie und für den Drachen. Wir können einen Umzugswagen verwenden, aber wir brauchen mindestens zwei Riesen, um es vorsichtig zu transportieren.«

»Zwei Riesen?«, fragte Liv.

»Abgesehen von Sophia ist es am besten, wenn nur Riesen das Ei berühren. Offensichtlich können sie sich aufgrund ihrer Größe nicht mit einem Drachen verbinden, also wird es dem Drachen nichts ausmachen, wenn sie die Schale berühren.«

Rory warf Liv einen Blick zu. »Deshalb war es für mich in Ordnung das Ei aufzuheben, um es in die Badewanne zu legen.«

»Aber Adler hatte das Ei schon vorher gestohlen«, wendete Liv ein.

»Das war sicher ein Rückschlag für den Drachen«, sagte Bermuda und tippte an ihr Kinn, während sie nachdachte. »Jetzt bin ich mir nicht sicher, wen ich dazu bringen kann mir beim Transport zu helfen. Die meisten Riesen sind um diese Jahreszeit bei den Stammesfesten oder weigern sich die Insel zu verlassen.«

»Stammesfeiern?«, fragte Liv.

»Das ist eine einmonatige Feier in unserem Heimatland, der Isle of Man«, erläuterte Rory.

Livs Gesicht erhellte sich. »Misses Laurens, überlass das mir. Ich kenne einen Riesen, von dem ich glaube, dass er perfekt für den Job geeignet ist.«

Rorys Gesicht wurde bleich, als er erkannte, von wem sie sprach. Er öffnete den Mund, offensichtlich um Einspruch zu erheben, aber Livs Telefon bimmelte und unterbrach ihn, obwohl sie es auf stumm gestellt hatte.

Sie holte es aus ihrer Tasche. Es war Papa Creola. Er hatte ihr eine Textnachricht geschickt.

Natürlich. Er wusste, wie er das Telefon auch dann zum Klingeln bringen konnte, wenn es ausgeschaltet war. Sein Text lautete: **Komm sofort hierher! Halte nicht einmal an, um auf die Toilette zu gehen.**

»Natürlich weiß er, dass ich pinkeln muss«, murmelte Liv vor sich hin.

»Was ist los?«, erkundigte sich Bermuda.

»Nichts, aber dieses Transport-Thema wird warten müssen«, erklärte Liv. »Ich werde den anderen Riesen rekrutieren, wenn ich zurückkomme. Papa Creola hat Arbeit für mich.«

»Du darfst ihn nicht warten lassen«, stimmte Bermuda zu und führte sie hinaus.

Livs Telefon klingelte wieder mit einer weiteren Nachricht von Papa Creola. **Bermuda hat recht. Komm sofort hierher.**

»Okay, okay.« Liv schuf ein Portal zur Roya Lane.

Kapitel 14

Zum ersten Mal überhaupt erstarrte die gesamte Roya Lane, als Liv aus dem Portal trat. Sie schaute verwirrt umher, weil sie dachte, dass in dem Gebiet eine Zeitreisefernbedienung verwendet worden war, wie sie Alicia geschaffen hatte. Dann bemerkte sie die Gnome und Feen, die ihr verwundert zuzwinkerten.

Plato materialisierte sich neben ihr, wie eine Statue, ähnlich wie alle anderen.

»Warum starren sie mich an?«, fragte Liv aus dem Mundwinkel.

»Es könnte daran liegen, dass du Koriander zwischen den Zähnen hast«, murmelte er von der Seite.

»Daran ist nichts merkwürdig«, sagte sie.

»Vielleicht liegt es daran, dass du zu allem Überfluss den ersten der Sterblichen Sieben geweckt hast und das finden sie beeindruckend«, bot Plato an.

Liv nickte ein klein wenig und winkte der Menge zu. »Ich bin nur hier, um Katzengras zu kaufen und meiner Katze mit den Haarballen zu helfen.«

Die Gruppen trennten sich und machten Platz für sie. Die Personen flüsterten leise, als sie sich entfernten.

»Haarballen?«, fragte Plato, als sie sich durch die Menge bewegten. »Hättest du dir nicht etwas Stereotypischeres einfallen lassen können?«

»Ich hätte ihnen sagen können, dass du mehr von diesem Entwurmungsmittel brauchst«, erklärte sie.

Er nickte. »Katzengras gegen Haarballen ist in Ordnung. Außerdem hatte ich noch nie Würmer.«

»Das weiß jeder«, sie zwinkerte ihm zu.

»Du möchtest wissen, warum du von allen angestarrt wirst, nicht wahr?«, fragte Plato.

»Nein, ich glaube, ich verstehe es«, sagte sie und fand – anders als sonst – genügend Platz, um sich zwischen die Horden von Gnomen zu zwängen.

»Ich glaube nicht, dass du das tust«, erklärte Plato.

»Aber du behauptest, es sei, weil ich John ins Haus gebracht habe und so weiter«, erwiderte Liv.

»Deshalb haben sie angefangen zu starren, klar«, antwortete er. »Aber jetzt hast du ihre ungeteilte Aufmerksamkeit.«

»Warum ist das so?«, fragte Liv angespannt.

»Weil ich mit dir in aller Öffentlichkeit spreche«, erklärte er sachlich.

Als ob sie sich dessen zum ersten Mal bewusst wurde, drehte sich Liv zu ihm um und in wahrhafter Plato-Manier verschwand er. Sie zog eine Grimasse und drückte ihre Faust an ihr Bein. »Diese verdammte Katze. Er will mich doch nur verarschen, oder?«

»Das glaube ich nicht«, sagte eine bekannte Stimme hinter ihrem Rücken.

Liv drehte sich um und entdeckte Subner vor seinem Laden, den *Fantastischen Waffen*.

»Hey Subner, redest du von Plato?«, fragte Liv den Gnom.

»Ich habe den Lynx bei vielen Gelegenheiten gesehen und ich habe eine Vorstellung davon, was mit ihm geschieht.«

Liv seufzte. »Warum fühlt es sich an, als ob jeder, den ich kenne, eine Metamorphose durchmacht?«

»Weil es so ist«, sagte er und hob eine silberne Kugel auf, die sie als das Metall der Riesen erkannte, das sie ihm bei

Rudolfs Hochzeit gegeben hatte. Er ließ sie in etwas fallen, das wie die magische Version eines Eiswürfelbereiters aussah und es machte ein klirrendes Geräusch.

»Was wird das?«, fragte Liv.

»Es steht mir nicht frei, das zu sagen«, antwortete Subner.

»Oh, gut, du hattest also den gleichen Unterricht in Kunst des Verschweigens wie Papa Creola und Plato«, erklärte Liv.

Der Gnom seufzte erleichtert und sah zu, wie die Kugel bewegt wurde. »Ich wünschte es. Aber vielleicht eines Tages.«

»Was passiert mit meiner Katze und was machst du mit der Silberkugel, die ich dir gegeben habe?«, forderte Liv.

»So ziemlich genau dasselbe«, antwortete der Gnom.

»Was bedeutet das?« Liv war frustriert.

»Sie werden für ihre nächste Rolle im Leben geformt«, sagte er einfach.

Liv hatte genug von Rätseln. »Ist Papa in seinem Büro? Er wollte anscheinend nicht, dass ich trödle, deshalb kann ich nicht mit dir über Dinge plaudern, die ich überhaupt nicht verstehe.«

Subner gestikulierte zu der offenen Tür. »Papa erwartet dich. Aber ich warne dich, er ist in einer schrecklichen Stimmung.«

Liv ging an dem Gnom vorbei. »Diesen Eindruck hatte ich auch, als er meine Anwesenheit auf der Stelle verlangte.«

»Nein, ich glaube, du hast keine Ahnung!«

Kapitel 15

In Rekordzeit war Liv Dutzende von Treppenstufen hinuntergeeilt, die zu Papa Creolas Büro führten. Sie hielt an, als sie sofort den Unterschied in der gewohnten komfortablen Umgebung bemerkte.

Der Kamin heizte wie immer. Die Plüschmöbel waren alle an ihrem Platz. Allerdings fehlte die alte Sanduhr auf dem Kaminsims.

»Komm sofort hierher!«, schrie Papa Creola.

Liv übersprang die letzten paar Stufen und sprintete hinüber, wo der sonst so fröhliche Gnom in einem Sessel saß. Er hatte die Arme verschränkt und war wütender, als sie ihn je gesehen hatte.

»Papa Creola, was ist denn los?«, fragte Liv und nahm ihm gegenüber Platz.

Das älteste Wesen, dem Liv je begegnet war, wurde ganz still, sein Blick glitt hin und her, als würde er einer Fliege folgen. Schließlich sprach er. »Jemand hat meine Sanduhr gestohlen.«

Liv hatte das irgendwie geahnt, wollte es aber nicht aussprechen, da es eine schlechte Idee zu sein schien den Gnom noch weiter zu verärgern. »Was kann ich tun, um zu helfen?«

Sie dachte, er würde direkt mit der Strategie beginnen, wie man diese zurückbekäme, aber stattdessen legte er seinen Kopf in die Hände und schüttelte ihn. »Warum habe ich das nicht gesehen?«

»Weil man nicht alles sehen kann«, bot sie an und lehnte sich ebenfalls nach vorne.

»Das ist wahr«, gestand er. »Aber trotzdem. Selbst wenn ich für einige zukünftige Ereignisse blind bin, sollte ich wissen, wann jemand hinter meinem wertvollsten Besitz her ist.«

»Was ist denn passiert?«, ermutigte Liv ihn.

»Ich unternahm einen seltenen Ausflug, um die Elfen zu besuchen«, begann Papa Creola. »Ich habe neue Delegierte rekrutiert, in der Hoffnung meine Arbeit zu erleichtern. Vielleicht sogar deine.«

»Ich weiß das zu schätzen«, erkannte Liv, da sie diejenige war, die er immer wieder nannte.

»Einer meiner Feinde muss von der Absicht gehört haben, denn sie haben mich dort auf den Inseln von Hawaii gefunden«, erklärte Papa Creola. »Ich dachte, das *Stundenglas aller Zeiten* mitzubringen würde helfen Beziehungen zu den Elfen aufzubauen, die ich rekrutieren wollte.«

»Du hast dich geirrt«, vermutete Liv.

Papa Creola nickte. »Ich habe mich sehr geirrt. Ich war eine Stunde lang dort, dann haben die Piraten die Insel gestürmt und nur eine Sache gestohlen.«

»Lass mich raten«, sagte Liv. »Die Sanduhr?«

Er nickte. »Es war eine Falle. Das ist mir jetzt klar, aber trotzdem ist es schwer zu ertragen.«

»Also wo liegt das Problem?«, erkundigte sich Liv. »Wir besorgen dir eine neue Sanduhr.«

»Zunächst einmal ist dieses *Stundenglas aller Zeiten* meine Art Probleme mit der Zeit zu überwachen«, begann Papa Creola.

Liv wusste das, wurde ihr klar. »Richtig.«

»Aber was noch wichtiger ist: Wenn jemand es gestohlen hat, dann weiß er, wie er mich aus der Reserve locken könnte. Nur meine größten Widersacher wissen das.«

»Und die wären?«, fragte Liv.

»Es sind zu viele, um sie aufzulisten«, erklärte er. »Aber meine Feinde wissen, dass ich ohne meine Sanduhr aus dem Versteck kommen und die Ungerechtigkeiten der Zeit beobachten muss. Verstehst du nicht, Liv? Meine Feinde versuchen mich herauszulocken. Entweder lasse ich alles stehen und liegen und verschwinde, wie ich es früher getan habe, oder ich komme ganz aus dem Versteck und beobachte die Probleme. Ohne die Sanduhr habe ich gewissermaßen keinen Kompass.«

Liv nickte, völlig verständnisvoll. »Sag mir, wo ich die Diebe finden kann.«

»Das sind Piraten«, stellte Papa Creola fest.

»Piraten? Wie die, die Schätze stehlen und unhöflich sind?«

»Wenn du Glück hast«, antwortete Papa Creola.

»Wie kann ich sie finden?«, fragte Liv weiter.

»Um sie zu finden, brauchst du eine ganze Flotte von Schiffen«, bekannte Papa Creola. »Das bedeutet, dass du jemanden finden musst, der wohlhabend ist und helfen möchte.«

Liv senkte ihr Kinn. »Sag es mir nicht.«

Papa Creola lächelte. »Ich kenne nur eine Person, die wohlhabend genug ist, um dir eine Flotte zu leihen. König Rudolf Sweetwater.«

Kapitel 16

Ich würde da nicht reingehen.« Bermuda hielt Liv mit einer Hand davon ab in König Rudolfs Gemächer zu gehen.

Sie beäugte die Riesin. »Gut, dann sag Dumpfbacke, er soll rauskommen.«

Bermuda war offensichtlich nicht begeistert von den Beschimpfungen, die in ihren Augen auf Missbilligung des Königs basierten. »Er ist beschäftigt und kann nicht rauskommen.«

Liv seufzte. »Okay, gut, dann muss ich da rein. Es ist eine dringende Angelegenheit. Eine Angelegenheit für Vater Zeit.«

»Das ist mir klar«, erklärte Bermuda. »Ich versuche nur dich zu warnen. Du willst nicht sehen, was da drinnen vor sich geht.«

»Ist Rudolf nackt?«, fragte Liv.

Die Riesin schüttelte den Kopf.

»Serena?«

Wieder schüttelte sie den Kopf.

»Ich habe Rudolf bereits einige ziemlich abstoßende Dinge tun sehen. Einmal hat er einen ganzen Bottich Guacamole gegessen.«

»Und?« Bermudas Stirn lag in Falten.

»Vor meinen Augen.«

»Kriegerin Beaufont, du bist lächerlich.«

»Du verstehst nicht, da war kein Nacho-Käse. Kein Fajita-Huhn. Er hat nur Pommes mit Guacamole gegessen und die ganze Zeit gegrinst, als wäre es eine angenehme Erfahrung.«

Bermuda schüttelte wieder den Kopf. »Viele Menschen mögen Guacamole und Avocados enthalten viele ...«

»Gesunde Fette«, ergänzte Liv und fiel ihr ins Wort. »Sie sind aber auch extrem ekelhaft.«

»Ich hoffe, du verbreitest diesen Blödsinn nicht bei Rory.«

»Ungeachtet dessen, was du glaubst, kann Rory für sich selbst denken«, schoss Liv zurück.

Bermuda beugte sich bedrohlich vor. »Was soll das bedeuten?«

Liv hatte Riesenkäfer, Zombies und Dämonen bekämpft, aber in diesem Moment war Bermuda Laurens das furchterregendste Wesen, das sie je gesehen hatte. »Ich meine nur, dass du Rory zu einem selbständig denkenden Wesen erzogen hast. Das ist schön für dich. Wirst du als Nächstes einen Elternratgeber schreiben?«

Das Kompliment erwärmte Bermuda nicht. »Ich schreibe *Mysteriöse Kreaturen* immer wieder neu, ergänze und erweitere es. Als ich mich zum Schreiben dieses Buches entschlossen hatte, wusste ich, dass es nie fertig werden würde. Es sind immer neue Informationen aufzunehmen.«

»Es ist also ähnlich wie ein Kind zu haben, ein Job ohne Ende.«

Dadurch schien die Riesin etwas weicher zu werden. »Musst du Rudolf wirklich sehen?«

»Ja, es ist eine Frage der nationalen Sicherheit«, erklärte Liv.

Bermuda hob eine Augenbraue.

Liv trat leicht zurück. »Okay, es geht nicht um die nationale Sicherheit. Nicht wirklich, aber das wollte ich schon immer einmal sagen. Papa Creolas *Stundenglas aller Zeiten* wurde gestohlen und ...«

Bermudas Augen weiteten sich in plötzlicher Panik, sie sprang zur Seite. »Das *Stundenglas aller Zeiten*? Warum hast du das nicht gleich gesagt?« Sie schleuderte die Tür, die sie bewacht hatte, auf. »Rein mit dir. Tu, was immer du tun musst, um es sofort zurückzubringen.«

»O-o-okay«, stotterte Liv. Die Riesin musste wissen, dass ohne die Sanduhr das Leben von Papa Creola in Gefahr war.

Bermuda schloss die Tür und murmelte dabei: »Was soll ich mit dem Mädchen nur machen? Warum kann sie mir nicht einfach sagen, wenn eine Gefahr für das Gewebe der Zeit besteht? Das ist doch nicht so schwierig.«

Kapitel 17

Als sie Rudolfs Gemächer betrat, erstarrte sie. »Ohhhh, was geht hier vor?«

Serena trug ein weißes Nachthemd und sang, als sie über Rudolf trat, der auf dem Boden lag. Dann machte sie zwei weitere Schritte über einen anderen Mann, der die Augen weit geöffnet hatte und sehr blass aussah. Seine Wangen waren eingefallen und er war steif. Serena drehte sich um, murmelte weiter und trat erneut über den Mann und dann über Rudolf.

»Wir führen ein Fruchtbarkeitsritual durch«, gestand Rudolf und schaute an die Decke.

»Aaaaaha«, meinte Liv gedehnt. »Wer ist dein Freund?«

»Erkennst du sie nicht wieder?«, fragte Rudolf. »Das ist meine Braut Serena.«

Liv rollte mit den Augen. »Nein, ich meine den Kerl, der aussieht, als gehöre er in einen Sarg.«

»Das ist Jacen«, erklärte Rudolf. »Und du hast ein gutes Auge. Er ist tot.«

»Ist er gestorben bevor oder nachdem ihr mit diesem Fruchtbarkeitsritual begonnen habt?«, erkundigte sich Liv. »Wie lange geht das schon so?«

»Er ist schon seit Ewigkeiten tot«, antwortete Rudolf, während Serena weiter hin und her tänzelte und über den lebenden und dann den toten Mann stieg.

»Hast du ihn getötet?« Liv schaute ihn eindringlich an, sie musste es einfach wissen.

Rudolf gluckste, als ob das lustig wäre. »Natürlich nicht. Er starb eines natürlichen Todes. Der arme Kerl wurde auf dem Strip von einem Auto angefahren.«

»Das ist keine natürliche Ursache«, erläuterte Liv.

»Doch, schon, wenn man bedenkt, wie viel er getrunken hatte«, sagte Rudolf. »Jedenfalls spendete er seinen Körper der Wissenschaft.«

Liv hörte Serenas seltsamen Gesängen zu. »Ich bin mir nicht sicher, ob an dem, was hier vor sich geht, etwas Wissenschaftliches ist.«

»Er hat meinem Königreich seinen Körper gespendet«, bekundete Rudolf. »Viele Fae tun das, da unsere Körper viele magische Eigenschaften haben. Unsere Flügel, zum Beispiel, können zerkleinert und in einem Trank verwendet werden, der einen fliegen lässt. Unsere Zehennägel können dazu verwendet werden, schneller zu laufen. Unsere Wimpern sind dafür bekannt, dass sie …«

»Ich glaube, ich habe es kapiert«, unterbrach Liv. »Wimpern für bessere Sicht.«

»Einen größer machen«, korrigierte Rudolf.

Liv stutzte. »Okay, das habe ich nicht kommen sehen.«

»Jedenfalls hat der gute alte Jacen hier seinen Körper gespendet und er ist perfekt für dieses Fruchtbarkeitsritual geeignet«, erklärte Rudolf. »Bermuda glaubt, dass es Serena helfen kann schwanger zu werden, wenn sie dreitausendmal über einen toten und einen lebenden Mann steigt. Ich bin der Lebendige.«

»Danke für die Information«, brummte Liv. »Ich bin hier, weil ich deine Hilfe brauche.«

»Untere rechte Schublade meines Schreibtisches.« Er nickte in die Ecke, in der sein minimalistischer Schreibtisch stand.

»Was ist da drin?«, fragte Liv neugierig.

»Die Antworten auf das Kreuzworträtsel dieser Woche.«

»Du denkst, ich bin den ganzen Weg gekommen, weil … Weißt du was, egal. Wie auch immer, was ich brauche, ist eine ganze Flotte von Schiffen«, informierte ihn Liv. »Papa Creola hat eine wichtige Mission und ich …«

»Bleib genau dort stehen«, befahl Rudolf, als Serena auf die andere Seite von ihm trat. Sie seufzte und sah völlig erschöpft aus. »War es das?«

Sie nickte. »Ja, das waren dreitausend.«

Rudolf sprang auf die Beine und gab seiner Frau einen Kuss auf die Wange. »Gute Arbeit, meine Liebe. Jetzt musst du dir ein Erdnussbutter-Gelee-Sandwich machen, aber mach es unbedingt barfuß.«

»Hat das mit Tradition zu tun?«, wunderte sich Liv.

Rudolf schaute sie ungeduldig an. »Willst du Taufpatin werden oder nicht?«

»Ich-Ich-Ich, nein!«, stammelte Liv.

»Elternschaft ist für uns alle beängstigend, Liv«, fuhr Rudolf fort. »Du wirst dich der Herausforderung stellen. Aber es wird keinen kleinen Captain Picard geben, wenn Serena nicht tut, was ich sage.«

»Können wir über die Namensgebung noch sprechen?«, fragte Liv.

Rudolf schüttelte überzeugt den Kopf. »Nein, das können wir absolut nicht.«

»Was, wenn es ein Mädchen wird?«

»Warum, glaubst du, trägt Serena jetzt gerade Männer-Boxershorts?«, wandte Rudolf ein.

»Weil niemand die Wäsche gewaschen hat?«

Er schmunzelte. »Nein, denn wir werden erst drei Jungs und dann ein Mädchen bekommen. Drei Prinzen und eine Prinzessin.«

»O Gott.« Liv bedeckte ihr Gesicht.

»Ich weiß«, sagte Rudolf, ohne ihre unverhohlene Besorgnis zu spüren.

Er klopfte Serena auf den Rücken. »Denk daran Essiggurken auf dein Erdnussbutter-Gelee-Sandwich zu tun und was noch?«

Die Sterbliche tätschelte ihren flachen Bauch. »Über Schwangerschaftsstreifen muss ich mich beschweren und darüber, dass der Vater der Kinder ein Taugenichts ist, der im Haus nichts tut.«

»Genau«, bestätigte Rudolf siegreich. »Mach so weiter und wir werden im Handumdrehen schwanger sein.«

Serena schlenderte davon und maulte darüber, dass ihre Brüste wund wären und sie zurzeit nichts mehr zustande brächte.

Stolz drehte sich Rudolf zu Liv um, die Daumen in den Hosenbund gesteckt. »Ziemlich beeindruckend, was?«

»Das sind nicht die Worte, an die ich gedacht habe, um zu beschreiben, was ich gerade gesehen habe, aber okay«, gestand sie und blickte dabei auf den toten Mann, der hinter Rudolf auf dem Boden lag.

»Du brauchst also eine Schiffsflotte«, erklärte er selbstbewusst. »Ich helfe dir gerne dabei.«

Liv atmete erleichtert aus. »Das ist großartig. Ich danke dir. Ich hatte gehofft …«

»Natürlich gibt es einen Haken«, unterbrach er.

»Ich hätte nichts anderes erwartet«, knirschte sie. »Ich dachte allerdings, du würdest mir keine verbindlichen Fae-Abkommen mehr aufzwingen.«

»Das tue ich nicht«, stimmte er nüchtern zu. »Ich sehe das einfach als eine perfekte Gelegenheit zur Zusammenarbeit für dich und mich, wie in alten Zeiten.«

Liv atmete gereizt. »Das letzte Mal als du mich gebeten haſt mit dir zu arbeiten, haſt du gelogen und mich dazu gebracht in Subners Laden einzubrechen und Papa Creola zu beſtehlen.«

»Was sich zu einer großartigen Freundschaft mit Vater Zeit entwickelt hat.«

Liv schüttelte den Kopf. »Ich arbeite für den winzigen Gnom, weil er mir sonſt buchſtäblich den Kopf abreißen würde.«

»Aber du liebſt es, oder?«, fragte Rudolf.

Liv zog es in Betracht. »Ich hasse es nicht, aber es iſt im Moment alles relativ.«

»Es iſt nur so, dass du eine Flotte brauchſt und ich brauche wirklich ein Abenteuer, bevor ich dieses Königreich mit Mischlingen bevölkere.«

Um ihre Abscheu zu verdecken, schluckte Liv. »Kannſt du bitte nicht so reden?«

Rudolf war verwirrt. »Du willſt nicht, dass ich über die Schiffsflotte ſpreche, die du brauchſt?«

»Nein, das iſt schon in Ordnung. Erzähle mir einfach von dieser Vereinbarung, die du im Auſtausch für die Flotte mit mir treffen willſt.«

»Also, hinter wem biſt du her?«, wollte Rudolf wissen.

Liv knickte ein und versuchte, das, was sie als Nächſtes zu sagen hatte, herunterzuſpielen. »Nur hinter langweiligen Piraten.«

Rudolf ſprang in die Höhe und klatschte. »Piraten! Ich liebe es Piraten zu töten.«

»Wie viele haſt du schon erledigt?«

Er zuckte die Achseln. »Noch keine, aber das iſt genau das, wonach ich gesucht habe. Wie kann ich meine erſten drei Kinder Captain nennen, wenn ich nie der Kapitän meines eigenen Schiffes war?«

»Was kann ich sagen, um dich davon abzuhalten?«, fragte Liv.

»Kapitän zu werden?«

Sie schüttelte den Kopf. »Deinen ersten drei Kindern den gleichen Namen zu geben. Hast du an andere Namen gedacht, die immer noch schrecklich, aber nicht so schlimm sind, wie Shadow, Butler oder Buck?«

Rudolf dachte darüber nach. »Das glaube ich nicht. Ich habe genug Probleme damit mich an Serenas Namen zu erinnern. Ich glaube, es wäre für alle am besten, wenn die Namen der Jungs gleich wären.«

»Also um mir zu helfen, möchtest du mitkommen, um diese Piraten zu bekämpfen, ist das richtig?«, fragte Liv.

Er nickte hartnäckig.

»Und als Gegenleistung für deine Erlaubnis mich zu begleiten, gibst du mir eine Flotte von Schiffen mit der entsprechenden Besatzung?«

»Ja«, antwortete Rudolf. »Da du nicht so wichtig bist wie ich, wirst du der Admiral der Flotte. Ich werde der allmächtige Kapitän sein. Wie klingt das?«

Liv lächelte innerlich. »Das klingt gut, Kapitän.«

Kapitel 18

Die meisten dachten an Hawaii, wenn ihnen ein Strandurlaub in den Sinn kam. Diese Leute wussten nichts von den vielen Hippies, die diese Inseln ihr Zuhause nannten. Elfen hatten aus irgendeinem Grund eine seltsame Neigung zur Hippiekultur. Es war ähnlich wie bei den Fae, die zum Materialismus neigten und den Riesen, die sich nach Einsamkeit sehnten. Gnome waren für ihre mangelnde Gastfreundschaft bekannt und Magier suchten nach Ordnung. Jede der Rassen hatte ihre persönlichen Macken. Außer die Sterblichen. Sie waren zu unterschiedlich und konnten nicht einem bestimmten Stereotyp zugeordnet werden.

Das Elfenreich war, im Gegensatz zu dem der Fae, recht bescheiden. Es gab keine Wolkenkratzer oder Casinos. Stattdessen ragten die Berggipfel von Kauai in die Wolken. Die Strände waren unberührt und kaum erschlossen. Irgendwo, verborgen vor den Sterblichen und den meisten anderen, lag das Königreich, das die Elfen ihr Zuhause nannten.

Nachdem Liv durch das Portal getreten war, versanken ihre Stiefel im weißen Sand am Strand. Sie genoss die salzige Luft, während der Wind durch ihr Haar strich. Es wurde ihr jedoch kein weiterer Moment gewährt, um das smaragdgrüne Wasser zu genießen.

»Noch ein Magier«, maulte ein Elf hinter ihr.

Liv drehte sich um und entdeckte einen Mann, der ein Hawaiihemd und abgeschnittene Khakis trug. Er wirkte alt mit den Falten um die schielenden Augen. Dieser Eindruck wurde jedoch durch seine Haare, lange Dreadlocks auf seinem Rücken und die Stöpsel, die er in seinen Ohren hatte, widerlegt. Er schien bereit für ein Bob-Marley-Konzert und einen Spaziergang am Venice Beach mit den anderen Hippies, die dieses Gebiet südlich des Hauses der Vierzehn bevölkerten.

Liv neigte ihren Kopf vor dem Elfenkönig Dakota Skye. »Danke, dass du zugestimmt hast dich mit mir zu treffen.«

Er bewegte sich zu einem mehrere Meter entfernten Feuer im Sand. »Ich habe es nicht getan, weil du ein Krieger für das Haus der Vierzehn bist. Ich habe es getan, weil Papa Creola mich darum gebeten hat und es meine Schuld ist, dass seine Sanduhr gestohlen wurde.«

»Deine Schuld?«, fragte Liv und folgte Dakota zum Feuer, der dort Platz nahm. Es war heiß hier und Liv fand nicht, dass es sich nach einer guten Idee anhörte neben einer offenen Flamme zu sitzen. Aber sie wollte den Elfenkönig nicht irritieren, also schlüpfte sie aus ihrem Umhang und gesellte sich zu ihm, als er im Schneidersitz vor dem Feuer saß.

»Ja, ich glaube, das ist es«, begann Dakota. »Schau, Vater Zeit kam hierher und suchte nach Delegierten, die für ihn arbeiten sollten, ähnlich wie du es tust. Ich fühlte mich durch das Interesse geehrt, aber da er seit geraumer Zeit nicht mehr gesehen worden war, war ich besorgt, dass er nicht der echte Vater Zeit sein könnte. Ich habe deshalb meine Berater befragt. Einer von ihnen schlug vor, ich solle ihn das *Stundenglas aller Zeiten* mitbringen lassen, um seine Identität zu beweisen.«

Liv sah zu, wie der König ein Werkzeug benutzte, um einen kleinen flachen Stein in die Flammen zu legen. Er legte ihn dort ab, während er sie ansah und anscheinend darauf wartete, dass sie sich dazu äußerte.

»Brauchst du etwas, um meine Identität zu beweisen?«, fragte Liv, die sich durch die intensive Art und Weise, wie er sie studierte, unwohl fühlte.

»Es scheint, dass das Gedankenlesen in deinen Adern fließt«, vermutete Dakota.

Sie schüttelte den Kopf. »Nein, das war nur ein Glückstreffer. Wie soll ich beweisen, dass ich Liv Beaufont, Kriegerin für das Haus der Vierzehn, bin?«

»Ich habe Geschichten von deinen Abenteuern gehört, Kriegerin Beaufont. Du bist noch nicht lange im Haus und hast dir bereits einen ziemlich guten Namen gemacht.«

»Ich bin mir nicht sicher, ob das etwas Gutes ist«, gestand sie und beobachtete, wie er den Stein mit dem Werkzeug im Feuer drehte.

»Aufmerksamkeit auf sich selbst zu lenken, ist in der Tat ein Risiko«, argumentierte er. »Wenn andere uns bemerken, kommen unsere Egos zum Vorschein. Das ist ein Grund, warum viele meiner Leute sich dafür entschieden haben hier zu leben, fernab von den Einflüssen der aktuellen Kultur.«

Liv blickte in den Dschungel hinter ihnen. Niemand würde vermuten, dass zwischen diesen Bäumen eine große Elfenpopulation lebte, alle schmutzig und barfuß, sich wahrscheinlich gegenseitig die Haare flechtend und über ihre Horoskope sprechend.

»Die Kriegerin, von der ich Geschichten gehört habe, besitzt ein von Riesen angefertigtes Schwert«, fuhr Dakota fort. »Hast du dieses Schwert dabei? Ist es das?« Er zeigte auf Bellator an ihrer Hüfte.

»Ja. Soll ich es dir zeigen, um meine Identität zu beweisen?«, fragte Liv.

Er schüttelte den Kopf. »Dieser Kriegerin, die du sein könntest oder auch nicht, wurde von den Gnomen

Feuerballmagie geschenkt. Kannst du Feuerbälle nach Belieben erzeugen?«

Wieder nickte sie. »Ja, willst du, dass ich es dir zeige?«

»Nein«, erklärte Dakota sofort. »Diese Kriegerin steht dem König der Fae sehr nahe, da sie während seiner Krönung und seiner Hochzeit mit einer Sterblichen an seiner Seite stand. Hast du das getan?«

»Ja, aber ich habe keine Bilder von der Angelegenheit, da ich immer noch versuche die Kleider auszublenden, die ich bei dieser Gelegenheit tragen musste.«

»Und diese Person ist auch mit der Fähigkeit ausgestattet durch die Gewässer der Elfen zu navigieren«, sagte Dakota, nicht amüsiert von ihrem Kommentar. Er hatte scheinbar denselben Sinn für Humor wie Bermuda.

Liv schüttelte den Kopf. »Ich glaube, deine Informationen sind nicht ganz korrekt. Derartiges konnte ich noch nie.«

Ein kleines Lächeln zierte seinen Mund. »Das ist richtig. Das heißt, du musst die echte Liv Beaufont sein.«

Liv warf ihm einen zweifelnden Blick zu. »Das war alles? Ich gebe zu, dass ich etwas nicht kann und du weißt, dass ich die Richtige bin?«

»Du sagst die Wahrheit an der Stelle, wo die meisten Betrüger einen Fehler machen würden«, erklärte Dakota und klang dabei sehr weise. »Um die Dinge zu bestätigen, würde ein Betrüger mir niemals sein Schwert zeigen oder Feuerballmagie demonstrieren, da er es nicht könnte.«

Liv seufzte. »Das ist wohl wahr.«

Dakota drehte den Stein im Feuer weiter um und ließ ihn rot glühen. »Wie ich bereits sagte, schlug einer meiner Vertrauten vor, dass Papa Creola sein *Stundenglas aller Zeiten* mitbringen sollte, um seine Identität zu beweisen. Da dies deine aktuelle Mission ist, wurde er, wie du weißt, von

Piraten angegriffen und das kostbare Objekt gestohlen, wodurch unser Treffen beendet war, bevor es richtig begonnen hatte.«

»Ich bin hier, um zu erfahren, ob du mir sagen kannst, wo ich nach diesen Piraten suchen soll«, sagte Liv unerbittlich. »Es ist wichtig, dass ich diese Sanduhr finde.«

»Das ist mir klar, aber mein Instinkt sagt mir auch, dass es wichtig ist, dass du alle Einzelheiten verstehst, die ich erfahren habe, seit Vater Zeit von unserer Insel geflohen ist.«

Liv wartete darauf, dass der Elf weitersprach. Nach einem langen und eigenartigen Schweigen sagte er: »Schau, ironischerweise war ich besorgt über die Bestätigung der Identität von Vater Zeit, während die Identität meines eigenen Beraters hätte infrage gestellt werden müssen.«

»Deines Beraters?«, fragte Liv, nach vorne gelehnt.

»Ja. Inzwischen musste ich erfahren, dass der Berater, der vorgeschlagen hat, dass Vater Zeit die Sanduhr mitbringt, eigentlich gar nichts dazu gesagt hatte. Diese Person war nicht bei der Versammlung.«

»Wo war sie dann?«, forderte Liv.

»Er war in einer Höhle eingesperrt«, antwortete er. »Wir sind nicht sicher, von wem, aber später, nachdem ich nachgeforscht hatte, fand ich ihn und erfuhr, dass derjenige, der den Vorschlag machte, ein Trugbild war.«

Liv überlegte und fügte die Information zu all den seltsamen Ereignissen der letzten Zeit hinzu, die sie sich nicht erklären konnte. Zum Beispiel die Tatsache, dass Spencer Sinclair, der neueste Krieger des Hauses der Vierzehn, im Sumpf gewesen war und sie angegriffen hatte. Später erst erfuhr sie, dass er eine Illusion gewesen war, was keine Informationen darstellte, gegen die sie derzeit etwas unternehmen könnte.

»Diese Person, die sich als einer deiner Berater ausgegeben hat«, begann Liv. »Sie sah genauso aus wie er, nicht wahr?«

Dakota nickte.

»Und was noch?«, fragte Liv.

»Abgesehen davon, dass er die Sanduhr wollte, war er hartnäckig darin kein Bündnis mit dem Haus zu akzeptieren. Ich habe dieser Person vertraut und zugestimmt.«

»Bist du bereit den Vertrag zu überdenken, jetzt, da dir bewusst ist, dass er nicht die reale Person war?«, fragte Liv in der Hoffnung, dass damit die Verhandlungen plötzlich endlich beendet werden könnten.

Leider bildete sich auf Dakotas Gesicht ein Stirnrunzeln, das ihre Stimmung in den Keller stürzen ließ. »Ich fürchte, es gibt noch andere Bedenken bezüglich des Vertrages. Euer Rat hat lange auf uns herabgeblickt und gesagt, dass wir Wilde sind, die nicht die Fähigkeit zum logischen Denken haben, wie es Magier tun.«

»Der Rat?«, wunderte sich Liv.

»Konkret haben wir kürzlich einen Brief von Rat Lorenzo Rosario erhalten, in dem er als Grund angibt, dass wir die Ungerechtigkeiten, die Krieger Decar Sinclair meinem Volk angetan hat, nicht überwinden konnten.«

Liv erinnerte sich. Decar hatte viele Elfen ermordet, als die Verhandlungen in die Hose gingen. Das war einer der Gründe, warum Stefan anschließend so hart gearbeitet hatte, um ihr Vertrauen zu gewinnen. Es schien nun, dass Lorenzo alle Bemühungen untergraben wollte.

»Es tut mir leid, was mit deinen Leuten passiert ist«, gestand Liv aufrichtig. »Ich hoffe, dass wir bald die Vergangenheit hinter uns lassen und einen Kompromiss finden können, der allen zugutekommt.«

»Ich bin mir da nicht so sicher«, sagte Dakota. »Für das Haus steht viel auf dem Spiel. Wir sind noch unentschlossen, wie wir darüber denken sollen.«

Und genau darin unterschieden sich Elfen von Magiern. Sie ertasteten sich ihren Weg durch die Dinge, während Magier sich ihren Weg erdachten. Viele sahen eine große Kluft zwischen den Rassen, aber Liv erkannte darin potenzielle Stärke. Gab es einen besseren Weg die Dinge auszugleichen, als Rassen zu haben, die Probleme unterschiedlich sahen und damit umgingen?

Liv atmete auf und erkannte, dass sie nicht in der Lage sein würde, bei diesem Besuch zwei Fliegen mit einer Klappe zu schlagen und bei dem Vertrag zu helfen. »Jemand hat sich also für deinen Berater ausgegeben und er ist derjenige, der für diesen Diebstahl verantwortlich ist, richtig?«

Der Stein im Feuer wurde leuchtend rot und erschien so heiß wie die Lava in der Oase, die Rory für Sophias Ei gebaut hatte. »Ich fürchte, das stimmt. Ich habe inzwischen festgestellt, dass sich niemand in meinem Stamm als jemand anderes ausgegeben hat, aber der Schaden war bereits angerichtet.«

»Diese Piraten, die die Insel gestürmt haben. Kannst du mir sagen, wo ich sie finde?«

»Ich fürchte, das kann ich nicht«, gestand Dakota. »Ihr Kapitän hört auf den Namen Mac ›Sturmwind‹ Shazia.«

»Das ist ein Zungenbrecher«, sagte Liv. »Ist ›stürmisch‹ nicht ein großes Wort für einen Piraten?«

»Er ist ein Magier«, erklärte Dakota. »Wie dir bekannt ist, beherrscht ihr alle das Element Wind.«

»Also segelt er über die Meere und nutzt seinen Vorteil, indem er sich die Winde zunutze macht?« Liv ließ sich davon nicht abschrecken.

»Und wenn du meinst, dass du ihm gegenüber einen Vorteil haben wirst, weil du ebenfalls ein Magier bist, der auch den Wind kontrollieren kann, dann irrst du dich. Kapitän Shazias Kräfte übertreffen alle, die ich bisher gesehen habe. In seiner Gegenwart wirst du dich außerstande sehen den Wind zu beeinflussen. Das liegt daran, dass er vor langer Zeit mitten in den Pazifik hinausgesegelt ist und seinen wertvollsten Besitz Zephyr, dem Gott des Windes, geopfert hat.«

»Seinen wertvollsten Besitz?« Liv war besorgt darüber, was das gewesen sein konnte.

»Seinen, deinen, meinen – es ist für jeden von uns dasselbe. Shazia gab Zephyr seine Seele und jetzt ist seine Macht über den Wind größer als die der anderen.«

Liv zitterte. »Er ist also unsterblich?«

»Ja, aber ohne eine Seele ist das Gefährlichste an einem Menschen nicht, dass es fast unmöglich ist ihn zu töten«, erklärte Dakota.

»Was ist es dann?« Liv dachte, sie wüsste die Antwort bereits.

»Dass man keinen moralischen Kompass mehr hat«, antwortete er. »Ohne diesen gibt es nichts, was man nicht tun würde, um das zu bekommen, was man möchte. Ich kenne nur wenige, die zu Vater Zeit kommen und den Mann herausfordern würden, der so viel von unserer Welt diktiert.«

»Nur jemand, der seelenlos ist«, sinnierte Liv.

»Ja.«

»Aber Shazia will doch nicht Papa Creola, oder? Wenn ja, hätte er ihn einfach bekommen können, als er die Sanduhr gestohlen hat, oder?«, fragte Liv.

»Das habe ich mich auch schon gefragt«, sinnierte Dakota. »Papa Creola wurde in die Enge getrieben. Er musste fliehen und hat dabei die Sanduhr zurücklassen, dass sie gestohlen werden konnte. Im Nachhinein betrachtet war alles perfekt inszeniert, sodass Papa Creola die Sanduhr ungeschützt zurücklassen musste.«

Der Elfenkönig entfernte den Stein aus dem Feuer und er glühte weiterhin hell in der Hitze. »Es braucht viel mehr als Piraten, um Vater Zeit Schaden zuzufügen«, fuhr er fort. »Mein Verdacht ist, dass Shazia geschickt wurde um die Sanduhr zu stehlen. Er ist immer noch ein Pirat und tut sich Gutes, wenn er auf Geheiß anderer handelt.«

»Also hat ihn jemand beauftragt die Sanduhr zu stehlen?«, riet Liv. »Höchstwahrscheinlich derjenige, der hinter den Illusionen steckt, die ihm erlauben sich als jemand anderes auszugeben.«

»Ich glaube schon.«

»Du kannst mir also nicht sagen, wo ich Shazia finde. Kannst du mir irgendeinen Rat geben, wie ich ihn finden kann?«, fragte Liv.

»Er ist ein selbstsüchtiger Pirat, der seinen Lebensunterhalt damit verdient von anderen zu stehlen, also ist jede Art und Weise hilfreich, mit der du auf deinen Reichtum aufmerksam machen kannst«, bot Dakota an.

Liv schaute auf und sah eine Schiffsflotte aus dem Nichts auftauchen. Das Führungsschiff war mit Gold überzogen, sodass sie schielen musste, als die Sonne am Bug reflektierte. Die Statue einer schönen Meerjungfrau saß auf der Vorderseite. An die Seite war der Name *Serena* gemalt. »Ich glaube nicht, dass das schwierig sein wird.« Liv nickte zu den eleganten Schiffen, die sich näherten. Rudolf war auf dem ersten und winkte ihr lebhaft zu, als ob sie das glänzende, mit Edelsteinen verzierte Schiff und das knallrote Segel, das im Wind flatterte, übersehen könnte.

»Außerdem wirst du nicht in der Lage sein mit den Winden zu navigieren, da Shazia die Kontrolle über sie hat. Ihn zu finden, ist für die meisten fast unmöglich.« Er zeigte auf den Stein, der noch glühte. »Dennoch möchte ich dir, dem ersten Delegierten von Vater Zeit, ein Geschenk anbieten, das dir helfen wird.«

»Einen wirklich heißen Stein«, meinte Liv kleinlaut. »Danke.«

»Das ist ein Kompass.«

Liv wollte argumentieren, dass es ein wirklich heißer Stein sei, aber sie lächelte einfach höflich.

»Das ist ein elfischer Kompass. Es ist fast unmöglich Shazia zu finden, aber mit diesem Kompass hast du vielleicht eine Chance. Dieser hier wird dich auf offener See in die Richtung all dessen führen, was du dir wünschst.«

»Du weißt also doch, wie man Shazia finden könnte«, sagte Liv und fragte sich, ob er sie vorher nicht richtig verstanden hatte, als sie sich erkundigt hatte, wie man die Piraten finden könne.

»Das tue ich nicht und ich habe kein Interesse daran nach dem Seelenlosen zu suchen. Aber du? Wenn du deinen Willen und den Kompass einsetzt, kannst du es vielleicht.«

Oh, Hippies und ihre Semantik, dachte Liv widerwillig.

»Vielen Dank. Ich warte einfach, bis er abgekühlt ist und nehme ihn dann mit.« Sie beobachtete, wie der Stein weiter hell leuchtete.

Dakota schüttelte den Kopf. »Wenn der Kompass für dich funktionieren soll, musst du Vertrauen in die magische Rasse haben, die ihn gemacht hat.«

»Wie soll das gehen?«, fragte Liv skeptisch.

»Du musst mich beim Wort nehmen, dass er dich nicht verbrennen wird und ihn jetzt, gleich nachdem er aus dem Feuer gekommen ist, ergreifen.«

»Natürlich werde ich das«, brummte Liv stumpfsinnig.

»Wenn du an meinem Volk und mir zweifelst, wird der Stein dich verbrennen und eine Wunde hinterlassen, die niemals heilen wird.«

»Ich bin mir nicht sicher, ob ich diesen ausgefallenen Kompass, den du mir anbietest, wirklich brauche.« Liv warf einen Blick auf den heißen, aber schlichten Stein.

»Wenn du ihn nimmst, an meine Leute und mich glaubst, uns als gleichwertig mit dir ansiehst und schätzt, was wir dir zu bieten haben, wird er sich kühl anfühlen. Und was noch wichtiger ist, er wird dich zu dem führen, was du suchst.«

Liv dachte nach. Wieder hatte sie die Chance die Elfen zu beeinflussen und ihnen zu zeigen, dass man Magiern vertrauen konnte. Vielleicht besiegelte sie damit nicht das Abkommen aus den Verhandlungen, aber es könnte den Fortschritt fördern.

Sie streckte ihre Hand aus und hielt sie über den Stein, wobei die Hitze sofort auf ihre Hand traf. Liv wollte wirklich keine Verbrennung, vor allem keine, die niemals verschwinden würde, aber sie vertraute der Magie der Elfen. Seltsamerweise vertraute sie Dakota und am wichtigsten war, dass sie Shazia schnell finden und das *Stundenglas aller Zeiten* zurückbekommen wollte.

Mit angehaltenem Atem ließ sie ihre Hand auf den Stein fallen und legte ihre Finger um ihn. Sie keuchte, als ihre Haut die Oberfläche des Steins berührte und presste ihre Augen zusammen. Etwas in ihr veränderte sich. Als sie die Augen öffnete, wusste sie, dass die Kraft, die freigesetzt worden war, nicht in dem Stein steckte, sondern in ihr selbst. Sie hatte die Fähigkeit auf offener See alles zu finden, was sie sich wünschte. Liv war jetzt mit der Fähigkeit ausgestattet mühelos durch die Ozeane zu navigieren, etwas, das normalerweise nur ein Elf tun konnte.

Kapitel 19

Liv! Liv Beaufont! Ich bin's!«, rief Rudolf vom Bug des Schiffes und schwenkte weiterhin wild seine Arme, als sie sich auf dem Beiboot näherte, das sie vom Ufer abgeholt hatte.

Sie vermutete, sie hätte den Gedanken schön früher verwerfen sollen, aber erst in diesem Moment zweifelte sie völlig an der Idee Rudolf in diese Mission einzubeziehen. Ja, sie brauchte seine Schiffsflotte. Ja, sie hatten schon vorher zusammengearbeitet und die Dinge waren nicht gravierend schiefgelaufen. Und ja, sie hatten Königin Visa mit gegenseitiger Unterstützung besiegt. Aber Rudolf Sweetwater auf den offenen Gewässern des stürmischen Pazifik beunruhigte sie. Mehr als alles andere war sie besorgt, dass er über Bord gehen könnte.

»Ich bin's! Rudolf!«, schrie er, als sie auf das Deck des Schiffes kletterte.

Mit großer Zurückhaltung nickte sie. »Das ist mir klar.«

Er war bekleidet mit einer blauen Samtjacke mit Goldbesatz an den Manschetten und am Kragen. Auf dem Kopf trug er einen großen Dreispitz und um seinen Hals lag ein wogendes Tuch, das im Wind über seinen Schultern flatterte.

Rudolf seufzte erleichtert. »Oh, gut. Ich war nicht sicher, ob du mich erkennen würdest.« Er beugte sich vor, als sie sich näherte. »Ich bin gekleidet wie ein Kapitän. Ich weiß, du bist es nicht gewohnt mich so zu sehen.«

DIE UNWAHRSCHEINLICHSTEN HELDEN

Liv lächelte höflich der Besatzung zu, die sich zu beiden Seiten von Rudolf aufgestellt und eine Empfangsformation gebildet hatte, als sie näher kam. Sie waren alle Fae und trugen ihre Uniformen mit ernstem Gesichtsausdruck. Es sollte nicht so schwer sein einen Piraten zu finden und zu besiegen, zumal sie eine ganze Besatzung von magischen Kreaturen und vier weitere Schiffe hatten, die anscheinend mit Waffen ausgerüstet waren.

»Admiral, willkommen an Bord.« Rudolf salutierte extravagant. Er blieb erstarrt, seine Augen glitten nervös umher. Durch die Zähne zischte er: »Du solltest vor mir als deinem Kapitän salutieren.«

Liv schüttelte den Kopf. »Nein, das werde ich nicht tun.«

»Bitte«, bat Rudolf, der plötzlich wie ein bettelndes Kind aussah.

»König Sweetwater, ich bin erst zum zweiten Mal auf einem Boot. Ich bin nicht der Admiral. Ich bin überhaupt kein Admiral. Und du?«

Während er weiterhin salutierte, glitt sein Blick wieder über die Flotte. »Ich bin wesentlich älter als du, also ...« Er entspannte sich und senkte seine Hand. »Es ist auch erst mein zweites Mal.«

Liv schüttelte den Kopf. »Ich verstehe, dass du einige Meeresfantasien hast, die du ausleben möchtest, aber wir haben eine wichtige Mission.«

»Exakt!«, bestätigte Rudolf und winkte der Besatzung zu. »Alle Mann auf Position. Wir setzen die Segel.«

Die meisten Besatzungsmitglieder machten sich auf den Weg zu ihren jeweiligen Posten, alle bis auf einige wenige weibliche Besatzungsmitglieder. Liv fühlte die Verwirrung und wandte sich an sie. »Geht auf eure Posten.«

Sie nickten, begriffen plötzlich und machten sich auf den Weg.

Liv schüttelte den Kopf und murmelte: »Fae sind definitiv nicht die hellste der magischen Rassen. Gut, dass sie wenigstens attraktiv sind.« Sie beäugte einen männlichen Fae, der besonders enge Hosen trug, als er sich bückte, um nach einem Seil zu greifen.

»Dir ist klar, dass es zwischen euch beiden niemals funktionieren wird«, flüsterte Rudolf, schlich sich neben Liv und beobachtete, wohin ihr Blick gerichtet war.

»Weil ich gerne anregende Gespräche führe und einen Partner habe, der weiß, dass es nicht die Germanen sind, die für die Verbreitung von Germen verantwortlich sind?«, fragte Liv.

Eine Linie bildete sich zwischen Rudolfs Augen. »Moment, sind sie das nicht? Warum wird es dann so genannt?«

Liv seufzte, blickte auf die Backbordseite des Schiffes und fragte sich, ob es noch zu früh war Rudolf über Bord zu werfen. Sie erinnerte sich daran, dass diese Flotte ihm gehörte und dass er, obwohl er über manche Dinge anders dachte, dass Germanen Germe – also Hefepilze – verbreiteten, oder Kichererbsen ständig kicherten, er immer noch ihr Freund war.

Er legte seine Hände auf die Reling des Schiffes und nahm einen tiefen Atemzug. »Ist es nicht schön auf hoher See zu kreuzen?«

»Wir haben die Anker noch nicht gelichtet«, erklärte Liv, während sie zuschaute, wie die Besatzung arbeitete.

Rudolf blickte verwirrt umher. »Warum nicht?«

»Kapitän, die Besatzung wartet auf deinen Befehl, der ihnen sagt, wohin wir aufbrechen sollen.«

»Oh, richtig«, sagte er, leckte sich den Finger und hielt ihn hoch. »Nach Westen, Admiral?«

Liv senkte ihr Kinn. »Dann würden wir geradewegs auf diese Insel segeln.« Sie zeigte auf Kauai.

»Ich meinte den anderen Westen«, korrigierte Rudolf.

Liv holte den Stein, den Dakota ihr gegeben hatte, aus ihrer Tasche. »Ich glaube, ich habe eine Möglichkeit für uns, Mac ›Sturmwind‹ Shazia zu finden.«

Rudolf beobachtete neugierig, wie Liv ihre Finger um den Stein schloss und über die Person nachdachte, die sie zu finden wünschte. Der Stein begann sich in ihren Händen zu erwärmen und sie befürchtete, dass er wieder so sengend heiß werden könnte wie zuvor. Das tat er nicht, aber der Stein begann mit einer seltsamen Intensität zu pulsieren.

Liv öffnete sowohl ihre Augen als auch ihre Finger und blickte auf das Steinchen hinunter. Er schien ein echter Kompass zu sein, mit einem Pfeil und Richtungen. Er zeigte nach Osten. »Wir sollten nach Osten segeln.«

»Wie ich schon sagte«, sagte Rudolf wichtig, »nach Osten, Leute!«

Liv steckte den Stein wieder in ihre Tasche, während die Besatzungen die Anker auf den Schiffen lichtete und begannen Segel zu setzen.

Rudolf schnippte mit dem Finger Richtung Steuerrad und es drehte das Schiff in die richtige Richtung. »Und was jetzt?«

Liv beobachtete, wie das eine Schiff die Führung übernahm, zwei weitere sie flankierten und das letzte hinter ihnen in Stellung ging. Sie waren vollständig eingekreist. »Wir werden nach Shazias Schiff Ausschau halten.«

»Du hast es gehört, Späher!«, rief Rudolf einem Fae zu, der oben auf dem Mast im Ausguck stand. »Wir segeln ein Stückchen weiter raus, damit wir das Land richtig auskundschaften können.«

»Es gibt kein Land.« Liv drehte sich um. »Abgesehen von den Inseln hinter uns, die wir jetzt zurücklassen.«

»Warte nur eine Minute. Bald werden wir in der Lage sein die Westküste zu erkennen.«

»Nein, werden wir nicht.«

»Wir werden in der Lage sein die Ebenen von Oklahoma zu sehen.«

»Nein«, erklärte Liv.

»Und bald werden wir in der Lage sein das Entire State Building in New York zu sehen.«

»Du weißt schon, dass es das ›Empire State Building‹ heißt, oder?«

Er schüttelte den Kopf. »Sehr lustig, Liv. ›Empire State Building‹ ergibt keinen Sinn.«

»*Du* ergibst keinen Sinn«, erwiderte Liv.

Sie waren bereits eine gute Stunde unterwegs, als Rudolf sich mit einem ernsten Gesichtsausdruck zu ihr umdrehte. »Wenn es so weit kommen sollte, solltest du wissen, dass du mich essen kannst.«

Sie blinzelte ihm zu. »Warum sollte das überhaupt eine Option sein? Die Schiffe sind doch mit Vorräten bestückt, oder?«

»Ja, ich habe dafür gesorgt, dass wir alles Wesentliche dabei haben.«

»Was genau meinst du mit ›wesentlich‹?« Liv wartete gespannt auf die Antwort.

Er seufzte. »Mir war nicht klar, dass ich Worte für dich definieren muss. Und du machst mir Vorwürfe, weil ich ihn ›Spezifischer Ozean‹ genannt habe, was, wie ich immer noch behaupte, richtig ist.«

»Es ist der Pazifik«, erklärte sie.

»Wie auch immer, das Wesentliche, liebe, süße Liv, sind Dinge, ohne die wir nicht leben können.«

»Die da sind?«, fragte sie und ihr Ton wurde lauter.

Er hob einen einzigen Finger. »Haargel.«

»Oh Gott«, brummte sie und bedeckte ihre Stirn mit ihrer Hand.

»Und natürlich habe ich den Router mitgebracht«, fuhr er fort.

»Weil?«

»Na, wie sollen wir hier draußen sonst Wi-Fi empfangen?« Rudolf schüttelte den Kopf.

»Achsoooooo«, meinte Liv gedehnt.

»Außerdem war ich klug genug daran zu denken, für jeden von uns beiden eine Autotür mitzubringen.«

Liv blinzelte dem Fae zu und versuchte ernsthaft zu verstehen, was ihr möglicherweise entgangen sein konnte. »Warum hast du das getan?«

Er schnaubte. »Draußen auf dem offenen Meer wird es heiß. Serena schlug vor, dass wir, wenn die Sonne über uns brennt die Fenster unserer Autotüren herunterkurbeln und eine angenehme Brise hereinwehen lassen könnten.«

Livs Augen weiteten sich vor reinem Erstaunen. »Bitte sag mir, dass du das arme Mädchen nicht allein gelassen hast, während du weg bist.«

Er hat gelacht. »Natürlich nicht. Ich habe ihr die Verantwortung für das Königreich überlassen.«

»Das bis zu unserer Rückkehr wahrscheinlich bis auf die Grundmauern niedergebrannt sein wird. Zumindest, wenn ich mit deinem Sarg zurückkehre.«

»Mach dir keine Sorgen, Liv. Ich habe nicht vor durch die Hand eines schmutzigen Piraten zu sterben. Ich werde dich tapfer verteidigen und dieser Shazia wird den Tag bereuen, an dem er uns über den Weg gelaufen ist.«

»Ich bin sicher, er zittert bereits«, sagte Liv. »Bitte sage mir nur, dass du daran gedacht hast Essen und Wasser mitzubringen.«

»Das habe ich«, erklärte er triumphierend.

Liv lächelte und dachte, sie müsse Rudolf mehr Anerkennung zollen.

Er zeigte auf das vorausfahrende Schiff, das den Namen *Plato* trug. »Alle Lebensmittel und das Wasser sind auf diesem Schiff.«

Eine Explosion erschütterte die *Serena*, als eine Kanonenkugel in die *Plato* einschlug, die das Schiff in zwei Hälften spaltete.

Kapitel 20

Die Besatzung der *Plato* stürzte in die unruhige See und schwamm zu einem der anderen Schiffe. Der Späher über Liv und Rudolf deutete: »Ein Piratenschiff!«

»Danke«, knurrte Liv nicht erfreut darüber, dass sie auf einem Schiff mit einem Haufen Idioten sterben würde.

»An die Kanonen!«, rief Rudolf, seine Stimme wurde verstärkt, um auf den umliegenden Schiffen gehört zu werden. Sofort rückten sie näher an die *Serena* und hielten sie geschützt.

Liv lief auf die Steuerbordseite und schaute auf das Piratenschiff in der Ferne. Es war einfarbig schwarz gestrichen, seine mit Totenkopf und gekreuzten Knochen markierten Segel flatterten im Wind. Auf der Seite las sie den Namen des Schiffes: *Zephyr*.

Sie feuerte erneut, diesmal traf sie ein Schiff mit einem magischen Schuss ins Heck. Ein normaler Treffer dieser Art wäre schädlich gewesen, aber ein durch Magie verstärkter war zehnmal schlimmer. Der Explosion folgte ein *Knacken*, als einer der Masten des Schiffes brach. Eine weitere Druckwelle erfasste das Schiff an der Breitseite und hinterließ ein klaffendes Loch, das sich sofort mit Wasser füllte. Das Schiff kenterte und wurde rasch von der unbarmherzigen See verschluckt.

Die Dinge waren schnell vorangekommen, von ärgerlich hin zu extrem gefährlich. Liv fürchtete, sie würden verlieren, bevor sie überhaupt eine Chance hatten zu kämpfen.

Die drei verbliebenen Schiffe begannen ihre Kanonen abzufeuern. Liv schaute sich um und bemerkte ihre Namen: die *Rory*, die *Bermuda* und die *Liv*.

Die Geschosse explodierten und landeten rund um das Piratenschiff, das sich seltsamerweise immer weiter entfernte, obwohl es sich nicht zu bewegen schien.

»Kapitän!«, rief eines der Besatzungsmitglieder. »Irgendwas passiert mit den Schiffen!«

Liv bemerkte, dass der Wind zunahm und sie in die Richtung zurückschickte, aus der sie gekommen waren. Shazia nutzte seinen Vorteil mit dem Wind.

Die Kanonen wurden weiter abgefeuert, aber jetzt waren sie zu weit weg, um einen Treffer zu erzielen.

»Wir müssen uns von der Flotte trennen«, erklärte Liv.

»Trennen?«, fragte Rudolf und zeigte auf das nächstgelegene Schiff. »Aber das hat alles …«

»Wenn du jetzt ›Haargel‹ sagst, lasse ich dich über die Reling gehen«, unterbrach Liv.

Er nickte. »Okay, gut. Aber warum denkst du, dass wir uns trennen müssen? Die Schiffe schützen uns.«

»Was großartig wäre, wenn Überleben unser einziges Ziel wäre, aber das ist es nicht. Wir müssen die *Zephyr* stürmen, aber das können wir nicht, solange sie weiß, dass wir hinter ihr her sind«, erklärte sie.

»Wie sollen wir das anstellen?« Rudolf war unsicher.

»Wir werden die anderen Schiffe als Köder benutzen«, erklärte Liv. »Weise die Besatzung dieser Schiffe an die Kanonen zu verzaubern, damit sie weiter feuern können. Ich möchte, dass alle in den nächsten Minuten an Bord der *Serena* kommen. Wir entfernen uns von der *Zephyr*.«

»Aber wie finden wir dann Shazia wieder?«, erkundigte sich Rudolf.

DIE UNWAHRSCHEINLICHSTEN HELDEN

Liv zog den Stein heraus, den König Dakota Skye ihr geschenkt hatte. »Wir werden ihn finden, keine Sorge. Jetzt, da wir wissen, nach wem wir suchen, werden wir ihn finden, aber dieses Mal möchte ich das Überraschungsmoment haben. Nicht andersherum.«

Kapitel 21

Die *Serena* glitt nicht mehr so schnell durch die Fluten, nachdem sie mit zu vielen Besatzungsmitgliedern überfüllt war.

»Ich möchte, dass alle außer der Besatzung, die für den Betrieb dieses Schiffes unerlässlich ist, das Boot durch ein Portal verlassen«, sagte Liv zu Rudolf.

Er nickte. »Gut.« Er räusperte sich und benutzte seine Megafonstimme, die durch Magie verstärkt wurde. »Alle außer der Crew müssen durch das Portal verschwinden.«

Er wandte sich an Liv und fragte leise: »Warum sollen sie?«

»Weil wir schnell handeln müssen, um die *Zephyr* zu überlisten. Die erste Schlacht wird nur ein Angriff auf Shazias Schiff sein. Dann müssen wir es entern und etwas sagt mir, dass er nicht kampflos untergehen möchte.«

»Natürlich«, antwortete Rudolf mit erhobenem Kinn, während die *Serena* sich vom Rest der Flotte entfernte und an Geschwindigkeit zulegte, als die Fae nacheinander verschwanden. »Wohin segeln wir?«

»Wir werden uns so weit wie möglich von Shazia entfernen, dann die *Serena* tarnen und uns wieder heranschleichen.«

Mit einem zuversichtlichen Nicken sagte Rudolf: »Natürlich machen wir das so.« Nach einem Moment beugte er sich über ihre Schulter. »Wie werden wir ihn finden?«

Liv seufzte. »Der Kompass. Er wird mir zeigen, wo ich ihn finde, solange er auf dem Wasser bleibt.«

Rudolf richtete sich wieder auf und sah aus wie ein Mann auf einer besonderen Mission. »Das wusste ich. Ich wollte dich nur testen.«

Liv schaute ihn an und fragte sich, ob sie ihn ermutigen sollte mit den anderen zurückzugehen. Die meisten der zusätzlichen Besatzungsmitglieder waren schon weg.

Rudolf wandte sich ihr mit geschäftigem Gesichtsausdruck zu, der auf seinem sonst so unbekümmerten Gesicht ganz falsch wirkte. »Mach dir keine Gedanken.«

Liv blickte ihn neugierig an. »Über Shazia? Er ist ein gefährlicher Pirat und wir haben nur noch ein Schiff.«

Er schüttelte den Kopf. »Nein, mach dir keine Sorgen um mich. Ich werde eingreifen und die Lage retten.«

Liv atmete aus. »Hör zu, ich weiß, dass du ein Abenteuer erleben und ein Held sein willst, aber …«

»Ich will kein Held sein«, unterbrach er. »Ich bin einer. Ich warte nur darauf, dass du es erkennen kannst.«

»Rudolf, wir haben viel zusammen durchgemacht. Ich weiß, dass du absolut fähig bist.«

»Nein, tust du nicht. Du denkst, dass ich nie auf dem College war und nicht über das Niveau der fünften Klasse hinaus lesen oder das Wort ›Küssen‹ richtig aussprechen kann …«

»Es heißt Kissen«, sagte Liv und korrigierte ihn noch einmal.

»Wie auch immer. Der Punkt ist, dass du denkst, ich wäre ein Hindernis für dich. Du zweifelst, dass es richtig war mich auf diese Mission mitzunehmen.« Er hielt anklagend einen Finger hoch und zeigte damit direkt auf Liv. »Irgendwann wirst du aber froh sein, dass ich hier bin. Ich bin vielleicht nicht der klügste Dodo-Vogel im Schwarm, aber …«

»Dodo-Vögel sind lange ausgestorben.« Liv rieb sich die Stirn und fühlte, wie sich Spannungskopfschmerz einstellte.

»Es ist so, dass ich nicht wirklich klug oder begabt sein muss, um meiner Freundin zu helfen einen bekannten Feind zu besiegen.« Rudolf streckte eine Hand aus. »Ich bin König Sweetwater, der Herrscher über die Fae. Aber ich bin viel stolzer darauf der Freund von Liv Beaufont, der Kriegerin des Hauses der Vierzehn, zu sein.«

Liv betrachtete die Hand, die er ihr angeboten hatte und fragte sich, ob er zu viel Rum getrunken hatte. Das wäre möglich, aber etwas sagte ihr, dass er ziemlich aufrichtig war. »Ich will nicht, dass du weggehst, Rudolf. Wir stecken da zusammen drin und ich bin froh dich an meiner Seite zu haben.«

Sie nahm seine Hand und schüttelte sie. Bevor sie Einspruch erheben konnte, zog er sie an sich und umarmte sie fest. Liv war kurz davor sich zurückzuziehen, als er ihr ins Ohr flüsterte: »Kann ich mir dein Schwert leihen? Ich bin in das Zimmer dieser kleinen Fae gegangen und habe meins verloren.«

Liv rollte mit den Augen und zog sich vom König zurück. »Ich werde dir das Gleiche erzählen, was meine Mutter mir einmal gesagt hat, als ich mein Lieblingsspielzeug verlegt hatte.«

»Ich kaufe dir ein Neues, wenn du nur den Mund hältst?«, fragte Rudolf.

Liv schüttelte den Kopf. »Wenn du etwas nicht haben kannst, das du willst, dann mach das Beste aus dem, was du hast.«

Kapitel 22

Es brauchte die magische Energie von drei Fae, um die *Serena* zu verhüllen, sodass sie unsichtbar war. Ein seltsames Gefühl über den Wellen zu schweben, scheinbar in der dünnen Luft. Liv schüttelte das ungute Gefühl ab und konzentrierte sich auf den Kompass in ihrer Hand. Sie hatten die Flotte und die *Zephyr* aus den Augen verloren. Sie dachte an Shazia und wusste, dass sie sich konzentrieren musste, damit der Kompass richtig funktionierte.

Die Nadel auf dem Stein drehte sich mehrere Male, als wäre sie merkwürdigerweise unentschlossen. Gerade als sie dabei war die elfische Technologie anzuzweifeln, zeigte sie nach Norden.

»Wir müssen den Kurs ändern«, sagte Liv zu Rudolf, der ein Tischbein in der Hand hielt, das er als Waffe auserkoren hatte.

»In welche Richtung?«, flüsterte er, während die Besatzung über ihre Schultern blickte und auf eine Richtungsangabe wartete, die sie durch das graue Wasser nehmen sollten.

»Norden«, antwortete sie mit gedämpfter Stimme.

»Ich habe beschlossen, dass es nach Norden geht!«, rief Rudolf. »Mein Instinkt sagt mir, dass wir dort diesen Schurken Sturmwind finden werden.«

»Die Tarnung wird zusammenfallen, wenn wir uns dem *Zephyr* nähern«, erklärte Liv.

»Warum?«, fragte Rudolf.

»Wenn er tatsächlich die Sanduhr hat, die er verdammt noch mal besser haben sollte, wird sie natürlich sämtliche Tarnungen verwerfen.«

»Oh, das ist scheiße«, klagte Rudolf.

»Das *Stundenglas aller Zeiten* gehört Papa Creola und er wollte nicht, dass jemand, der sich tarnt, nahe genug herankommt, um es zu stehlen.«

»Ich wette, er fühlt sich jetzt wie ein Idiot«, lachte Rudolf.

Livs Telefon brummte in ihrer Tasche. Sie fühlte, wer es war und seufzte laut, als sie das Gerät hervorzog. Die Nachricht war, wie sie vermutete, von Papa Creola.

Sag Rudolf, er soll fünf Schritte vorwärtsgehen.

Liv zeigte es dem Fae. Er runzelte die Stirn, zuckte aber mit den Achseln und folgte den Anweisungen, wobei er bei jedem Schritt mitzählte. Als er an seinem Platz war, wandte er sich an Liv. »Okay, was jetzt?«

Nur Abwarten, hieß es in der nächsten Botschaft von Papa Creola.

Liv brauchte sich nicht lange zu gedulden. Der Ausleger schwang herum, traf Rudolf am Kopf und schickte ihn schnurstracks zu Boden.

»Rudolf!«, schrie Liv und eilte herbei, um nachzusehen, ob es ihm gut ging.

Er rieb sich den Kopf und kam dann auf die Beine. »Du musst Papa sagen, dass ich alles, was er mir zeigen wollte, wegen eines dummen Unfalls verpasst habe.«

»Ich glaube, der herumschwingende Ausleger war ... ja, ich werde es ihm sagen.« Liv entschied, dass es am besten war die Wahrheit gerade jetzt zu verschweigen.

»Wir haben eine Sichtung der *Zephyr*«, rief der Ausguck und deutete nach vorne.

Liv seufzte, dankbar, dass die Besatzung endlich ihre Arbeit tat. Nein, sie hatten keine riesige Flotte mehr oder viele magische Kreaturen, die ihnen bei der Ausführung ihrer Mission halfen. Aber manchmal war weniger mehr, besonders in einer Schlacht, wenn Details von größter Wichtigkeit waren.

Sie blickte nach Norden und sah in der Ferne das Schiff von Sturmwind anmutig segeln. Es bewegte sich schnell. Liv hob ihr Fernglas und studierte das Deck des Schiffes. Die Piraten schienen zu feiern, viele von ihnen tranken und tanzten.

»Dies scheint der perfekte Zeitpunkt zu sein um das Schiff zu stürmen«, meinte sie und übergab Rudolf das Fernglas.

Er nahm es und schaute durch die Linsen. Nach einem Moment gab er es ihr zurück. »Ja, das ist korrekt, der Sturm wird uns recht bald verschlucken.«

»Sturm?«, erkundigte sich Liv verwundert. »Welcher Sturm?«

»Das war es doch, was du mir zeigen wolltest, oder?«, fragte Rudolf und zeigte nach Osten.

Sie schüttelte den Kopf. »Nein, ich sprach über Shazia. Sein Schiff ist genau dort.«

Rudolf gab das Fernglas zurück. »Dort ist auch etwas.«

»Was meinst du mit Sturm?«, bohrte Liv nach.

Er reichte ihr das Fernglas. »Genau dort.«

Sie schaute mit dem Fernglas in die von ihm angegebene Richtung und sah, was er meinte. Da war eine dunkle Wolke, die sich schnell näherte, wie eine Bedrohung auf dem Meer erschien und bereit war ihr Schiff in ein abgrundtiefes Schicksal zu verbannen.

»Wir beeilen uns besser«, sagte sie. »Wir müssen alle Segel setzen. Am besten erreichen wir die *Zephyr* schnellstmöglich.«

Rudolf nickte. »Chip Ahoi, Matrosen! Alle Maschinen voraus!«

Liv überlegte ihn zu korrigieren, entschied sich aber dagegen. Stattdessen zog sie Bellator, bereit für den hoffentlich schnellen Kampf, obwohl die Sturmwolken in der Ferne sie mit stiller Furcht erfüllten und glauben ließen, dass es kein leichter Kampf werden sollte.

Kapitel 23

Die *Serena* war nur hundert Meter entfernt und kam gut voran, als die Tarnung zusammenbrach. Das Schiff materialisierte sich und segelte rasch in Richtung des Schiffes von Shazia.

Die Piraten auf der *Zephyr* reagierten sofort, steuerten ihr Schiff seitwärts und richteten ihre Breitseite auf die *Serena* aus. Liv lächelte und dachte, dass es einfacher werden könnte, als sie gedacht hatte.

Dann begannen die Piraten Schüsse direkt auf das sich nähernde feindliche Schiff abzugeben. Da Liv in Sehweite war, konnte sie die verschiedenen Gestalten der Piraten erkennen. Die meisten von ihnen schienen Magier zu sein, höchstwahrscheinlich mit unregistrierter Magie. Das war es nicht, was sie beunruhigte. Das war ihr völlig egal. Was ihr unter die Haut ging, war, dass alle schwarze Umhänge mit Kapuzen trugen, die ihre Köpfe bedeckten, genau wie sie.

»Manövriert das Schiff längsseits der *Zephyr*«, befahl Liv der Besatzung.

Sie zogen an Seilen, holten die Segel herum und befolgten dabei genau ihre Anweisungen. Sie stand nun zehn Gestalten von Angesicht zu Angesicht gegenüber, den Kopf nach unten gerichtet und die Hände hinter dem Rücken verschränkt.

»Liv …«, sagte Rudolf vorsichtig.

»Ich weiß«, erklärte Liv und schlug mit der Hand stärker als beabsichtigt auf Rudolfs Arm.

»D-D-Die …«, stotterte er.

»Ich weiß«, wiederholte sie.

Die Piraten schoben ihre Kapuzen zurück und starrten bedrohlich auf das Schiff neben ihnen. Die Elfen hatten ihr geholfen Shazia zu finden, aber sie hatte keine Ahnung, was genau sie vorfinden sollte. Liv hatte nie damit gerechnet in zehn identische Gesichter zu blicken, von denen sie nicht erwartet hatte, dass sie dagegen kämpfen müsste.

»Li-Li-Liv«, stammelte Rudolf wieder.

»Ich weiß!«, bellte sie.

»Okay«, brummte er. »Ich frage mich nur, ob dir klar ist, dass all diese Piraten wie du aussehen.«

Kapitel 24

»Alle Kanonen, *Feuer*!«, rief Liv der Besatzung über den Lärm zu.

Einen Augenblick später vibrierte das Schiff unter ihren Füßen, als die Kanonen die Schüsse auf die *Zephyr* abfeuerten. Der Geruch von Schießpulver stieg aus den wogenden Wellen unter ihnen auf.

»Du weißt also von deinen ganzen Doppelgängern da drüben?«, fragte Rudolf die Magiern, das Tischbein nahe an sich haltend.

»Ja«, antwortete Liv. »Es ist offensichtlich ein Trick.«

Rudolf lachte schlagartig. »Das wusste ich. Das wusste ich ganz genau.« Er hörte so schnell auf, wie er angefangen hatte. »Was sollen wir dagegen tun?«

Sie warf ihm einen ungeduldigen Blick zu, während ihr Schiff weiter feuerte und ihnen etwas Deckung verschaffte, als die Piraten, die alle wie ängstliche Versionen von ihr aussahen, aufgetaucht waren. »Ich dachte, du bist der Kapitän. Irgendwelche glänzenden Ideen?«

Er duckte sich, als etwas über seinem Kopf knallte. Vielleicht Feuer? Oder Granatsplitter? »Ich denke, ich bin noch nicht bereit für den Kapitän-Auftritt.«

»Rudolf!«, schrie Liv und suchte hinter der Reling Schutz, als die Piraten reagierten und sich zu wehren begannen.

Er stand kerzengerade und schwang sein Tischbein. »Bringt uns neben diese widerlichen Maden! Wir werden sie auf den Grund des Ozeans schicken!«

Liv lächelte innerlich und genoss die Tatsache, dass Rudolf sich der Herausforderung gestellt hatte. Es mochte nicht lange anhalten, aber es war etwas Besonderes.

Die Besatzung zerstreute sich, warf Seile, um das andere Schiff zu fixieren und zog es dicht heran, sobald die Enterhaken in Position gebracht waren. Die *Serena* schwankte, als sie das andere Schiff einholte. Liv war gerade dabei sich zu bewegen, als jemand erschien, der ganz anders aussah als die zehn Livs auf dem Deck des Piratenschiffs.

Mac ›Sturmwind‹ Shazia sah nicht wie irgendein Pirat aus. Zunächst einmal war er kein *Er*. Shazia war eine *Sie* und sie war absolut wunderschön. Liv hatte erwartet, dass ein holzbeiniger, einäugiger Pirat auf das Deck humpeln würde, nicht eine Frau mit langen, wallenden schwarzen Haaren, fesselnden grünen Augen und einem gewinnenden Lächeln. Sie war so hübsch, dass es irgendwie schmerzte.

Als Shazia bei ihren Männern war, die alle als Liv verkleidet waren, griff die Piratin nach der Reling und beugte sich nach vorne. »Hallo Kriegerin Beaufont. So sieht man sich wieder.«

Kapitel 25

»Wieder?«, fragte Liv.

Die Piratin lachte laut, ihre Stimme hallte über das Wasser. »Weißt du nicht mehr? Ich habe dich das erste Mal getroffen, als deine Mutter mit dir schwanger war und sie versucht hat mich daran zu hindern die Kräfte des Windgottes zu erhalten.«

»Ich war irgendwie damit beschäftigt ein Fötus zu sein. Also nein«, antwortete Liv.

»Deine Mutter hat versucht mich aufzuhalten«, erklärte Shazia. »Sie hat mich fast fertig gemacht. Aber dann hat sie deinetwegen plötzlich Wehen bekommen und ich habe gewonnen.«

Liv warf der Piratin einen angewiderten Blick zu. »Du hast also gewonnen, weil eine schwangere Frau ein Kind bekommen hat?«

»Der Sieg war mein!« Shazia streckte ihre Faust in die Luft, was den Wind durch die Segel schießen ließ und die *Serena* gefährlich zur Seite neigte.

»Ich denke, das hat dir nur einen sehr zweifelhaften Sieg beschert«, argumentierte Liv. »Ich bin aber nicht schwanger, wie wäre es also mit einer Revanche?«

Bevor Shazia antworten konnte, gab Rudolf Liv einen Klaps auf den Arm. »Ich könnte schwanger sein. Glaubst du, dass es sicher ist das jetzt zu erledigen?«

Liv unterließ es Rudolf auf das feindliche Schiff zu werfen. Stattdessen schüttelte sie nur den Kopf. »Es ist in Ordnung.

Wir müssen nur den Kampf gegen diese verrückte … Frau gewinnen.«

»Wie sollen wir das anstellen?«, fragte Rudolf und scannte die Besatzungsmitglieder auf dem anderen Schiff. »Die sehen alle aus wie du.«

Liv wusste, dass das Teil der Strategie war. Shazia kämpfte nicht fair. So ging ein Pirat nun einmal vor. Ein Appell an sie würde nichts nutzen und Vernunft war von ihr nicht zu erwarten. Ohne zu zögern zog Liv ihren Umhang aus, wodurch sie sich von den zehn Livs auf dem anderen Schiff unterschied.

Zu ihrem Entsetzen wurde sie von allen kopiert.

Sie schnaubte und zog ein rotes Tuch hervor, das sie sich um den Hals band.

Liv hätte erwarten müssen, dass die anderen Livs genau das Gleiche tun würden, aber sie war überrascht, als sie alle wie Kellnerinnen aussahen.

Sie schüttelte den Kopf und ließ das Tuch verschwinden. Ihre Doppelgänger taten dasselbe. Liv streckte die Hand aus und packte Rudolf am Hemd. »Es wird nur einen Weg geben mich von den anderen zu unterscheiden. Töte mich nicht, wenn ich diese Worte zu dir sage. Ansonsten greifst du an!«

Er nickte, seine Augen waren auf sie gerichtet. »Okay, wie lauten sie?«

Liv zog ihn an sich und flüsterte ihm ins Ohr, sodass nur er sie hören konnte.

Kapitel 26

Liv hatte erwartet, dass es ein fieser Kampf werden würde. Sie war davon ausgegangen gegen skrupellose Piraten anzutreten, die massenweise Schüsse abfeuerten. Was sie jedoch nicht erwartet hatte, war, dass ihre eigene Mannschaft sie angreifen würde. Aber sie konnte es ihnen nicht verübeln. Für sie sah sie einfach genau wie der Feind aus. Sie war wirklich dankbar, dass sie den größten Teil der Besatzung nach Hause geschickt hatte. Sonst gäbe es noch viel mehr Leute, die auf sie losgingen.

Positiv wertete Liv, dass es kinderleicht war für sie ihre Feinde zu identifizieren. Sie alle hatten wallendes blondes Haar und waren ganz in Schwarz gekleidet. Sie warf einen Feuerball nach dem anderen auf die fliehenden Piraten, traf viele von ihnen an der Brust und schickte sie über Bord.

Livs Zuversicht kehrte zurück, nachdem sie bereits die Hälfte der Piraten ausgeschaltet hatte. Ihr Team leistete großartige Arbeit, obwohl sie erkannte, dass es extrem schwer für ihre Mitstreiter war gegen exakte Kopien von ihr zu kämpfen. In der Ferne hörte sie, wie Rudolf einen Piraten angriff.

»Es tut mir leid, wenn das wirklich du bist, Liv«, sagte er zwischen den Schlägen. »Du haust zu wie ein Mädchen und damit meine ich: Würdest du dich bitte etwas zurückhalten?«

Sie ignorierte ihn und bemerkte, dass sich aus der Ferne etwas Dunkles näherte.

Liv drehte sich um und beobachtete Shazia. Die Piratin hatte ihren Arm in die Luft gestreckt und einen seltsam entrückten Blick in ihren Augen. Liv wandte sich wieder in die andere Richtung. Der Sturm, der zuvor weit entfernt war, kam nun schneller auf sie zu. Sie machte eine Kehrtwendung, in der Hoffnung, die Piratin vorzufinden, aber das Luder war verschwunden.

Liv hastete vom Bug des Schiffes und sprintete über die Treppe. Shazia war nirgendwo zu sehen. Die Sturmböen bliesen ihr Haar in alle Richtungen. Natürlich hatte die Piratin wohl unten Zuflucht gesucht. Ohne sich Gedanken zu machen, folgte Liv Shazia nach unten in den Schiffsrumpf.

Wasser schwappte über Livs Stiefel, als sie das nächste Deck des Schiffes erreichte. Die *Zephyr* war stark beschädigt und sank langsam. Auf diesem Deck befanden sich die Schlafkojen der Piraten. Sie hoffte, dass sie sich in der Nähe des *Stundenglases aller Zeiten* befand, aber in der Dunkelheit war dies nur schwer zu erkennen. Liv wurde immer wieder hin und her geworfen und jedes Licht gelöscht, das sie zu beschwören versuchte.

»Scheinbar befindest du dich hier auf einer heißen Spur.« Plato materialisierte sich neben ihr und sprang von Regal zu Regal, um dem Wasser zu entgehen.

Liv atmete aus. »Sehr witzig. Das Wasser ist tatsächlich lauwarm.«

»Das war eine Metapher«, korrigierte der Lynx.

»Gut, spar dir das. Ich muss eine Piratin finden und einen Haufen Livs ausschalten, die für Verwüstung sorgen.«

»Ich wette, du hast nicht einmal im Traum daran gedacht, dass du einmal so etwas sagen würdest«, sagte Plato, der leicht mithalten konnte, auch wenn die Regale weiter auseinander standen.

»Den Teil über die Livs, die Verwüstungen anrichten?«, fragte sie.

Er schüttelte den Kopf. »Nein, den Teil, in dem du etwas über die Verwendung des Steins gesagt hast, um Shazia zu finden, wobei dir klar sein dürfte, dass er dir, da du auf dem Ozean bist, helfen sollte, sie zu finden.«

»Das habe ich nicht gesagt …« Livs Worte verhallten und der Lynx war verschwunden.

»Diese verdammt trickreiche Katze.«

Sie zog den Stein aus ihrer Tasche und dachte intensiv über ihre Kontrahentin nach, die sie finden musste. Der Kompass zögerte nicht mehr wie zuvor. Stattdessen zeigte die Nadel nach Süden. Liv folgte dem Hinweis und ging bis zum Ende des Ganges. Sie war in einer Sackgasse gelandet und dachte, sie hätte keine andere Möglichkeit. Dann tat der Kompass etwas Unerwartetes. Die Nadel hob sich und zeigte Richtung Decke.

Liv schaute nach oben und fragte sich, ob … da bemerkte sie Rillen in den Brettern über ihrem Kopf. Eine kleine Falltür.

Kampfbereit wich sie lautlos von der Tür zurück. In sicherer Entfernung murmelte sie ein einziges Wort, die Klappe öffnete sich und etwas Verschwommenes war zu sehen. Die Gestalt hielt etwas Schweres in der Hand und fiel in das aufsteigende Wasser, wobei sie völlig durchnässt wurde.

»Erstarre.« Liv wünschte sich, sie hätte plötzlich die Macht der Fae, die ihre Beute einfrieren konnten. Stattdessen erzeugte sie einen Feuerball, während Shazia vor ihr stand und das *Stundenglas aller Zeiten* hielt. Der Feuerball rotierte und gewann an Geschwindigkeit, als wolle er ein neues Ziel treffen.

»Mach das nicht!«, schrie Shazia. »Ich kann es erklären. Ich wollte nicht in die Sache verwickelt werden. Es ist nur, dass …«

Liv erinnerte sich daran, was Dakota ihr über Shazia erzählt hatte. Sie hatte keine Seele mehr. Sie würde alles sagen, um zu bekommen, was sie wollte. Sie würde alles tun, um jetzt zu gewinnen. Das war es, was die Seelenlosen taten. Sie kümmerten sich nicht darum, was richtig oder falsch war. Manchmal konnte man jemanden retten und manchmal konnte man es nicht.

Liv gab den Feuerball frei.

Shazia keuchte plötzlich voller Angst, bevor das Feuer sie erreichte, aber genau in dem Moment, als sie die Sanduhr fallen ließ, schwang Liv ihr Bein herum und erwischte das *Stundenglas aller Zeiten* mit dem Rand ihrer Ferse. Gleichzeitig zog sie Bellator aus der Scheide und das Schwert übernahm sofort die Macht. Es bestand jetzt aus Instinkt und Hunger und durchtrennte die Kehle der Piratin in einer einzigen schnellen Bewegung. Liv musste nicht zusehen, was sie tat. Mit Schwung hatte sie sich einmal um sich selbst gedreht und ihr Fuß landete am Boden, gerade als ihr das *Stundenglas aller Zeiten* in die Hand rutschte.

Liv lächelte und steckte den großen Gegenstand in ihren Umhang, bereit, den Weg zurück nach oben zu gehen, den sie gekommen war.

Kapitel 27

Oben herrschte reines Chaos. Die Liv Beaufonts kämpften überall gegen die Fae. Der Sturm warf das Schiff in eine Richtung und dann in die andere, wodurch die echte Liv gegen die Reling geschleudert wurde. Sie fing sich mehrmals gerade noch ab und tat ihr Bestes die Sanduhr vor dem Zerbrechen zu schützen.

Die dunklen Wolken des Sturms schwebten über ihnen, sie tobten direkt über dem Schiff. Shazia mochte tot sein, aber das Böse, das sie heraufbeschworen hatte, war immer noch da. Alle waren so mit kämpfen beschäftigt, dass sie kaum bemerken konnten, welches Unheil am Himmel drohte und sie für immer tief im Ozean verschwinden lassen würde.

Rudolf hatte eine der Doppelgängerinnen im Würgegriff und bedrohte sie auf seltsame Weise.

»Sag es!«, drängte er und verfestigte seinen Griff. »Sag mir, dass ich der König bin und dass du weißt, dass ich klüger bin als du.«

»Neiiiiiin!«, schrie der Pirat.

Liv eilte dazu. »Es ist vorbei! Ich habe gewonnen!«

Rudolf richtete sich auf und ließ den Piraten, den er festgenagelt hatte, fallen. »Oh, Shazia, so lernen wir uns endlich persönlich kennen!« Er wollte sich schon verbeugen, aber Liv ohrfeigte ihn, bevor er es konnte.

»Im Ernst!«, brüllte sie. »Dieser Sturm!« Liv zeigte auf die über ihnen aufziehenden Wolken. Viele der gefälschten Livs sprangen über Bord und schwammen davon. Andere rannten einfach nach unten. Glücklicherweise konnte die Besatzung der *Serena* komplett zum Schiff zurückkehren, das längst nicht so beschädigt war wie die *Zephyr*.

Rudolf hielt jedoch wie ein tapferer Soldat die Stellung, als er zwischen der Sanduhr und Livs Gesicht hin und her schaute. »Was hast du mit meiner Liv gemacht? Ich werde bis zum Tod gegen dich kämpfen.«

Liv wollte fast lächeln. Lachen. Den Mann vor ihr umarmen, aber jetzt war nicht der richtige Zeitpunkt, da der Wind sie fast von Deck geworfen hätte. Stattdessen ließ sie zu, dass der Schwung sie vorwärts schob. Sie packte Rudolf mit einer Hand an seiner Jacke, die Sanduhr in der anderen und zog ihn mit sich, als sie zum Bug des Schiffes rollten. Durch Wind und Regen schrie sie: »Kapitän Rudolf, rette uns den Tag!«

Obwohl alles vor ihr verschwamm, sah sie sein Gesicht, als er sich erstaunt zurückzog.

»Du bist es, Liv!«, schrie er. »Du bist es wirklich, Liv!«

»Ja und jetzt bist du dran!«, drängte sie.

Er nickte und schuf ein Portal, durch das sie kullerten und auf dem Deck der *Serena* landeten. Dann schwebte das Schiff durch ein weiteres Portal in ruhiges Gewässer direkt vor dem Hafen in Long Beach, Kalifornien.

Die Besatzung der *Serena* war ein seltsamer Anblick, als sie in den Hafen segelte, die Haare durcheinander und die Gesichter von der Schlacht gerötet.

Als die Besatzung das Schiff jedoch am Dock festmachte, hielt Liv das Einzige im Arm, was an diesem Tag zählte. Rudolf Sweetwater hatte seine Arme so eng um ihre Schultern gelegt, wie ihre um seine.

Ja, sie hatte die Sanduhr wieder, aber es gab einige Dinge, die viel wichtiger waren als Zeit. Manchmal waren es die unwahrscheinlichsten Helden, die Schlachten gewannen. Diejenigen, die in den Geschichtsbüchern nicht erwähnt wurden, die aber der Grund dafür waren, dass die meisten den nächsten Tag in Angriff nehmen konnten.

Liv zog die Sanduhr heraus, hielt sie dicht an ihre Brust und lächelte ihren Freund an, dankbar, dass sie an einem anderen Tag ein weiteres Abenteuer erleben durften … wenn sich die Zeit dafür anbieten sollte.

Kapitel 28

Subner brauchte Liv nicht zu sagen, dass sie sich beeilen sollte, um zu Papa Creola zu kommen, als sie sein Geschäft, die *Fantastischen Waffen*, betrat. Sie hatte bereits ein Dutzend Textnachrichten von Papa Creola erhalten, die ihr genau das mitteilten. Die ersten paar Nachrichten lauteten: **Du beeilst dich nicht genug!**

Dann meinte er, wenn sie nicht ständig auf ihr Telefon schauen würde, wäre sie schneller. Als sie daraufhin mit den Augen rollte, folgte eine weitere Bemerkung darüber, wie Gesten die Vorwärtsbewegung um bis zu zwanzig Prozent verlangsamten.

Liv war völlig außer Atem, weil sie Dutzende von Stufen hinuntergesprungen war und dort ankam, wo Papa Creola ungeduldig vor seinem Kamin herumlief.

»Endlich!«, bellte er, eilte herbei und sah sie an, als ob ihr etwas fehlte. »Wo ist das *Stundenglas aller Zeiten*?«

Liv öffnete ihren Umhang, nahm die Sanduhr heraus und reichte sie ihm. »Ich hielt es für keine gute Idee das Ding öffentlich zur Schau zu stellen, während ich die Roya Lane entlangschlendere.«

Er nickte und beobachtete die Art und Weise, wie das Granulat durch den Engpass rieselte. Die Sanduhr war fast halb so groß wie er. »Die Zeit wird erneut bedroht.«

Wie der Sand sich bewegte, erschien Liv nicht sonderlich merkwürdig, aber Papa Creola war darüber verwirrt.

Er stellte die Sanduhr ab und begann wieder auf und ab zu laufen.

»Ist es derjenige, der die Sanduhr stehlen ließ?«, wollte Liv wissen. »Spielt er mit der Zeit?«

Er nickte. »Ja und ich bin eine Bedrohung für seine Mission, weshalb er mich loswerden möchte. Das bedeutet, dass ich hier nicht bleiben kann.«

»Was? Wohin wirst du gehen?«, erkundigte sich Liv.

»Es ist besser, wenn ich das weder dir noch sonst jemandem sage«, antwortete er.

»Du verschwindest also wieder?«, fragte Liv. »Du lässt uns im Stich?«

»Nicht wie früher. Ich werde immer noch helfen. Außerdem habe ich dich und du wirst von mir Befehle erhalten. Aber es ist nicht sicher hier. Ich habe das Gefühl, ich weiß, wer dahintersteckt und er wird keine Ruhe geben, bis er mich aufgespürt und getötet hat.«

»Wer ist es?«, forderte Liv. »Warum will er dich töten?«

»Ich weiß nicht viel. Ich habe nur Bildfetzen gesehen. Ich bin merkwürdigerweise blind diesbezüglich. Aber ich weiß, dass er ein uraltes Übel ist, das nicht an die Macht gelangen kann, solange ich da draußen bin. Er weiß, wenn er es trotzdem tut, werde ich ihn zur Strecke bringen.«

»Warum?«, fragte Liv, obwohl ihr klar war, dass das ›uralte Übel‹ eine ausreichende Erklärung hätte sein sollen.

»Meine Aufgabe ist es dafür zu sorgen, dass alles und jeder den Lauf der Zeit bewahrt. Vampire haben sie bedroht, also was habe ich dich tun lassen?«

»Sie ausschalten«, antwortete Liv.

»Genau«, bestätigte Papa Creola. »Uns allen wird eine gewisse Zeit auf diesem Planeten zugestanden. Wir bekommen nicht mehr, als wir haben sollten, ohne Wellen im Zeitgefüge zu verursachen.«

»Aber Rudolf hat Serena zurückgebracht«, argumentierte Liv.

»Ja und ich habe ewig gebraucht die entstandenen Probleme zu lösen«, seufzte er müde.

»Ewig? Wirklich? Findest du nicht, dass das ein wenig übertrieben ist?«

Papa Creola warf ihr einen verärgerten Blick zu. »Der Punkt ist, dass niemand ewig leben darf. Ich schon, aber das ist Absicht. Es gibt nur wenige wie mich, deren Langlebigkeit tatsächlich die Geschicke der Zeit bewahrt, statt sie auszuhebeln.«

»Wie Plato?«, fragte Liv. Der Lynx fiel ihr plötzlich ein.

Papa Creola war überrascht und ging darauf ein. »Ja, tatsächlich. Das lange Leben des Lynx hat mehr geholfen als geschadet. Aber er ist keine normale Kreatur. Der Mensch, von dem ich glaube, dass er versucht aufzusteigen, hat nicht nur viele moralische Gesetze gebrochen, um sein Leben zu erhalten, sondern wenn er an die Macht kommt, dann ist nicht nur die Zeit in Gefahr, sondern auch die Magie.«

»Okay, gut, dann habe ich meinen nächsten Fall«, sagte Liv und klatschte in die Hände. »Sag mir, wer dieses Arschgesicht ist und ich werde ihn jagen und seinen bösen Absichten Einhalt gebieten.«

Papa Creola schüttelte den Kopf. »Ich kann nicht.«

»Weil das zu einfach wäre, hmmmm?«

»Ich kann nicht«, fuhr Papa Creola fort, »weil ich mir nicht ganz sicher bin. Ich habe immer nur seine Gegenwart gespürt, die unter der Oberfläche lauert. Ich weiß nicht genug, um dich zu leiten und deshalb wäre es eine Verschwendung deiner Zeit. Alles, was ich sicher weiß, ist, dass ich mich verstecken muss, bis wir mehr Informationen haben. Erst dann kannst du dieses Übel ordnungsgemäß beseitigen.«

»Okay, gut.« Liv wünschte sich, die Dinge müssten nicht immer so kompliziert sein.

»Eigentlich weiß ich noch etwas anderes«, stellte Papa Creola voller Überzeugung fest. »Du musst die Sterblichen Sieben finden. Ich bin mir nicht sicher wie, aber ich glaube, sie sind mit all dem verbunden. Solange das Haus unvollständig ist, wird es dieses Ungleichgewicht in der Welt geben.«

»Dem kann ich nur zustimmen«, erklärte Liv. »Aber ich weiß nicht, wo ich den nächsten finden kann. Ich habe recherchiert und es gibt so viele Möglichkeiten. Was soll ich tun, jedem Menschen in jeder Familie ein Ständchen singen, bis ich den Richtigen gefunden habe?«

»Nutze deine Ressourcen«, drängte Papa Creola sie. »Bring die Namensliste zu Mortimer. Schau, ob er helfen kann sie für dich einzugrenzen. Brownies haben eine Art Muster zu beobachten, die du nicht sehen wirst. Ich vermute, da die Sterblichen jetzt Magie sehen können, verändern sich die Dinge auch für die Sterblichen Sieben.«

»Aber sie konnten schon immer Magie sehen«, argumentierte Liv und dachte an John.

»Ja, aber die Welt um sie herum wacht auf«, erklärte Papa Creola. »Vielleicht haben sie jetzt neue Feinde, weil sich die Dinge verschoben haben. Mortimers Brownies konnten das sicher beobachten.«

»Glaubst du, dass, wer auch immer hinter dir her ist, auch bei den Sterblichen Sieben auftauchen wird?«, fragte Liv und dachte dabei an die Person, die die Elfen hereingelegt hatte. »Ist es möglich, dass das alles zusammenhängt?«

»Kriegerin Beaufont, das kann ich nicht mit Sicherheit sagen, aber ich glaube schon«, traf Papa Creola die schwerwiegende Aussage. »Wer nicht will, dass Sterbliche mit Magie in Verbindung gebracht werden und die wahre Geschichte auslöscht, ist derjenige, der auch mich loswerden will.«

»Also war es nicht Adler Sinclair?« Liv bemerkte, wie naiv sie sich anhörte.

»Adler war ein Problem. Das war er schon immer, aber das ging schon so bevor es ihn gab.«

Livs Mund klappte bei einer plötzlichen Erkenntnis auf. Sie hatte die ganze Zeit gedacht, dass Adler die Quelle allen Übels wäre, der so viele der Ungerechtigkeiten in Zusammenhang mit dem Haus inszeniert hatte. Doch nun wurde ihr klar, dass er nur ein Schüler – ein Handlanger – war. Sie war die ganze Zeit hinter Adler her gewesen ohne zu erkennen, dass er nicht der Meister war.

Das bedeutete, dass da draußen der wahre Bösewicht noch lauerte, den sie ein für alle Mal zur Strecke bringen musste.

Kapitel 29

Liv schaffte es nicht das Gespräch mit Papa Creola auszublenden und es nicht ständig in ihrem Kopf zu wiederholen. Aber natürlich. Es steckte jemand hinter all dem, der mächtiger war als Adler Sinclair. Warum hatte sie es nicht schon vorher erkannt? Jemand hatte Zeno Dutillet, besser bekannt als SandMan, aufgeweckt. Und dann war da noch die Illusion von Spencer Sinclair in den Sümpfen von Louisiana. Jemand hatte Papa Creolas *Stundenglas aller Zeiten* gestohlen und sich als Elf ausgegeben und wer wusste schon, als wen noch. Liv fühlte plötzlich, dass sie niemandem mehr trauen konnte, aber sie war als Kriegerin nur so weit gekommen, weil sie sich auf ihre Freunde verlassen hatte, also musste sie ihre Angst überwinden und weitermachen.

Von den Gedanken in ihrem Kopf war Liv so überwältigt, dass sie an der offiziellen Vertretung der Brownies vorbeilief und umkehren musste. Sie war gerade dabei an die unsichtbare Tür zu ›klopfen‹, um ihre Anwesenheit anzukündigen, als sich eine vertraute Gestalt neben sie schlich.

»Was machst du denn hier?«, fragte Liv Emilio Mantovani.

Er starrte geradeaus und nahm keinen Augenkontakt mit ihr auf. »Ich wollte sehen, ob du bei den Dingen, über die wir gesprochen hatten, Fortschritte gemacht hast.«

Liv schüttelte den Kopf. »Ich hatte dringendere Probleme, als dir bei deinem Dating-Leben zu helfen.«

»Es geht nicht nur um mich«, argumentierte Emilio und starrte die Ziegelmauer an. »Es geht um jeden. Das Haus diktiert alle Teile unseres Lebens. Sie sagen uns, was wir tun sollen und wann wir es tun sollen und das reicht noch nicht. Sie bestimmen sogar, mit wem wir uns verabreden und wen wir heiraten dürfen.«

Liv nickte. »Ich weiß. Ich habe einige Ideen, wie man die Dinge ändern kann, aber es wird Zeit brauchen. Im Moment habe ich wirklich dringendere Probleme, mit denen ich mich befassen muss.«

Emilio seufzte. »Ich weiß. Ich habe dich hier gerade gesehen und dachte, ich nutze die Gelegenheit dich zu fragen.«

Liv glaubte ihm. Sie mochte Emilio nicht besonders, vielleicht weil er den gleichen versnobten Ausdruck wie seine Schwester Bianca hatte, aber sie misstraute ihm nicht völlig. »Hey, deine Schwester.«

»Ja?«, fragte er mit einem gespannten Unterton.

»Sie hat eine schlechte Einstellung, aber denkst du ... nun, ich weiß, dass du mir nicht sagen willst, ob sie es ist, aber ist sie ein böses Superhirn?«

Emilio lachte tatsächlich. Es war wahrscheinlich das erste Mal, dass Liv das je von ihm gehört hatte. »Bianca ist hochnäsig und elitär, aber sie ist definitiv kein Superhirn.«

»Aber sie hasst die Sterblichen, oder?«, fragte Liv.

Er zuckte die Achseln. »Viele in diesem Haus haben Vorurteile gegenüber Sterblichen.«

»Aber warum?«, erkundigte sich Liv. »Wir wissen jetzt, dass sie früher ein Teil der Geschehnisse waren.«

»Es geht nicht nur um die Sterblichen. Es geht um Fae und Elfen. Es geht um jeden, der anders ist als wir. Deshalb versuche ich die Dinge zu ändern. Darum brauche ich deine Hilfe.«

Emilios Stimme klang selten belehrend. Das beschwichtigte Liv und sie ließ ihren Verdacht gegenüber

Bianca fallen. Die Mantovanis mochten nicht die beste Familie überhaupt sein, aber sie waren keine bösen Querdenker. Nein, wer auch immer hinter allem steckte, hatte seine Agenda und eine ganze Menge Macht. Wie er die bekommen hatte, musste Liv herausfinden.

»Ich werde dir helfen«, erklärte Liv. »Sei einfach geduldig und bereit deinen Teil dazu beizutragen, wenn die Zeit gekommen ist.«

»Welche Rolle werde ich spielen?«, fragte er.

»Ich bin mir noch nicht sicher«, gab sie zu. »Aber sie wird wahrscheinlich groß sein. Sobald wir versuchen das Haus zu verändern, werden wir uns selbst einem Risiko aussetzen. Du wirst nicht in der Lage sein dich davor zu drücken.«

»Ich glaube nicht, dass ich immer der mutigste Krieger gewesen bin«, gestand er leise. »Ich dachte immer, das sei so, weil ich ein Feigling bin oder nicht stark genug. Aber jetzt verstehe ich es.«

»Was willst du damit sagen?«, wunderte sich Liv.

»Es liegt daran, dass ich noch nie etwas gefunden hatte, für das ich wirklich leidenschaftlich kämpfen wollte. Nicht bis jetzt.«

Liv wollte einwenden, dass die Missionen zum Schutz der Magie oder der Sterblichen oder anderer Rassen wichtig gewesen waren, aber das tat sie nicht. Diese Dinge zählten für sie. Sie holten sie morgens aus dem Bett und ließen sie weiterkämpfen, wenn sie erschöpft war. Wenn das die eine Sache war die Emilio schließlich mutig genug machte alles zu riskieren, wie konnte sie das Infragestellen?

»Okay, wir bleiben in Kontakt«, meinte Liv, ging einen Schritt näher an die Ziegelmauer und entließ Emilio.

✲ ✲ ✲

Liv schlich auf Zehenspitzen an Pricilla vorbei, die den Kopf auf ihren Schreibtisch gelegt hatte und laut schnarchte. Das Baby schlief in seinem Kinderbett und saugte laut an einem Schnuller.

Als sie zu Mortimers Tür kam, drückte sie diese vorsichtig auf und streckte ihren Kopf hinein.

»Komm rein, komm rein«, sagte er mit aufgeregter Stimme.

Sie hielt ihren Finger an den Mund. »Pricilla und das Baby schlafen.«

Er zuckte mit den Schultern und wirkte wegen seiner lauten Stimme reumütig. »Natürlich. Das Baby macht sie fertig.«

»Ja, ich bin sicher, dass es viel heißt sich um ein Kind zu kümmern und zusätzlich zu arbeiten«, wusste Liv.

Er schüttelte den Kopf. »Oh, nein. Ticker schläft viel. Es ist das, mit dem sie schwanger ist, das sie so erschöpft.«

»Warte, Ticker ist der Name deines Kindes?«, fragte Liv und schüttelte dann den Kopf. »Und Pricilla ist wieder schwanger? Ihr zwei verschwendet keine Zeit.«

»Die meisten Brownies haben ein Dutzend oder mehr Kinder. Wir müssen Quoten erfüllen.«

Liv war plötzlich dankbar, dass sie kein Brownie war. »Na ja, trotzdem, das ist viel für deine Frau. Vielleicht denkst du darüber nach bald Urlaub zu machen. Vielleicht könnte sie Ticker bei jemandem lassen, damit sie sich tatsächlich entspannen kann.«

»Ich danke dir!«, jubelte Mortimer, hielt sich dann den Mund zu, denn sein Ausbruch war zu laut. »Jedenfalls fühle ich mich geehrt, dass du dich angeboten hast, auf meinen Sohn aufzupassen.«

»Was?«, fragte Liv, die Augen weit aufgerissen. »Ich habe nicht ...« Die plötzliche Enttäuschung auf Mortimers

Gesicht ließ sie innehalten. »Ich wollte sagen, dass mir nicht klar war, wie sehr ihr beide einen Urlaub braucht. Ich würde gerne auf Ticker aufpassen, sobald ihr bereit seid euch von ihm für einige Übernachtungen zu trennen. Ich weiß, dass frische Eltern ihre Kleinen nicht gerne verlassen.«

Er winkte ab und wandte sich sofort an seinen Computer. »Sei nicht albern. Wir fördern die Unabhängigkeit. Und er ist ziemlich gut zu handhaben, vor allem, weil er bereits laufen kann.«

»Dein Kind läuft schon?« Liv war überrascht.

»Seit dem zweiten Tag«, erklärte er.

Liv nickte und versuchte die neue Situation herunterzuschlucken, in die sie sich selbst gebracht hatte.

»Ich meine, er braucht immer noch sehr viel Pflege«, sagte Mortimer und tippte auf seinem Computer, »aber du bist so ziemlich die Einzige, der ich in dieser Sache vertraue. Pricilla und ich könnten die Zeit gemeinsam nutzen.«

»Mort, was machst du da?«

Er drückte auf eine einzige Taste. »Eine Reise buchen, natürlich.«

»Natürlich«, meinte sie und nahm auf dem kleinen Stuhl vor seinem Schreibtisch Platz.

Mit einem triumphierenden Gesichtsausdruck wandte er seine Aufmerksamkeit wieder ihr zu. »Okay, das war alles. Ich bringe Ticker in einer Woche vorbei, bevor wir nach Hawaii aufbrechen.«

»Hawaii, sagst du?«, fragte Liv. »Ich habe gehört, sie haben dort ein Problem mit Piraten.«

Er lächelte, ohne sich abschrecken zu lassen. »Piraten stören mich nicht. Wir könnten wirklich etwas warmes Wetter und gute Stimmung gebrauchen. Hawaii ist perfekt, weil wir bei den Elfen bleiben können, was schön ist, denn wenn wir

159

in der Nähe von Sterblichen sind, können wir uns nicht entspannen, da wir das Bedürfnis haben ihnen zu helfen.«

»Das ergibt Sinn.«

»Okay, was führt dich hierher, meine liebe Freundin, Kriegerin Beaufont?«

»Eigentlich geht es um die Sterblichen ...« Sie erzählte ihm die ganze Geschichte, warum sie hier war und was sie brauchte. Der Brownie war einen Moment lang still und klopfte beim Nachdenken an sein Kinn.

»Papa Creola hat recht«, sagte er schließlich. »Meine Brownies werden ungewöhnliche Aktivitäten bemerkt und zur Kenntnis genommen haben. Lass mich die Namen auf deiner Liste überprüfen.«

Er warf einen Blick auf die Liste, die sie ihm von den Sterblichen Sieben gegeben hatte und tippte auf die Tastatur. »Es scheint, dass bei keiner dieser Familien etwas Seltsames vor sich geht ... oh, warte.«

Liv lehnte sich plötzlich nach vorne. »Moment, wie ...«

»In einer der Familien gab es in letzter Zeit mehrere ungeklärte Todesfälle.«

»Kürzlich erst?«, bohrte Liv.

»Alle am selben Tag«, erklärte er.

»Das ist merkwürdig. Warum sollte ...« Liv verstummte, als sie es herausfand. Wenn jemand versuchte die Sterblichen Sieben loszuwerden, wäre es der beste Weg alle in der Familie auszulöschen, wie in ihrer eigenen. Es waren nur noch drei Beaufonts übrig. Adler Sinclair hatte dafür gesorgt, denn ohne weitere Beaufonts gäbe es keine Probleme. Er hatte sie allerdings unterschätzt.

»Diese Familie? Wie lautet ihr Name?«, forschte sie weiter.

Er kritzelte etwas auf ein Stück Papier. »Der Familienname ist Reynolds. Viele der Familienmitglieder werden heute Abend an der Beerdigung der Verstorbenen teilnehmen. Mir ist klar, dass es nicht die beste Gelegenheit für deine Detektivarbeit ist, aber du wirst eine ganze Menge an Reynolds-Mitgliedern an einem Ort vorfinden. Das wäre eine großartige Möglichkeit, um zu sehen, ob du feststellen kannst, ob einer von ihnen einer der ›Sterblichen Sieben‹ ist.«

»Ich muss also auf eine Beerdigung gehen?«, wollte Liv wissen. »Das ist ein neuer Tiefpunkt.«

»Wenn du das nicht tust, fürchte ich, dass noch mehr aus der Reynolds-Familie sterben werden«, erklärte Mortimer. »Dem Bericht nach, den ich von meinen Brownies erhalten habe, scheinen die Mitglieder dieser Familie wahre Zielscheiben zu sein.«

»Aber deine Brownies haben nicht gesehen, wer diese Menschen getötet hat?«, fragte Liv.

»Das haben sie tatsächlich, aber es wird dir nicht helfen.«

Liv senkte ihr Kinn. »Warum?«

»Weil es Illusionen waren«, antwortete er.

»Deine Brownies erkennen das?«, hakte Liv nach.

»Oh, ja. Es hilft uns ihnen fernzubleiben, aber in dieser Situation wird dir das wenig nützen.«

»Richtig, denn woher weiß ich hinter wem ich her sein muss, wenn er sich nach Belieben ändern kann?«, stellte Liv den Bezug her.

»Genau.« Mortimer sprach in entschuldigendem Tonfall. »Ich werde zu den anderen Namen auf der Liste, die du mir gegeben hast, weiter recherchieren und hoffe bald mehr Hinweise für dich zu haben. Dann kann ich sie zusammen mit Ticker an dich übergeben.«

Liv erzwang ein Lächeln und nickte. »Das klingt doch großartig.«

Kapitel 30

Liv stand vor Trinity Reynolds Häuschen. Es befand sich an der Küste von Brighton, England. Die salzige Luft erinnerte Liv an ihre jüngsten Abenteuer auf hoher See. Sie hatte noch immer das Gefühl, dass manchmal der Boden unter ihren Füßen schwankte, als wäre sie auf der *Serena*.

»Und? Welches Märchen willst du erzählen?« Plato materialisierte sich an ihrer Seite.

Der Schatten des großen Baumes über ihnen verbarg sie ein wenig vor neugierigen Blicken. Der größte Teil der Familie war vor zwanzig Minuten ins Haus gegangen und noch keiner war wieder herausgekommen. Liv musste hinein, aber der Gedanke, in die Privatsphäre einer Familie in einem schmerzhaften Moment nach einer Beerdigung einzudringen, fühlte sich nicht richtig an.

»Ich wollte die Geschichte der lange vermissten Verwandten aus London erzählen«, gestand sie und versuchte dabei ihr Bestes einen britischen Akzent zu imitieren.

Plato zog eine Grimasse. »Was kann ich tun, um dich zum Umdenken zu bewegen?«

»Verrate mir dein tiefstes, dunkelstes Geheimnis.«

Er schüttelte den Kopf. »Wir kommen nicht ins Geschäft. Aber im Ernst, das ist der schlechteste britische Akzent, den ich je gehört habe.«

»Oh, richtig«, sagte Liv, schleuderte ihre Hand durch die Luft und schnippte mit den Fingern. »Ich dachte, er wäre das

Gelbe vom Ei. Weißt du, verdammt gute Arbeit. Da hast du es!«

Plato schauderte. »Es gibt so viele Dinge, die an dem, was du gerade tust, nicht in Ordnung sind.«

»Verflixt.« Liv weigerte sich den schrecklichen Akzent fallen zu lassen. »Ich schätze, ich werde einfach vorgeben müssen eine Verrückte zu sein, die sich verlaufen hat. Vielleicht ein Liverpooler, der an der falschen Adresse gelandet ist.«

»Bitte hör auf«, flehte Plato.

»Weil es so unglaublich gut ist, dass du vergisst, dass es wirklich ich bin, die da spricht?«

Er schüttelte den Kopf. »Nein, das ist es nicht.«

»Oh, nun, das ging wohl gründlich schief.« Liv behielt den Akzent bei, nur um den Lynx zu nerven. »Ich will nicht, dass die Familie denkt, ich sei zwielichtig, weißt du? Ein echter Mistkerl. Eine Niete, wenn du so willst.«

Plato hob seine Pfote und versuchte eines seiner Ohren damit zu bedecken. »Hast du erwogen einfach du selbst zu bleiben?«

Liv schaute ihn überrascht spöttisch an. »Tolle Idee. Ich schaue einfach vorbei und sage ihnen, dass ich eine Kriegerin für das Haus der Vierzehn bin und den Auserwählten unter ihnen suche.«

»Das ist ein guter Plan«, meinte er trocken.

»Ich stelle die Familie in Reih und Glied auf, während sie mehrere Verluste in ihrer Familie beklagen und sage, dass ich die Person unter ihnen mit dem reinsten Herzen suche. Das wird in Zukunft zu Null Familienfehden führen. Dessen bin ich mir sicher.«

Plato senkte den Kopf. »Wenn man es so ausdrückt …«

»Aber das wird noch nicht alles sein«, fuhr Liv fort. »Da bis zu diesem Punkt noch keiner dieser Leute aus der

Reynolds-Familie mich für verrückt halten wird, lasse ich sie ihre Haustiere holen und zu mir bringen. Wenn sie keines haben, werden sie disqualifiziert, weil sie offensichtlich seelenlos sind.«

»Ich bin sicher, dass du dich klar genug ausgedrückt hast«, erklärte Plato.

Liv hob eine Hand, um ihn zum Schweigen zu bringen. »Und wenn ihre kleinen pelzigen Babys aufgereiht sind, singe ich jedem von ihnen etwas vor, bis sich die Chimäre verwandelt. Und zack, dann werde ich das Mitglied der Sterblichen Sieben aus der Familie Reynolds in das Haus der Vierzehn bringen, in der Zuversicht, dass die Verwandten nicht darüber sprechen werden, wodurch unerwünschte Aufmerksamkeit auf die Dinge gelenkt werden könnte.«

»Bleib doch lieber bei der Geschichte der lang vermissten Verwandten. Aber du darfst nicht aus London kommen«, riet Plato.

»Dann also Wales?« Liv sprach mit einem noch schlimmeren walisischen Akzent.

Plato schauderte. »Ich dachte an eine Amerikanerin. Auf diese Weise musst du keinen Akzent verwenden.«

Liv verschränkte ihre Arme über der Brust und tat so, als würde sie schmollen. »So kann ich nie Spaß haben.«

»Du hast gerade gegen Piraten gekämpft«, erklärte er sachlich.

»Jeder darf das.«

»Vor den Piraten«, fuhr Plato fort, »musstest du eine Sumpftour machen. Dein Leben ist voller Spaß.«

»Das stimmt wohl.« Liv seufzte. »Ich wollte gerne so tun, als wäre ich Britin. Sie sind so viel kultivierter als alle anderen.«

»Ich glaube, du hast zu viel BBC gesehen.«

Sie schüttelte den Kopf. »Das kann nicht sein. Es ist das Beste, was es im Fernsehen gibt.«

»Oh, gut. Da ist wieder dieser Akzent«, maulte Plato.

»Okay, alter Knabe. Ich komme aus Bedfordshire.« Liv winkte und machte sich auf den Weg zum Haus.

»Nein, tust du nicht«, rief er.

Sie kicherte. »Ich weiß. Jetzt habe ich doch tatsächlich wieder den Faden verloren. Seit zwei Wochen geht das schon so.«

»Ach, hau doch einfach ab.« Plato verschwand.

Liv atmete auf, als sie die Tür aufstieß. Sie hatte überlegt sich zu verkleiden, aber in Wirklichkeit war sie für die feierliche Angelegenheit in ihrer komplett schwarzen Kleidung perfekt angezogen. Sie musste Bellator an ihrer Seite haben, nur für den Fall, dass auf dem Empfang Illusionen umherliefen und sie versuchten noch weitere aus der Reynolds-Familie zu ermorden.

Viele der Leute im Raum drehten sich um und sahen Liv an, als sie in den überfüllten Wohnbereich schlüpfte. Die meisten hielten kleine Teller mit Hors d'oeuvres und Gläschen mit Sherry in der Hand. Liv schenkte denjenigen, die sie studierten, ihr höfliches Lächeln und begann an ihrem Plan zu zweifeln. Wer würde sein Haustier schon zu einer Beerdigung mitbringen? Pickles folgte John normalerweise überallhin, aber er war ein süßer kleiner Terrier, der leicht zu transportieren war. Was wäre gewesen, wenn die Chimäre die Gestalt eines Pferdes oder eines Alpakas angenommen hätte? Sie erwartete nicht, dass solche Chimären ihren Sterblichen überallhin folgen würden.

»Danke, dass du gekommen bist«, sagte eine Frau im Rücken von Liv. Sie drehte sich um und fand eine Dame, die einen Hut mit einem Vogel darauf trug. Livs Stimmung stieg kurzzeitig an, bis sie erkannte, dass der Vogel ausgestopft war. »Ich glaube, wir sind uns noch nicht begegnet. Ich bin Trinity Reynolds.«

Liv nickte und nahm die Hand der Frau. »Hallo, ich bin Biv.«

»Biv?«, fragte die Frau verwirrt.

»Ja, Biv Leaufont. Eine entfernte Verwandte der Familie.«

Trinity nickte, als wäre dies völlig akzeptabel. »Cousine Leaufont, es ist gut, dass du hier bist, obwohl die Umstände besser sein könnten. Peggy und Paul waren so wunderbare Menschen.« Die Frau lehnte sich eng an sie, ihr Hut streifte fast Livs Gesicht. »Ich glaube, es wird für Ireland am schwersten werden.« Sie zeigte durch die Menge auf einen jungen Mann mit kurzen braunen Haaren, der nur aus Armen und Beinen bestand. Er streichelte eine große orangefarbene Katze, die genau in diesem Moment aufblickte und Liv mit einem nachdenklichen Blick direkt anstarrte.

»Ireland Reynolds.« Liv sprach hauptsächlich mit sich selbst. »Ist das seine Katze?«

»Oh, ja«, bestätigte Trinity. »Ich hoffe, es macht dir nichts aus, aber es sind ein paar Haustiere hier. So machen wir Reynolds das. Viele von uns waren früher im Zirkus und einige denken, dass wir deshalb eine besondere Verbindung zu Tieren haben.«

Liv nickte, blickte sich um und bemerkte, wie seltsam die Mitglieder dieser Familie plötzlich waren. Vor ihr saß ein Mann, der eine Melone, eine Schwimmweste und ein Paar Schneestiefel trug.

»Ich war jahrzehntelang bereit diese magische Welt zum Leben zu erwecken«, vertraute der Mann der Frau neben ihm an. »Die Leute in meinem Block klagen alle darüber, dass sie in letzter Zeit die seltsamsten Dinge sehen. Ich sagte: ›Willkommen im Club. Ich habe dieses Zeug schon die ganze Zeit gesehen.‹«

»Oh, ich auch, Scotty«, gestand die Frau und nickte, während sie ihr Schoßhündchen streichelte. Es war ein winziges Ding, das so zitterte, dass die kleine rosa Schleife auf seinem Kopf vibrierte.

Ich bin definitiv in der richtigen Familie, dachte Liv. Jetzt musste sie nur noch anfangen den Haustieren etwas vorzusingen.

An irgendeinem anderen Ort mit irgendwelchen anderen Menschen wäre das seltsam gewesen. Liv nahm jedoch kurioserweise an, dass sie bei dieser Menschenmenge damit durchkommen könnte.

»Wer ist die Amerikanerin?«, fragte ein Typ mit viel zu viel Kölnisch Wasser, der zwischen Liv und Trinity auftauchte. Er trug ein fleckiges T-Shirt, eine ausgefranste Anzugjacke und ein gelbes Halstuch.

Liv hatte ihr ganzes Leben lang mit seltsamen Menschen zu tun und im Haus gelebt, aber sie hatte noch nie so viele Freaks gesehen. Dadurch fühlte sie sich seltsamerweise wie zu Hause.

»Das ist Biv«, stellte Trinity Liv mit ausgestreckter Hand vor.

»Biv?«, fragte der Typ. »Wofür ist das die Abkürzung?«

Liv dachte schnell nach und spuckte: »Biverian.«

»Biverian«, wiederholte der Typ lachend.

Liv war angespannt und fragte sich, ob ihre Tarnung gerade aufgeflogen war.

»Du bist wirklich eine Reynolds.« Er streckte eine Hand aus. »Dein Name ist seltsam genug, um es zu beweisen. Ich bin Jester, weil meine Eltern nicht mit einem einfachen Bob oder William umgehen konnten. Oh nein, ich musste Jester sein.«

Liv nickte verständnisvoll. »Also, bist du im Zirkus?«

Er lächelte breit und der Kopf einer Python spähte über seine Schulter. Liv erkannte, dass der Schal, der um seinen Hals geschlungen war, nicht aus Stoff bestand, sondern der dicke Körper eines gelben Reptils war, das zum Teil unter der Anzugjacke von Jester verborgen war. »Queen und ich liefern eine brillante Vorstellung.«

»Das ist also deine Schlange Queen?«, fragte Liv, während die roten Augen der Schlange sie beobachteten.

»Ja und ich bin ihr Hofnarr. Verstanden?«, fragte er.

Sie nickte. Das war ihr Typ. Er musste es sein. Ein Typ, der mit seiner Schlange im Zirkus auftrat. Sie wäre in null Komma nichts da wieder raus. Das würde viel einfacher werden, als sie vermutet hatte.

»Jester, würdest du mich bitte in die Küche begleiten?«, bat Liv. »Ich bin am Verhungern und würde gerne etwas essen.«

Er nickte und bot ihr einen Arm an, den sie nehmen sollte. Als sie es gerade tun wollte, gab die Schlange ein zischendes Geräusch von sich und eine seltsame Bedrohung spiegelte sich in ihren Augen. Sie nahm an, dass die Chimäre ihn beschützen wollte, da sie sie nicht kannte und wahrscheinlich ihre Magie spürte. Liv lächelte höflich und lehnte den angebotenen Arm ab.

Als sie in der Küche waren, war Liv dankbar, dass sie daran gedacht hatte Jester dorthin zu bringen. Niemand sonst war im Moment da, was ihr eine perfekte Gelegenheit bot seine

Chimäre zu verwandeln. Nachdem sie sich geräuspert hatte, ließ Liv das Lied der Chimäre aus ihrem Mund erklingen. Sie kannte weder die Worte, die sie sang, noch wusste sie, wie sie singen musste, aber als sie sie brauchte, entwichen sie ganz automatisch ihrem Mund, genau wie damals bei John.

Als das Lied beendet war, verbeugte sich Jester und klatschte. »Ich nehme an, du willst bei meinem Auftritt mitmachen. Ich denke, wir können in Betracht ziehen …«

Queen zischte und gebot ihm Einhalt.

»Vielleicht können wir das später besprechen. Es scheint Fütterungszeit zu sein«, meinte Jester und kraulte den Schlangenkopf, als wäre er ein knuddeliger Welpe.

Pickles hatte ein bisschen gebraucht, um sich zu verwandeln, obwohl es weniger als eine Minute gedauert hatte. Unbeirrt starrte sie Jester und Queen an und wartete darauf, dass sich die Verwandlung vollzog.

Als nichts passierte, atmete Liv aus. »Dann füttere deine Königin! Ich werde gehen und noch mehr Verwandte von dir treffen.«

»Okay«, sagte Jester, hielt Queens Kopf hoch und küsste sie. »Aber nur damit du es weißt, sie sind alle wirklich verrückt.«

»Notiert«, sagte Liv und schoss ihm einen Seitenblick zu, als sie ins Wohnzimmer zurückkehrte.

Kapitel 31

Liv ging zu der Dame mit dem Schoßhündchen. Sie sprach mit einem jungen Mann, der verschmitzte Augen und schwarze Haare hatte, die ihm in die Stirn fielen.

»Wie ist der Name des Hundes?«, fragte Liv die Frau und bemerkte, dass die Zähne des Hundes gefletscht waren und er auf dem besten Weg war zu knurren und völlig auszurasten.

»Das ist Cookie«, stellte die Frau ihren Hund vor.

»Oh, sie ist ein … süßes Ding«, sagte Liv schließlich, nicht sicher, was sie über das Tier sagen sollte, das nicht ganz in Ordnung zu sein schien.

»Sie ist schon alt«, meinte der Typ neben ihr.

Liv wurde munterer. Alt war gut. Pickles war über dreißig Jahre alt, weil die Chimären, die die Sterblichen Sieben bewachten, unsterblich waren. »Ach, wirklich? Wie alt ist Cookie?«

»Sie ist zehn Jahre alt«, antwortete die Frau.

»Oh«, Liv atmete aus. Es war nicht so, dass das eine schlechte Nachricht wäre, es war nur nicht so klar wie bei Pickles.

Der Hund kläffte den Typen mit den schwarzen Haaren an, als er sie streicheln wollte.

»Mikey, der Hund mag dich nicht«, wusste der Typ namens Ireland und mischte sich ins Gespräch ein.

»Ich weiß nicht, warum«, erklärte Mikey und zog seine Hand mit einem finsteren Blick zurück.

»Wahrscheinlich, weil du mit deiner Luftpistole auf sie geschossen hast, so wie du es auch oft mit Harry gemacht hast«, verdeutlichte Ireland und kreuzte seine schlaffen Arme vor seiner Brust.

»Harry ist dein …?«, fragte Liv.

Der Mann warf ihr einen Blick zu und bemerkte offenbar erst jetzt, dass sie dort stand. Er richtete sich auf. »Hallo. Ich bitte um Entschuldigung. Ich bin Ireland Reynolds. Entschuldige, dass ich mich nicht richtig vorgestellt habe.«

Liv streckte ihm ihre Hand entgegen. »Ich bin Biv Leaufont.«

Ireland nahm ihre Hand nicht. Stattdessen neigte er seinen Kopf zur Seite und warf ihr einen unsicheren Blick zu. »Du hast dich wohl verplappert?«

Liv wusste nicht, was sie dazu sagen sollte, also wiederholte sie einfach ihre Frage. »Harry ist …«

»Oh.« Ireland schaute sich um. »Ich bin mir nicht sicher, wo die Katze ist.« Er warf Mikey einen anklagenden Blick zu. »Hast du wieder etwas mit ihm angestellt?«

»Neeeeiiin«, rief Mikey, seine Augen verdrehten sich. »Nicht, dass es jemals funktioniert hätte.«

»Was soll das heißen, Mikey?«, fragte Ireland.

»Ich versuche seit Ewigkeiten diese Katze mit einer Luftpistole zu erwischen. Er ist zu schnell«, gab der andere Typ zu.

»Ich kann es nicht fassen«, murrte Ireland und warf die Arme in die Luft. »Du bist einfach nicht zufrieden, bis du dein Ziel erreicht hast.«

»Es war nur ein Witz«, erklärte Mikey. »Ich versuche es nicht einmal.«

»Seit Ewigkeiten?«, fragte Liv. »Hast du Ewigkeiten gesagt?«

Die beiden Jungs schienen in ihr eigenes Gespräch vertieft zu sein, ohne auf Liv zu achten oder ihre Fragen zu beantworten.

»Es ist nur ein harmloser Spaß«, argumentierte Mikey mit den Fäusten an der Seite.

»War es harmlos, als du diesen Vogel mit deiner Pistole erwischt hast?«, wollte Ireland wissen.

Mikey blickte zur Seite. »Ich wusste nicht, dass es ihm wehtun würde.«

»Das passiert, wenn man mit Waffen spielt, Mikey«, belehrte ihn Ireland mit erhobener Stimme und erregte die Aufmerksamkeit der anderen Anwesenden. »Tiere, Menschen … jeder kann verletzt werden. Deshalb müssen wir vorsichtig sein und aufeinander aufpassen, anstatt so zu tun, als ob unsere Versuche Spaß und Macht zu haben, keinen Einfluss hätten.«

Liv hatte nur wenige so reden hören wie Ireland. Er klang … er klang wie John. Wenn ihr Chef jemals eine Ansprache gehalten hätte, was er nie tat, weil das nicht sein Stil war.

Liv konnte nicht anders. Sie packte Ireland am Ärmel des Hemdes und zerrte ihn in die Küche, wohl wissend, dass alle zusahen.

»Hey! Was soll das?«, beschwerte sich der Typ und wollte schon nach ihrer Hand greifen.

»Nur kurz«, sagte Liv zu ihm und lächelte diskret die anderen an, als sie vorbeiging. »Kleine Rivalität unter Cousins zwischen Ireland und Mikey, die ich lösen muss. Der Job einer Cousine als Vermittlerin ist nie erledigt.«

Als sie Ireland in der Küche losließ, schaute er sich plötzlich um und suchte nach Mikey oder anderen. »Wir sind keine Cousins. Und was meintest du mit … Moment, wer bist du?«

»Das ist nicht wichtig«, erklärte Liv. »Diese Katze. Harry, nicht wahr?«

Ireland schaute sie herausfordernd an.

»Okay, fangen wir von vorne an. Du hast deine Schwester und deinen Bruder verloren«, begann Liv. »Das tut mir unglaublich leid. Ich weiß, es ist nicht einfach. Ich kenne das.«

»Du hast deine Geschwister verloren?«, fragte Ireland, seine Stimme war plötzlich voller Einfühlungsvermögen. Das war eine ziemliche Veränderung, aber sie erschien völlig echt.

»Und meine Eltern«, erklärte Liv.

»Es tut mir sehr leid«, sagte er.

»Ich danke dir.« Liv rückte näher an ihn heran. »Ich habe Grund zu der Annahme, dass es gefährliche Leute gibt, die hinter deiner Familie her sind. Ich bin hier, um euch zu beschützen.«

»Du behauptest also, der Tod von Peggy und Paul war …«

Liv holte tief Luft. Er wusste es nicht. Natürlich wusste er es nicht. Sie nickte. »Ja, das glauben wir.«

Ireland schaute aus dem Küchenfenster und schien plötzlich verloren.

»Es tut mir leid, aber ich muss fragen. Dein Kater, er heißt Harry, richtig?«, fragte Liv wieder.

Er nickte.

»Wie lange hast du ihn schon?«

Ireland schaute an die Decke, seine Augen wirkten konzentriert, als ob er am Rechnen wäre. »Ich schätze, es sind … oh, nun, ich erinnere mich. Es war, als Buch Eins herausgekommen ist. Das wäre also vor etwa dreiundzwanzig Jahren gewesen.«

Liv erstarrte. Sie brauchte keine weiteren Beweise. Katzen lebten von Natur aus nicht so lange. »Wo ist Harry?«

173

Ireland zeigte in den Garten. »Wahrscheinlich draußen Mäuse fangen.«

Liv wollte gerade zur Tür gehen, als Geschrei im Wohnzimmer sie zum Stehenbleiben zwang. Sie hielt Ireland reflexartig zurück, als er sich in den Tumult stürzen wollte. Natürlich versuchte er zu helfen, wenn Gefahr im Verzug war. Das war es, was die Sterblichen Sieben taten. Sie waren einsatzbereit. Sie schützten. Sie hielten das Gleichgewicht.

Die junge Magierin stieß ihn an, sodass er sie direkt ansehen musste. »Ireland, ich bin Liv Beaufont, eine Kriegerin für das Haus der Vierzehn.«

»Woher kenne ich diesen Namen?«, fragte er.

»Abgesehen davon, dass er in letzter Zeit oft in den Nachrichten war?«, fragte sie, als die Aufregung im Wohnzimmer immer lauter wurde.

»Ich schaue keine Nachrichten«, erklärte er. »Ich ziehe es vor zu lesen.«

Natürlich tat er das. »Ich arbeite für die Magische Regierung und ich glaube, du und Harry seid sehr wichtig, um uns beim Schutz der Sterblichen und der Magie zu unterstützen. Aber zuerst muss ich für eure Sicherheit sorgen.«

Ireland widersetzte sich ihren Versuchen ihn zurückzuhalten, als mehr Lärm aus dem vorderen Raum ertönte. Sie schüttelte den Kopf. »Ich werde mich darum kümmern.«

»Du wirst meine Familie beschützen?« Reine Angst stand in seinen Augen.

Sie zeigte Bellator, das sich unter ihrem Umhang befand. »Ich verspreche es«, sagte sie.

Ireland wich ein paar Zentimeter zurück. »Ich verstehe nicht, was hier vor sich geht.«

Liv nickte. »Ich werde es erklären, aber nicht jetzt. Ich brauche dich, um Harry zu holen. Geh ihm nicht aus den Augen.«

»Meinst du nicht, dass ich ihn im Auge behalten soll?«, wunderte sich Ireland.

Liv schüttelte den Kopf. »Nein, er ist derjenige, der *dich* am Leben erhalten wird. Geh ihn suchen, dann geh nach Hause und bleib dort, bis ich zu dir komme.«

»Mein Zuhause ist mein Geschäft«, sagte er, holte eine Karte aus seiner Tasche und reichte sie ihr.

Liv sah sie kurz an und merkte sich die Adresse, bevor sie die Karte in ihren Händen zu Asche verwandelte.

Irelands Augen weiteten sich vor Schreck. »Harry ist nicht normal, oder?«

»Nein, das ist er nicht«, antwortete Liv.

»Und das ist der Grund, warum du hinter mir her bist, nicht wahr? Um Harry zu finden?«, vermutete Ireland.

»Nein, ich war hinter Harry her, um *dich* zu finden. Er ist unglaublich und bald wirst du das auch sehen, aber er ist deine Katze, weil du, Ireland, außergewöhnlich bist.«

Kapitel 32

Erst nachdem Liv sichergestellt hatte, dass Ireland mit Harry verschwunden war, richtete sie ihre Aufmerksamkeit auf das Chaos, das im Wohnzimmer vor sich ging. Mit Bellator in der Hand rannte sie hinüber, wo die Mitglieder der Familie Reynolds versammelt waren. Sie standen alle mit dem Rücken zur Wand und starrten einen verwirrt aussehenden Spencer Sinclair an. Er schien auf einer Seite bereits zu bröseln, während er sich in gebückter Haltung drehte und die Gesichter in der Menge abscannte.

»Spencer?«, fragte Liv und drängte die Familienmitglieder sich hinter ihr zu ducken.

Die Illusion des Kriegers wandte sich um und stand ihr mit einer langen Machete in der Hand gegenüber, wie beim letzten Mal, als sie gegen ihn gekämpft hatte. Die Hälfte seines Gesichts fehlte. Es wirkte wie ein halb verbrannter Baumstamm, was einen grauenhaften Anblick bot.

Trinity Reynolds schnappte sich eine Kristallvase aus der Ecke des Zimmers. »Nimm noch einen, du Heide!«

Die Vase traf seine freie Hand und verwandelte sie sofort in Asche. Sie zerfiel im Wind, der durch ein offenes Fenster eindrang.

»Ja, glaubst du denn, du kannst uns verfolgen?«, schrie die Frau mit dem Schoßhund. »Wir lassen uns nicht jagen, wie ihr es mit Paul und Peggy gemacht habt!«

Und da dachte ich, ich komme, um sie zu beschützen. Liv sah zu, wie die Familie Reynolds alle Dekorationen und

Porzellanschüsseln nahm, bereit, sie auf die seltsame Illusion zu werfen, die zu ihnen gekommen war.

Liv war gerade auf dem Weg zu Ireland, als sie eine Gestalt bemerkte, die über den Hof streifte. Es war eine weitere, identische Gestalt von Spencer Sinclair. Aber wie konnte das sein, wenn die Illusion vor ihr stand?

Liv duckte sich aus dem Wohnzimmer und spähte in den Hinterhof. Sie war sich sicher, dass die Familie die Illusion beseitigen konnte, aber wenn der Mann in der Mitte des Wohnzimmers von Trinity Reynolds eine Illusion war, bedeutete das dann, dass derjenige, der durch den Hof sprintete, echt war? Und machte ihn das zu einem Bösewicht? Zu viele Fragen tauchten in Livs Kopf auf einmal auf. Sie wusste nicht mehr, was richtig oder falsch war. Sie wusste nicht mehr, wer der wahre Feind war und wie sie ihn finden konnte. Mehr als alles andere machte sie sich Sorgen, dass sie hinter der falschen Person her sein könnte.

Was wäre, wenn der Typ, der durch den Hinterhof rannte und in die Richtung rannte, in die sie Ireland geschickt hatte, der echte Spencer Sinclair war? Was, wenn er ein Guter war? Vielleicht war er da, um zu helfen und wurde vom Rat geschickt? Sollte sie ihn aufhalten oder ihm helfen, weil er ein Mitstreiter war?

Sie wusste es nicht. Alles, was Liv hatte, war Bellator in der Hand und das Vertrauen, dass es ihr moralischer Kompass sein würde, da sie derzeit nicht wusste, wem sie vertrauen konnte.

Kapitel 33

Im Hinterhof angekommen, war sofort klar, dass Spencer hinter Ireland her war. Liv erhaschte kurz einen Blick auf Irelands Hinterkopf, als er mit Harry im Schlepptau über einen Zaun kletterte. Der Krieger wollte angreifen und ruderte mit den Armen, um zu versuchen, seine Geschwindigkeit zu erhöhen.

»Spencer!«, schrie Liv, in der Hoffnung, die Gestalt würde aufhören. Sie lag falsch, oder er konnte sie nicht hören. Er kam viel leichter über den Zaun als Ireland. Bei diesem Tempo würde er den Sterblichen und seine Katze im Nu eingeholt haben. Da Liv zu diesem Zeitpunkt nicht wusste, ob er ein schlechter oder ein guter Mensch war, konnte sie das nicht zulassen.

Mit einer komplizierten Beschwörungsformel verzauberte sie ihre Füße, wobei sie sich verschwommen bewegte und den langen Hof zwischen ihr und dem Zaun in Sekundenschnelle überquerte. Sie sprang wie eine Katze über den Zaun.

Spencer war nur wenige Meter von Ireland entfernt, der im Sprint unterwegs war, sich aber nicht sonderlich schnell bewegte, weil er seine Katze im Arm hielt. Ein Sterblicher zu sein, bremste ihn ebenfalls stark aus.

»Spencer!«, schrie Liv wieder.

Diesmal musste er sie gehört haben, denn er drehte sich um. Sogar Ireland tat das und wurde kurzzeitig langsamer. Liv nutzte diese Gelegenheit, wurde schneller und blieb erst stehen, als sie vor dem anderen Krieger angekommen war. Ireland, der sich dieser Gelegenheit sehr bewusst zu sein schien, lief weiter und steuerte auf eine Bushaltestelle auf der gegenüberliegenden Straßenseite zu.

»Was tust du da?«, fragte Liv. Bellator vibrierte leicht in ihren Händen, als ob es auf eine Antwort warten würde. Ein seltsames Gefühl, das sie an ein Telefon erinnerte.

»Was tust du da?«, schoss Spencer zurück und blickte über die Schulter zu Ireland, der nun nicht mehr rannte sondern ging.

»Ich suche einen der Sterblichen Sieben«, erklärte Liv, als sie die Figur vor sich studierte. »Und du?«

»Ich suche einen der Sterblichen Sieben«, gestand er.

Liv verengte ihre Augen. »Du bist dir bewusst, dass es da hinten eine Illusion von dir gibt?«

»Du bist dir bewusst, dass es da hinten eine Illusion von dir gibt?«, fragte er und deutete auf das Haus von Trinity Reynolds.

Könnte es möglich sein, dass es Illusionen von allen Kriegern gab, die sich in dieser Gegend befanden? Vielleicht war das Teil des Plans von dem Wesen, das hinter allem steckte. Es gab definitiv zu viele Unbekannte.

»Warum bist du hier?«, fragte Liv. »Es ist mein Job die Sieben Sterblichen zu finden.«

Spencer blickte über seine Schulter. Ireland stieg in einen Bus. Er schaute mit einem trotzigen Ausdruck zu Liv zurück. »Es ist mein Job die Sieben Sterblichen zu finden.«

»Seit wann?«, bohrte Liv nach. »Ich wurde beauftragt sie aufzuspüren.«

Er schüttelte energisch den Kopf. »Ich wurde beauftragt sie aufzuspüren.«

Liv runzelte die Stirn wegen dieses Kriegers und versuchte festzustellen, ob er echt war. Es war schwer eine Illusion von einer echten Person zu unterscheiden, aber sie hatte kürzlich auch gelernt, dass es selbst für geschickte Magier schwierig war mehr als eine Illusion zu schaffen. Daher war sie der Meinung, dass es unwahrscheinlich sein musste, dass es mehr als eine Illusion von Spencer geben könnte.

»Der Rat hat dich beauftragt Ireland aufzuspüren?«, fragte Liv.

»Ireland«, wiederholte Spencer und wandte sich dem Bus zu.

»Richtig, ich bin an dem Fall dran. Ich brauche deine Hilfe nicht«, erklärte Liv, als sie an Spencer vorbeikam.

Ihre Hand flog praktisch zurück, als ob Bellator an etwas hängen geblieben wäre. Sie drehte sich um, gerade als Spencer ihr einen Schlag ins Gesicht verpasste. Liv hob Bellator und fühlte das Schwert in ihren Händen. Es war hungrig. Sie war sich nicht sicher, ob sie es richtig verstanden hatte, aber das Schwert wollte Spencer ausschalten.

Liv duckte sich und wich gekonnt aus, um nicht getroffen zu werden. Spencer stolperte.

Jetzt hatten sie Zuschauer. Kurz fing sie die großen Augen von Ireland ein, weil er aus dem Fenster des Busses starrte.

Liv schwang ihren Fuß gegen Spencers Hüfte, wodurch er nach vorne geschleudert wurde. Er fing sich, bevor er mit dem Gesicht auf dem Bürgersteig landete. Mit wütendem Gesichtsausdruck fuhr er herum.

»Was machst du da?«, fragte Liv, ihr Atem ging stoßweise.

»Was machst *du* da?«, konterte er, die Fäuste geballt, als er zur Seite trat.

»Ich versuche dich davon abzuhalten den Sterblichen Sieben Schaden zuzufügen«, antwortete Liv, unsicher, warum sie in Brighton vor Sterblichen ein Gespräch mit diesem Krieger führte. Sie wusste einfach nicht, was sie glauben sollte. Sollte sie Spencer, der kein besonders guter Kämpfer zu sein schien, schlagen und ihn wahrscheinlich töten? Was, wenn er keine Illusion war? Was, wenn er wirklich ein Krieger war? Wie würde sie damit fertig werden einen der ihren zu töten? Wie würde sie das dem Haus erklären?

»Ich versuche dich davon abzuhalten den Sterblichen Sieben Schaden zuzufügen«, konterte Spencer.

Liv streckte sich. »Nein, das mache ich nicht, Spencer. Ich bin hier, um zu helfen …«

Der Bus fuhr los und als er losfuhr, rannte auch Spencer, als ob er ihn einholen und an Bord springen könnte. Ein Auto, das über die Kreuzung raste, hielt quietschend an, als Spencer vor ihm auftauchte. Er schaffte es kaum an ihm vorbei zu kommen ohne getroffen zu werden. Liv hatte nicht so viel Glück. Sie fühlte sich von Bellator gezogen, rollte über das Dach der Limousine und fiel auf den Bürgersteig auf der anderen Seite.

Sie sprang auf und fand Spencer mit ausgestreckter Hand und einer seltsamen Intensität in seinen Augen vor. Liv fand sofort heraus, was er im Begriff war zu tun. Bellator übernahm die Führung. Sie hob das Schwert und schlug in einer schnellen Bewegung zu, kurz bevor Spencer den Bus explodieren lassen konnte.

Kapitel 34

Die Menschenmenge, die sich um den Schauplatz versammelt hatte, keuchte entsetzt auf, als das Schwert sauber durch die Illusion von Spencer sauste. Er hatte einen leeren Gesichtsausdruck, wie der eines ausgeschalteten Roboters.

Sie wusste genau, was passiert war, aber aus dem wütenden Geschrei ging klar hervor, dass die zuschauenden Sterblichen es nicht taten.

Spencer war in der Tat eine Illusion gewesen. Sie wusste es jetzt. Bald wusste das auch jeder andere. Oder zumindest würden die Sterblichen hoffentlich erkennen, dass er keine reale Person war und dass sie ihn nicht am helllichten Tag einfach ermordet hatte.

»Miss!«, schrie ein Polizeibeamter, der wütend herüber marschierte.

Liv schüttelte den Kopf, als sie sich umsah. Wer auch immer die Illusion kontrollierte, könnte in der Nähe sein. Sie musste ihn finden. Vielleicht war es der echte Spencer, oder vielleicht *gab* es gar keinen echten Spencer, was bedeutete, dass Liv nicht wusste, nach wem sie suchen musste.

»Miss!«, brüllte der Polizist wieder. »Lassen Sie das Schwert fallen und nehmen Sie die Hände hoch!«

Liv konnte die Sohlen seiner Stiefel auf dem Bürgersteig hören, als er sich von der Seite näherte. Sie stand immer noch vor Spencer. Er war erstarrt, nur ein kleiner Spalt zwischen seiner oberen und unteren Hälfte zeigte, wo das

Schwert geschnitten hatte. Bald würde er sich in Asche verwandeln und weggeblasen werden, aber es dauerte länger als beim letzten Mal, was sie wie eine Verrückte aussehen ließ.

Sie steckte Bellator in die Scheide, als der Polizist beinahe bei ihr war.

»Ich sagte, fallen lassen!«, brüllte der Mann mit echter Angst in seiner Stimme.

Liv hob ihre Hand und sandte Wind aus ihrer Handfläche. Sie traf Spencer frontal und ließ ihn Stück für Stück zerfallen, bis nur mehr eine seltsame aschgraue Gestalt auf dem Boden lag. Ein weiterer Windstoß ließ ihn ganz verschwinden.

Liv wandte sich an den Polizeibeamten, da sie glaubte, ihren Standpunkt bewiesen zu haben. »Schauen Sie, er war nicht echt.«

»Seht nur, was diese Magierin getan hat!«, schrie jemand von hinten.

»Sie hat ihn umgebracht!«, plärrte ein Mann.

»Sie hat ihn in Asche verwandelt«, sagte eine andere Person.

Liv schüttelte den Kopf, als die Menge sie einkreiste. Ihre wütenden Gesichter erfüllten sie mit Bedauern und Verwirrung. Sie hatte Spencer aufgehalten. Er war eine Illusion. Aber sie befand sich kurz davor für etwas verurteilt und gehängt zu werden, was die Sterblichen als ein Verbrechen betrachteten. Mit Vernunft konnte sie nicht rechnen. Die Meute hatte etwas gesehen, das sie für einen Mord hielt.

Für Liv gab es nur noch eine Sache. Sie musste sich selbst retten und zu Ireland gelangen. Liv schuf ein Portal. Es schimmerte und blendete viele der Sterblichen, die ihr am nächsten standen.

Gerade als der Polizist sich auf sie stürzen wollte, huschte Liv durch das Portal und schloss es, bevor sie verfolgt werden konnte.

Kapitel 35

Die echte Kayla Sinclair war auf dem Kopfsteinpflaster gelandet, als ihre Illusion von Spencer zerstört wurde. Es setzte sie immer für eine Weile außer Gefecht, wenn es gegen ihren Willen geschah. Sie hatte geahnt, dass Olivia Beaufont die Illusion zerstören würde, obwohl sie den sogenannten Papageienzauber benutzt hatte, um zu versuchen, das Mädchen abzuschütteln. Es hatte nicht geklappt.

Aber Kayla hatte gehofft, dass sie Liv zumindest lange genug aufhalten könnte, um den Bus mit Ireland Reynolds und seiner Chimäre in die Luft zu jagen. Auch das hatte nicht funktioniert. Olivia hatte die Illusion zerstört, bevor Kayla die Beschwörungsformel vollendet hatte.

Sie setzte sich aufrecht hin und blinzelte, um ihre Sicht nach dem Ohnmachtsanfall zu klären. Kayla war wahrscheinlich erst vor weniger als einer Minute bewusstlos geworden. Das war jedoch genug Zeit gewesen, damit der Bus mit einem der Sterblichen Sieben davonrasen konnte – oder zumindest glaubte Olivia Beaufont scheinbar, dass er einer von ihnen wäre. Kaylas andere Illusion von Spencer war ebenfalls nicht erfolgreich gewesen noch mehr Familienmitglieder der Reynolds bei der Totenwache zu töten.

Diese Familienmitglieder hatten die Illusion zerstört, was auch Kayla zurückwarf. Sie konnte das tun, was nur wenige konnten, nämlich mehrere Illusionen zur gleichen Zeit erzeugen und kontrollieren, aber das forderte seinen Tribut aus ihren magischen Reserven und als eine davon zerstört war, ging sie k.o.

Kayla schaute die Gasse hinunter in Richtung des Hauses von Trinity Reynolds. Sie würde diese Gruppe als Erstes erledigen. Wäre Ireland nicht einer der Sterblichen Sieben, wäre so die Basis abgedeckt. Ein Familientreffen anlässlich einer Beerdigung war eigentlich perfekt. Wenn sich alle Familien der Sterblichen Sieben an einem Ort versammelten, würde das Kaylas Arbeit deutlich erleichtern.

Sie marschierte auf das Haus voller merkwürdiger Sterblicher zu, die scheinbar alle in der Lage waren Magie zu sehen. Das würden sie nicht mehr lange können. Keiner von ihnen würde viel mehr von dieser Welt sehen. Dafür würde Kayla sorgen. Dann würde sie Ireland ausschalten und dafür sorgen, dass die Sterblichen Sieben unwiderruflich unvollständig blieben, wodurch dieser Teil des Hauses für immer zerstört war.

Bevor sie zum Ende der Gasse kam, die sich über das Viertel ausdehnte, in der sich Trinity Reynolds Haus befand, schloss Kayla ihre Augen und richtete ihre Aufmerksamkeit auf die Illusion, die sie in London postiert hatte.

Vor ihrem geistigen Auge sah sie deutlich die schwarzhaarige Version von sich selbst. Diejenige, besser bekannt als das Ratsmitglied Kayla Sinclair. Sie waren allesamt langweilige, schwachsinnige Magier, denen nicht klar war, dass sie nie die echte Kayla Sinclair getroffen hatten. Die meisten würden es nie erfahren. Warum sollte man sich zwingen mit anderen Menschen zusammen zu sein, wenn man sich dabei einer Illusion bedienen konnte?

Suche Ireland Reynolds. Töte ihn, flüsterte Kayla in Gedanken und schickte den Befehl an die Illusion.

Sie nickte und marschierte wie ein Soldat in Richtung des Buchladens am Ende der Straße, wo Ireland Reynolds bald eintreffen sollte.

Kapitel 36

Das Portal spuckte Liv vor einer wunderbar malerischen Buchhandlung aus. Sie hieß passenderweise ›Irelands Wohlfühloase‹.

Das Schaufenster war vollgestopft mit alten, vergilbten Taschenbüchern. Als Liv durch die Fenster blickte, erkannte sie, dass der Laden mit Regalen voller Bücher in jeder Form, Größe und Farbe ausgestattet war. Er war eine wahre Fundgrube von Unterhaltung für den Leser. Liv wünschte sich plötzlich, sie könnte den Rest der Woche freinehmen und auf der übergroßen Couch in der Ecke faulenzen, ein Zimtgebäck genießen und Bücher in ›Irelands Wohlfühloase‹ lesen.

Sie seufzte und erinnerte sich daran, dass sie diejenige war, die Ireland in Sicherheit bringen musste. Wenn das geschehen war, würden noch weitere Sterbliche zu retten sein, zumal sie scheinbar alle in Lebensgefahr schwebten.

»Haha! Lebensgefahr«, lachte Plato an Livs Seite.

Sie sah ihn angewidert an. »Ich wette, wenn du eine Hand hättest, würdest du dir jetzt auf die Schenkel klopfen, während du so kicherst.«

»Möglich«, erklärte er.

»Weißt du, du solltest wirklich erst um Erlaubnis fragen, bevor du in meinen Kopf eindringst.«

»Wo bleibt da der Spaß?«, fragte Plato.

»Ich hätte vielleicht weniger Lust dich zu töten«, antwortete sie.

Das Lachen des Lynx endete abrupt. »Oh, ich würde es vorziehen, wenn du mich nicht angreifen würdest.«

»Du musst sparsam mit deinen Leben umgehen, richtig?«, fragte Liv neugierig.

»Warum fragst du danach? Hat Papa Creola etwas gesagt?«, wollte Plato entsetzt wissen.

Liv legte ihre Stirn in Falten. »Was? Nein. Ich meine, er hat dich erwähnt. Was geht hier vor, P?«

Er war einen Moment lang ruhig, bevor er sich entspannen konnte. »Nichts. Es ist nichts.«

»Nichts? Wie, du bist in meinen Kopf eingedrungen und hast herausgefunden, was du wissen musst?« Liv legte ihre Hände auf die Hüften.

»Neiiiiiiiiiiiiiiiin«, rief er, seine Augen drifteten auf die andere Seite der Straße, wo ein alter Mann Vögel von einer Parkbank scheuchte.

»Oh, du meinst also ja.« Liv drehte sich zu der Katze um. »Okay, raus mit der Sprache. Was ist das Geheimnis?«

»Wir haben gewettet, Papa Creola und ich. Ich habe verloren. Jetzt schulde ich ihm eine halbe Wanne mit Schokokeksteig, aber im Moment bin ich knapp bei Kasse. Mein Aktienportfolio entwickelt sich nicht so gut, wie ich gehofft hatte. Kauf keine Aktien …«

»Plato«, sagte Liv mit Wärme in ihrer Stimme.

»Was?«, antwortete die Katze. »Hörst du das?«

Liv lauschte angespannt. »Nein. Ich meine, ich höre eine Menge Dinge. Was genau sollte ich hören?«

»Das Geräusch, wie ich verschwinde«, flüsterte er und verschwand.

Liv war wütend, weil ihr klar wurde, dass sie damit hätte rechnen müssen. »Auf die eine oder andere Weise bekomme ich dieses Geheimnis aus dir heraus, Plato. Und zwar bald.«

Der Geruch von Gebäck aus einer nahegelegenen Bäckerei zog Livs Aufmerksamkeit auf sich. Sie überlegte dorthin zu schlendern und ein paar zu kaufen, um ihre magischen Reserven aufzufüllen. Es würde noch ein oder zwei Stunden dauern, bis Ireland hier auftauchen würde, wenn nicht länger, sie kannte sich nicht gut mit den Pendelzeiten für öffentliche Verkehrsmittel in und um London aus. Sie kannte sich generell nicht gut mit Pendelzeiten aus, wenn es sich nicht um Portale handelte, die immer sofort verfügbar waren.

Liv hatte sich fast schon selbst davon überzeugt, dass ein paar Donuts die Antwort auf die meisten ihrer Probleme sein konnten, als sie ein vertrautes Gesicht entdeckte, das auf dem überfüllten Bürgersteig in ihre Richtung lief.

Leider verlor sie jeden Vorteil, den sie gehabt hätte, wenn sie das Mädchen zuerst entdeckt hätte. Kayla erkannte sie sofort vom Ende des Blocks und blieb stehen. Sie warf Liv einen mörderischen Blick zu und sprintete in ihre Richtung.

Kapitel 37

Diese Straße war viel voller als die in Brighton. Liv konnte nicht riskieren, dass ein Sterblicher verletzt wurde, weil er sich zwischen sie und Kayla gedrängt hatte. Sie konnte auch keine weitere verwirrende Episode riskieren, wie es in Brighton geschehen war, als alle dachten, sie sei eine Mörderin.

Liv wusste nicht, ob ihre Interaktion mit Kayla in einem Kampf auf Leben und Tod enden würde, aber die Art und Weise, wie das Mädchen auf sie losging mit ihren schwarzen Haaren, die um ihr Gesicht flogen, hinterließ bei ihr einen starken Hinweis.

Liv nahm sich einen Moment Zeit, um das Mädchen zu studieren, das sich ihr näherte. Die Bitterkeit in ihren Augen war unverkennbar. Es handelte sich nicht um eine Person, die das Gute wollte. Liv war von Anfang an paranoid gegenüber Kayla Sinclair gewesen und hier war sie den zwei zerstörten Illusionen von Spencer direkt auf den Fersen.

Kayla musste dahinterstecken, sinnierte Liv. *Ja, das ergab am meisten Sinn.* Sie hatte die Illusion Spencer geschaffen, die immer wie die Hülle eines Menschen ausgesehen hatte. Jetzt wusste Liv weshalb. Die Kayla Sinclair, die auf sie zugerannt kam, war das eigentliche Problem. Ihre Gabe war es Illusionen zu erzeugen und sie hatte die Aufgabe ihres Onkels übernommen die Sterblichen auszulöschen.

Hier sollte es enden. *Na ja, nicht genau hier*, dachte Liv, als sie bemerkte, dass sie immer noch vor dem Eingang des

Buchladens stand. Die Sterblichen auf der Straße konnten nicht in den epischen Kampf verwickelt werden, der nun folgen sollte. Sie durften Liv diesmal nicht für einen Feind halten. Wenn Ireland zu früh zurückkehrte, durften sie nicht in der Nähe sein, damit er nicht ins Kreuzfeuer geriet.

Liv schaute nach oben und erblickte die Feuertreppe an der Seite des nächsten Gebäudes. Sie führte nur nicht bis zum Erdgeschoss. Sie hätte einfach nach oben schweben können, wie sie es schon vorher getan hatte, aber besser weniger Aufmerksamkeit erregen als zu viel.

Liv rannte los zur Treppe. Nur wenige Passanten bemerkten, als sie von einer Wand an die andere sprang und die unterste Plattform erwischte. Innerhalb weniger Sekunden war sie oben und wünschte sich sie hätte vor all dem etwas Gebäck zu sich genommen, um sich zu stärken. Nach diesem Kampf würde sie Nachos bekommen, aber nicht hier in London. Wer hatte schon Nachos in London?

Als Liv es auf das Dach des dreistöckigen Gebäudes geschafft hatte, schaute sie nach unten und dachte, sie müsse Kayla vielleicht auslachen, um sie dazu zu bringen, ihr zu folgen. Das Mädchen blieb kurz vor der Stelle stehen, an der Liv gewesen war. Sie schaute zu ihr hinauf mit Rache und Hass in ihren Augen – und dann verschwand sie.

Liv musste sich nicht fragen, wohin das Mädchen verschwunden war, denn sie sah Funken vor sich, die darauf hindeuteten, dass jemand im Begriff war sich an diesen Ort zu teleportieren.

Diese Magierin konnte nicht nur mehrere Illusionen auf einmal erzeugen, sondern war auch in der Lage zu teleportieren. Liv schluckte, zog Bellator und sprach ein stilles Gebet. Vielleicht hatte sie jetzt einen gleichwertigen Gegner gefunden. Kayla Sinclair schien eine sehr mächtige Magierin zu sein.

Kapitel 38

Der graue Himmel über ihr spiegelte Livs Gefühlsleben wider. Ähnlich wie in den heftigen Stürmen hatte sie das Gefühl, es könnte in eine von zwei Richtungen gehen. Entweder würde sie einen entscheidenden Sieg über Kayla Sinclair erringen, oder sie würde heute sterben. Wie in dem Sturm würde es kein Zwischending geben. Entweder sintflutartige Regenfälle oder gar nichts.

Genau wie sie erwartet hatte, kündigte der schimmernde Staub die Ankunft der anderen Royal an. Liv stand einige Meter entfernt und blickte sich um, um ihre Umgebung zu studieren. Vom Dach aus konnte sie in der Ferne die Spitze des London Eye und viele andere bemerkenswerte Sehenswürdigkeiten sehen. Was ihre Aufmerksamkeit jedoch erregte, waren die Schornsteine hinter ihr. Sie brachten sie auf eine plötzliche Idee. Ablenkung musste ihre Spielgefährtin sein, vor allem, wenn sie es mit dieser Magierin zu tun bekam.

Liv ging weiter zurück und positionierte sich hinter einem Schornstein, der Rauchfahnen ausstieß. Kayla erschien und sah ganz anders aus als Adler und Decar mit ihrem schwarzen Haar, das auf der einen Seite kurz und auf der anderen lang war. Fast so, als hätte sie es sich nach einem halben Haarschnitt anders überlegt und beschlossen, dass sie es doch nicht kurz schneiden lassen wollte.

Ihre Augen waren jedoch definitiv wie die ihrer Onkel, klein, rund und ständig verengt.

»Du bist also die Illusionistin?«, fragte Liv. Sie schaute sich noch einmal um und orientierte sich weiter auf dem Dach.

Kayla antwortete nicht. Stattdessen trat sie zur Seite und schaute durch den Rauch, der Liv teilweise verbarg.

»Hat Adler dich rekrutiert, bevor ich ihn getötet habe? Solltest du seine Mission übernehmen, falls er scheitern sollte?« Liv hoffte, es wäre nicht zu offensichtlich, dass sie mit ihrer Fragerei Zeit gewinnen wollte.

Kayla antwortete immer noch nicht. Stattdessen zog sie ein gebogenes Schwert aus ihrem Gürtel und schwang es mit mörderischem Gesichtsausdruck.

»Oder hat Adler für dich gearbeitet?«, fuhr Liv fort. Sie hatte immer noch nicht herausgefunden, was vor sich ging. War Kayla das Superhirn hinter all dem? Irgendwo in ihrem Hinterkopf wusste sie, dass ihr etwas Entscheidendes zum Verständnis der Angelegenheit fehlte, aber sie hatte keine Ahnung, was es sein könnte. Sie bezweifelte, dass Kayla irgendwelche Informationen herausrücken würde.

»Spencer existiert nicht, oder?« Liv begann schweigend eine komplexe Beschwörungsformel zu sprechen, die sie entweder töten oder ihr Zeit verschaffen sollte. *Es war schwer zu sagen, wenn man einer geistesgestörten Mörderin auf einem Dach gegenüberstand*, dachte sie. Die Dinge könnten in beide Richtungen laufen. Und leider, oder vielleicht auch glücklicherweise, war sie schon oft genug in dieser Lage gewesen, um genau zu wissen, dass das auch stimmte.

»Spencer war mein Bruder«, gestand Kayla mit zusammengebissenen Zähnen.

Liv hatte endlich herausgefunden, wie sie das Mädchen zum Reden bringen konnte. Spencer war der Auslöser, wurde ihr klar, als sie sah, wie sich das Feuer in Kaylas

Augen intensivierte. »War? Wie, er ist tot? Hast du ihn getötet? Oder war es Adler? Er hat gerne Geschwister getötet. Ich weiß das. Er hat meine getötet.«

Kayla wirbelte das Schwert in Windeseile herum, als müsse sie den Griff testen und gleichzeitig Energie ausstoßen. *Oder vielleicht war es nur Show, um mich einzuschüchtern*, dachte Liv und fuhr in ihrer Beschwörung fort. Sie brauchte noch ein paar Augenblicke, um den Zauber zu vollenden.

»Er wurde nicht ermordet«, erklärte Kayla, als sie um den Schornstein herumtrat. Liv folgte ihr und sorgte dafür, dass der Rauch zwischen ihnen blieb.

»Dann ist er also an Langeweile gestorben?«, fragte Liv.

»Was?« Das Mädchen war offensichtlich von der Frage überrascht.

»Du bist nicht der beste Gesprächspartner, wenn ich ehrlich sein darf«, witzelte Liv. »Ich hatte schon Unterhaltungen mit Alligatoren, die unterhaltsamer waren als diese.«

Kayla beugte sich mit wachsendem Hass in den Augen vor. Liv hatte sie fast da, wo sie sie haben wollte. Wenn Menschen wütend wurden, waren sie blind für Dinge, die andere sehen konnten, wie das Hindernis, das im Rauch zwischen ihnen wuchs. Alles, was Kayla zu bemerken schien, war der Rauch und Livs verzerrtes Bild dahinter. Sie wusste zu wenig, die Dinge waren nicht so, wie sie erschienen.

»Spencer war mein Zwilling«, erzählte Kayla. »Er starb bei seiner Geburt.«

Liv schluckte. Dasselbe war mit Sophias Zwilling Jamison passiert. Plötzlich wollte sie nichts mehr sagen. Es fühlte sich falsch an sich über das tote Geschwisterchen von jemandem lustig zu machen, das als Säugling gestorben war. Dann erinnerte sie sich daran, dass diese Magierin für unzählige Tode verantwortlich war, dass sie versucht hatte die

Sterblichen Sieben auszulöschen und sie viele Bemühungen des Hauses der Vierzehn sabotiert hatte. Das war niemand, der ihr Mitgefühl verdiente, weder jetzt noch irgendwann. Es würde die Dinge für Liv nur verzerren und Kayla einen weiteren Vorteil verschaffen.

Wie ihre Onkel war Kayla Rassistin. Sie kümmerte sich nur um sich selbst und ihre Agenda und das war alles. Das war das Gegenteil der Aufgabe des Hauses der Vierzehn. Menschen wie Kayla mussten aus ihren Reihen ausgeschlossen werden, ein für alle Mal.

Liv freute sich darauf, sie und die gesamte Familie Sinclair aus dem Haus der Vierzehn zu verbannen. Es war längst überfällig, sie zu ersetzen und das Böse auszulöschen, das sie in die magische Welt getragen hatten.

Seltsamerweise ergab diese neue Information, dass Spencer Kaylas Zwilling war für Liv tatsächlich vollkommen Sinn. Natürlich war es für Kayla einfacher Spencer als Illusion zu verwenden, da sie noch immer mit ihm als Zwilling verbunden war. Das war der Grund, warum sie sich für ihn entschieden hatte und auch einer der Gründe dafür, dass sie mehrere Illusionen von ihm erstellen und sie gleichzeitig kontrollieren konnte, was sehr schwierig gewesen sein musste. Es lag auch daran, dass sie scheinbar eine sehr geschickte Magierin war, weshalb Liv schneller daran arbeitete ihren Zauber zu vollenden, den sie zusammengeschustert hatte. Sie brauchte nicht viel mehr Zeit.

»Du hast also deinen Zwilling getötet?« Liv machte einen weiteren Schritt zur Seite.

Kayla kopierte ihre Bewegung. »Was?! Nein! Wie kannst du es wagen so etwas zu behaupten?«

Der Zauber war jetzt vollständig, sodass Livs Reserven ziemlich erschöpft waren. Sie versuchte nicht ohnmächtig zu werden und machte große Augen. Liv wünschte sich, sie hätte eines dieser Gebäckstücke aus der Bäckerei hier.

»Es würde Sinn ergeben«, fuhr Liv fort. »Du bist ein Blutegel, der alles um sich herum aussaugt. Ich wette, du hast Spencer alle Nährstoffe gestohlen.«

»So ist das nicht passiert!«, brüllte Kayla, während ihre Augen rot leuchteten. Die Person vor ihr besaß keine Güte. Liv konnte es jetzt deutlich sehen und fragte sich, wie sie dafür so blind gewesen sein konnte. Natürlich war Kayla Sinclair die ganze Zeit die Böse gewesen. Sie war diejenige, die hinter dem SandMan und den Todesfällen in der Familie Reynolds gestanden hatte. Jetzt war es an der Zeit, dass sie den Preis dafür bezahlte.

»Oder vielleicht wollte er einfach keine weitere Sekunde mit dir verbringen und hat sich umgebracht«, sinnierte Liv und genoss es ihre Gegnerin zu verspotten. Sie hätte nicht diese Freude daran, wenn die Sinclairs es nicht zu einer sehr persönlichen Angelegenheit gemacht hätten, indem sie den größten Teil ihrer Familie getötet hatten. Livs Hand ruhte auf Bellator, bereit für das, was als Nächstes kommen musste.

»So ist das nicht gewesen!«, schrie Kayla. »Er hat sich nicht umgebracht. Meine Mutter hat gesagt, dass meine Magie ihn überwältigt hat.«

Liv hielt inne und war erstaunt, dass sie mit ihrem Versuch die Magierin zu verspotten, richtig gelegen hatte. Das nutzte sie zu ihrem Vorteil. »Du hast also dein Geschwisterchen getötet und jetzt bringst du ihn regelmäßig als Illusion zurück. Das ist wirklich krank.«

Kayla machte einen Satz und sprang auf den Schornstein. Eigentlich sprang sie über den Schornstein, aber als sie fast auf der anderen Seite war, traf sie auf etwas, das wie eine durchsichtige Glaswand aussah. Genau das war sie auch, denn Liv konnte sie aufgrund der bei den Umbauprojekten neu erworbenen Fähigkeiten errichten. Der Rauch aus dem Schornstein hatte geholfen ihre Bemühungen zu tarnen, ohne ihn wäre ihre Arbeit extrem auffällig gewesen.

Das Glas zersplitterte und regnete herunter, aber Kayla rollte zur Seite, bevor es sie traf. Das gab Liv die Möglichkeit zur Seite zu springen und Bellator zu schwingen, während die andere Magierin wieder auf die Beine kam.

Die Ablenkung hatte nicht so gut funktioniert, wie Liv erwartet hatte. Kayla schien kurzzeitig überrascht und abgelenkt zu sein, aber sie erholte sich schnell.

Liv musste also ihren zweiten Plan ausführen. Sie drehte sich um und rannte zum Rand des Gebäudes. Innerhalb von Sekunden war anhand der Schuhgeräusche auf dem Dach klar, dass Kayla ihr auf den Fersen war.

Liv sprang und als sie an den Rand des Nebengebäudes kam, rollte sie sich aus dem Sprung heraus ab. Die Wolken über ihr waren nicht aufgebrochen, wie sie erwartet hatte. Fast schlimmer war, dass bei Sonnenuntergang Nebel aufgezogen war, was ihre Anstrengungen über die Dächer zu rennen noch schwieriger gestaltete. Liv hatte das Gefühl über Wolken zu laufen und durch Nebelfelder zu sprinten.

Das nächste Dach war eine halbe Etage höher als das, auf dem sie sich befand. Sie wollte ihre Magie einsetzen, um den Sprung in die Höhe zu schaffen, aber ihre Reserven waren verschwindend gering. Deshalb machte sie eine spontane Rechtskurve und glitt seitlich an einer diagonalen Fensterwand hinunter, als wäre sie eine Rutsche auf einem Spielplatz. Das Glas knackte unter ihrem Gewicht und riss in alle Richtungen.

Liv war sicher, dass sie jetzt zu Tode stürzen würde. Die Risse verhielten sich wie Spinnennetze, erzeugten unheilschwangeres Knirschen und die Oberfläche unter ihr gab nach. Sie wusste, dass das Glas nachgeben würde, aber zum Glück schaffte sie es zur anderen Seite, bevor es zerbrach. Das schreckte Kayla jedoch längst nicht ab. Die Magierin sprang über die Reihe der diagonalen Fenster, ließ sie spielend hinter sich und landete direkt hinter Liv, während sie sich auf den Weg zum nächsten Dach machte.

Liv wagte es nicht sich umzudrehen. Stattdessen sprintete sie weiter vorwärts, aber Kayla packte sie an der Kapuze und schleuderte sie rückwärts in die entgegengesetzte Richtung. Der Schwung warf Liv aus dem Gleichgewicht und sie flog fast über den Rand des Gebäudes auf die Straße drei Stockwerke tiefer. Glücklicherweise konnte sie sich abfangen, aber ihr Herz sank in die Kniekehle, als sie an den Rand des Gebäudes rutschte.

Liv verlagerte ihr Gewicht ein wenig, um den Schwung zu kontrollieren. Es funktionierte und sie kam zum Stillstand, als ihr Stiefel schon halb über den Rand reichte. Sie schwang Bellator, in der Hoffnung, Kayla zum Stolpern zu veranlassen.

Die Magierin sprang, als ob sie Seilhüpfen spielten und Kayla überquerte das Schwert unter ihren Füßen mit Leichtigkeit. Als Liv sich erheben wollte, brachte Kayla ihr Schwert zum Einsatz. Sie reagierte gerade noch rechtzeitig und hob Bellator, um sich zu schützen. Die beiden Klingen trafen zwischen den Magierinnen aufeinander und verteilten nach einem harten Aufprall Funken in der Luft. Liv versuchte Kayla mit ihrer Klinge zurückzudrängen, aber sie war stark und stand sicher, ihre Augen von dunkler Feindseligkeit verengt.

Die beiden Magierinnen standen sich in einer Pattsituation gegenüber und pressten ihre Schwerter gegeneinander. Beide hatten die Zähne zusammengebissen und jeder versuchte den anderen zurückzudrängen. Kayla war bösartig und nutzte ihren Vorteil, indem sie Liv weiter an den Rand drängte.

Livs Kraft ließ von Augenblick zu Augenblick mehr nach, Bellator kam näher an ihr Gesicht, während Kayla an Kraft gewann.

Sie wagte es über ihre Schulter zu schauen, um zu sehen, wie viel Platz sie noch hatte, bevor Kayla sie über die Kante drängte. Zu ihrem Entsetzen waren es nur noch wenige Zentimeter. Dann schweiften ihre Augen über die Seite zu der Stelle, an der der Bürgersteig unten hätte sein müssen. Der Nebel hatte sich vollständig ausgebreitet und bedeckte sowohl die Straße als auch vorbeifahrende Autos, sodass Liv das Gefühl hatte, sie würde gegen diese geistesgestörte Mörderin auf einer Wolke am Himmel kämpfen.

Liv grunzte, während sie versuchte wieder etwas Abstand zwischen sich und Kayla zu bringen, aber es war sinnlos. Die andere Magierin hielt sie in Schach und gestattete ihr nicht, sie auch nur einen Zentimeter zurückzudrängen. Es war wie ein Wettbewerb im Armdrücken und Liv war kurz davor mit ihrem Arm auf den Tisch zu knallen. Sie wusste es. Kayla wusste es. Und bald wüssten es auch die Menschen auf der Straße, wenn sie unten landete und für die Pendler, die nach einem langen Tag nach Hause eilten, erhebliche Verkehrsbehinderungen verursachte.

Der Absatz von Livs Stiefel rutschte weiter nach hinten, was sie entscheidend an die Kante brachte. Zu diesem Zeitpunkt gab es nur wenig, was sie dort halten konnte. Ein weiterer Stoß von Kayla und alles wäre vorbei. Liv beschloss das einzige zu tun, was ihr noch zur Verfügung stand. Es war ein Risiko und würde vielleicht nicht funktionieren, aber sie hatte keine andere Wahl.

Liv nahm eine ihrer Hände vom Griff von Bellator und legte sie oben über die Klinge, immer darauf bedacht sich nicht zu schneiden und an der flachen Seite zu bleiben.

Da sie nun besseren Halt hatte, drückte sie stärker. Mit der Kraft ihrer Schultern und brennendem Feuer im Bauch grunzte sie und schob die Klinge von sich weg. Liv nutzte jedoch ihre Energie nicht dazu Kayla zurückzudrängen. Das brächte sie nur in die Mitte des Daches, wo sie immer noch in Sicherheit wäre und der Kampf weitergehen würde. Stattdessen bewegte Liv ihren ganzen Körper und nutzte diesen neuen Schwung, um Kayla aus dem Gleichgewicht zu bringen, wechselte mit ihr den Platz und brachte sie plötzlich in eine instabile Lage.

Liv zog Bellator weg und duckte sich, als Kaylas Klinge heruntersauste. Zum zweiten Mal an diesem Tag versuchte Liv Kayla die Füße wegzuschlagen. Sie bewegte sich so schnell, wie es ihre restliche Magie erlaubte. Liv setzte ihr Gewicht ein, nahm Bellator mit und schwang es herum. Die Klinge traf die Knöchel des anderen Mädchens und riss ihr die Beine weg. Für einen kurzen Moment blieb die Welt stehen.

Kayla schwebte in der Luft, beide Arme zur Seite ausgebreitet, die Beine ausgestreckt vor sich. Die schiere Panik in ihren Augen reichte aus, um Liv schlucken zu lassen. Es war nicht leicht seinen Feind so völlig hilflos zu sehen, bevor er zu Tode stürzte, aber zusehen war nicht das Einzige, was Liv tat. Sie machte auch einen Riesenschritt vom Rand nach hinten.

Kayla griff nach ihr, als ob sie wüsste, was als Nächstes passieren musste. Doch Liv hielt Bellator gezückt, bereit, falls nötig erneut anzugreifen.

Kayla trat mit den Beinen und berührte dabei die Seite des Gebäudes. Es schien, als wollte sie sich retten, indem sie ihr Körpergewicht nach vorne warf.

Zweimal ruderte Kayla mit den Armen vorwärts und rückwärts und versuchte das Gleichgewichtsproblem zu korrigieren. Sie taumelte direkt an der Kante. Sie könnte vollständig zurück auf das Dach gelangen oder über die Seite des Gebäudes in den Tod stürzen.

Deshalb setzte Liv ihre verbleibende Energie ein, um einen Windstoß zu dieser Illusionistin zu senden. Sobald der Wind sie an der Brust traf, war das Ergebnis klar. Kayla segelte von der Kante des Gebäudes und fiel auf die Straße. Sie verschwand im Nebel, ohne dass Liv das tragische Ende der Magierin sehen konnte.

Kapitel 39

Liv hielt es für gut, dass sie davor bewahrt worden war einen weiteren Schurken durch ihre Hände sterben zu sehen. Ja, sie wusste, dass sie diejenige war, die Kayla Sinclair getötet hatte, aber es war besser für ihre geistige Gesundheit, wenn sie sich nicht daran erinnern musste, wie sie in den Tod gestürzt und dabei den Bürgersteig aufgerissen hatte, wie er auch sie aufreißen musste.

Trotzdem war der Nebel ein Problem. Liv musste sichergehen, dass Kayla tot war. Sie hatte sie fallen sehen und hatte den Aufprall gehört. Sie hatte die Schreie von unten gehört. Aber es war wichtig, es mit eigenen Augen zu sehen.

Liv eilte die nächstgelegene Feuerleiter hinunter, die sich leider auf der anderen Seite des Gebäudes befand. Ihre magischen Reserven waren verzweifelt gering, sonst hätte sie sich einfach portieren können, um Zeit zu sparen.

Liv sprang von der Feuerleiter, als sie noch mehrere Meter vom Boden entfernt war und landete in der Hocke auf dem Bürgersteig.

Aufgerichtet versuchte sie, sich zu orientieren, als die Sirenen immer lauter wurden. Massenweise Menschen lief in ihre Richtung, viele von ihnen blickten an ihr vorbei und bemerkten nur die Aufregung am nächsten Block.

Gut, sie haben mich nicht bemerkt, als ich vom Gebäude sprang, dachte Liv. Sie schaute über die Schulter und sah dank des dichten Nebels, der nun alles verdeckte nicht so weit die Straße hinunter, wie sie es gerne hätte. Sie begann sich klaustrophobisch zu fühlen, wie eingekesselt.

Liv war gerade dabei sich umzudrehen und zusammen mit der Menge auf den Unfall zuzusteuern, als das Geräusch von Bremsen ihre Aufmerksamkeit erregte. Es war nicht einfach irgendeine Art von Fahrzeugbremsen, sondern eher die Art, die sie mit einem großen Bus assoziierte ... wie der, den Ireland Reynolds einige Stunden zuvor genommen hatte.

Als sie nochmals über die Schulter schaute, teilte sich der Nebel so weit, dass Liv einen ähnlichen Bus ausmachen konnte, wie den, den Ireland in Brighton bestiegen hatte. Konnte er wirklich zurück sein? Und wenn ja, war er nicht ihre oberste Priorität?

Sie schwang ihren Kopf hin und her zwischen dem Chaos, das hinter ihr immer lauter wurde und dem Bus, der die Fahrgäste aussteigen ließ. Sie musste wissen, dass Kayla Sinclair tot war, aber war der Beweis dafür nicht überall um sie herum, weil die Leute schrien und Sirenen heulten? War es nicht das wichtigste Ziel dafür zu sorgen, dass Ireland Reynolds in Sicherheit war, zusammen mit seiner Chimäre?

Den letzten Zweifel aus dem Weg räumend, sprintete Liv in Richtung des Busses, ließ den Tatort des Todes von Kayla Sinclair hinter sich und ihr Gedächtnis frei von den Bildern.

Kapitel 40

Die Türen des Busses schlossen sich, als Liv vor ihnen stehen blieb. Mit ungeduldigem Gesicht öffnete der Fahrer die Türen wieder.

Liv sprang in den Bus und durchsuchte die Reihen der verärgert blickenden Fahrgäste. Ireland war nicht da. Er war bereits ausgestiegen, oder das war nicht der richtige Bus.

»Sind Sie aus Brighton gekommen?«, fragte Liv.

Der Fahrer nickte und schloss die Tür. »Nehmen Sie Platz.«

Liv wirbelte herum und klopfte an die Tür. »Lassen Sie mich raus!«

Die Feindseligkeit der anderen Fahrgäste und die Irritation des Fahrers waren spürbar. Mit einem lauten Seufzer öffnete er die Türen erneut und Liv sprang hinaus, bevor sich der Bus wieder in Bewegung setzte. Sie blieb stehen, schaute in beide Richtungen auf den belebten Bürgersteig und versuchte herauszufinden in welcher Richtung Irelands Laden lag. Auf der unbekannten Straße sah für sie alles gleich aus.

Liv war gerade dabei nach dem Weg zu fragen, als sie die Bäckerei an der Ecke am anderen Ende der Straße entdeckte. Es war die, die nicht weit von der Buchhandlung entfernt war. Liv drängte sich durch die Menge in die entgegengesetzte Richtung und rannte zur Bäckerei. An der Kreuzung angekommen, zeigte die Ampel rot.

Das Warten darauf, dass sich das Verkehrssignal änderte, schien verlorene Zeit zu sein, da das Mitglied der Sterblichen

Sieben möglicherweise entkommen oder gar von jemand anderem gefangen genommen werden könnte. Liv wusste nicht, ob es da draußen noch jemanden gab, der die Sterblichen Sieben jagte, jetzt wo Kayla tot war, aber sie konnte diese Möglichkeit nicht ausschließen.

Sie spurtete auf die Kreuzung zu, während Autos vorbeifuhren und erntete ein wütendes Hupkonzert von den Autofahrern. Zweimal wurde sie beinahe angefahren. Lobenswerterweise bremsten die Autofahrer, um einen Aufprall zu vermeiden. Hätte sie noch magische Reserven gehabt, hätte sie diese sofort eingesetzt, aber ihre Magie war praktisch verschwunden. Plato hatte sie davor gewarnt sich so zu verausgaben. Die Auswirkungen könnten verheerend werden.

Deshalb stürzte Liv nach dem Überqueren der Kreuzung direkt in die Bäckerei. Ja, sie musste zu Ireland gelangen, aber sie konnte ihm nicht helfen, wenn er in Gefahr war und sie keine Magie zur Verfügung hatte. Und sie musste ein Portal zum Haus der Vierzehn schaffen, was sie in ihrem jetzigen Zustand definitiv nicht tun konnte.

Die Kunden, die in der Schlange vor der Bäckerei standen, sahen sie alle verärgert an, als sie nach vorne eilte und Entschuldigungen murmelte.

»Es tut mir leid, aber das ist ein Notfall«, erklärte Liv und klopfte auf den Tresen, um die Aufmerksamkeit des Mannes zu erregen, der eine Schürze trug.

»Was für ein Notfall?«, fragte er und schaute sie skeptisch an.

»Ich brauche sofort ein Stück Kuchen!«

Viele der Kunden in ihrem Rücken lachten sie aus. Jemand warf ihr Schimpfwörter an den Kopf. Der Bäcker schüttelte den Kopf. »Stellen Sie sich hinten an, meine Dame.«

Liv blieb standhaft. »Gib mir ein Stück Kuchen oder ich werde ohnmächtig.«

Das war nicht unbedingt korrekt, aber es war nahe dran.

Seine Augen weiteten sich. »Sind Sie Diabetikerin? Haben Sie ein Blutzuckerproblem?«

Liv nickte. Was immer er hören musste, um in Bewegung zu kommen.

»Geben Sie ihr schon etwas!«, schrie jemand. »Ich komme sonst noch zu spät.«

»Gut«, murmelte der Bäcker. »Was wollen Sie?«

Liv klopfte erneut an den Tresen und wünschte sich sie hätte Süßigkeiten mitgebracht, damit sie sich nicht auf diesen langsamen Bäcker verlassen musste. »Das ist mir egal. Was am schnellsten geht.«

»Wenn Sie es nicht aufgewärmt brauchen, dann ...«

Da sie genug von dem langsamen Service dieses Mannes hatte, griff Liv über den Tresen in den Karton und schnappte sich zwei Hefebrötchen. Sie knallte ein Bündel Bargeld auf den Tresen, als der Mann nach ihr greifen wollte.

»Das können Sie nicht machen!«, schrie er.

Liv stopfte sich eines der Gebäckstücke in den Mund, als sie nach draußen stürmte, wobei sie leicht ausrutschte, weil der Bäcker nach ihr griff.

»Danne hööön«, murmelte sie mit vollem Mund, als sie wieder auf die belebte Straße hinausrannte.

Kapitel 41

Liv fühlte sofort ihre Energie zurückkehren, als sie einen weiteren Bissen des Gebäcks in ihren Mund stopfte. Sie kaute kaum, während sie durch die Menge zu Irelands Laden eilte, wo nun ein Licht durch das Fenster schien.

Er ist wieder da, freute sie sich. Dann schimpfte sie über den Sterblichen, der es besser hätte wissen müssen, als auf diese Weise auf sich aufmerksam zu machen. Es war, als würde er jedem, der ihn tot sehen wollte, mitteilen, dass er zu Hause war. *Diesen Typen am Leben zu erhalten, wird eine Herausforderung*, dachte Liv, die in Rekordzeit das letzte Gebäck runtergewürgt hatte und sich wünschte, sie hätte etwas, womit sie nachspülen könnte.

Als sie an der Ladentür ankam, wollte sie sie aufdrücken, fand sie aber verschlossen vor.

Zumindest schloss er die Tür ab, dachte Liv, nicht dass ein einziger Verschlussriegel für gewöhnliche Kriminelle oder Zauberer ein Hindernis wäre.

Sie zeigte mit dem Finger auf die Tür und löste den Riegel mit Leichtigkeit. Sobald sie sie aufschob, erlosch das Licht und ein Klicken über ihr ließ sie innehalten.

Sie erstarrte kurz, bevor sie die Objekte über ihrem Kopf in ihrem peripheren Blickfeld auffing. Liv tauchte unter einer Kiste mit Büchern durch, die über ihr von einem Regal fiel und dort landete, wo sie kurz zuvor gestanden hatte.

Sie rollte sich vorwärts, sprang auf die Beine, drehte sich dann um und schaute zu Ireland. Dieser trug seltsame Klamotten. An Brust und Rücken waren dicke, gebundene Bücher befestigt, die wie eine seltsame Rüstung wirkten. Auf seinem Kopf trug er einen Helm und in den Händen hielt er ein kleines Buch, das sie sonderbarerweise erkannte.

»Bleib genau dort stehen«, sagte er, sprang dann hinter ein Regal, das ihn teilweise verdeckte.

Liv schaute sich um. »Wo ist Harry?«

Er verengte seine grünen Augen. »Ich stelle hier die Fragen und du wirst mir keine Lügengeschichten erzählen.«

Aus dem Buch in seiner Hand fing er an einen Zauberspruch zu rezitieren, den Liv erkannte, obwohl er die Worte schwer misshandelte. Sie blickte über die Schulter und vergewisserte sich, dass sich niemand im Laden befand, der eine Gefahr darstellte, während sie sich mit den verständlichen Ängsten des Sterblichen auseinandersetzte.

»Was tust du da?« Liv versuchte sich ein Lachen zu verkneifen.

»Ich verzaubere dich mit einem Wahrheitszauber«, gestand er, bevor er die Beschwörung fortsetzte.

»Zunächst einmal wird dieser Zauberspruch nicht funktionieren«, erklärte Liv, als sie in der Buchhandlung nach Harry suchte. »Und zweitens, wo hast du das Buch her?«

Er warf ihr einen beleidigten Blick zu. »Warum wird er nicht funktionieren? Ich sage die Worte genauso auf, wie sie geschrieben stehen.«

Liv erhaschte einen Blick auf die orangefarbene Katze, die sie vom obersten Fach eines Bücherregals in der Nähe aus anstarrte. Sie konnte nach ihrem Nahtoderlebnis auf dem Dach wohl Dinge sehen, denn sie hätte schwören können, dass das Tier ihr zugezwinkert hat. Sie lächelte ihn an, bevor sie ihre Aufmerksamkeit wieder auf Ireland richtete. »Es wird nicht funktionieren, weil du kein Magier bist.«

Ireland seufzte und schloss das Buch. »Wirklich? Ich dachte, dass vielleicht ...«

Liv schaute ihn wohlwollend an. »Nochmals, wie bist du an das Zauberbuch gekommen?« Sie erkannte es als eines, das sie als Kind gelesen hatte. Es war veraltet und die Zaubersprüche waren etwas ungenau, aber in den richtigen Händen waren es wirksame Beschwörungsformeln.

»Ich handle mit seltenen und alten Büchern. Ein alter Mann hat es mir vor Ewigkeiten verkauft. Ich habe immer angenommen, es sei voller echter Zaubersprüche, aber das war, bevor jeder erfahren hat, dass es in der Welt tatsächlich Magie gibt.«

»Aber du hast schon immer Magie gesehen, oder?«, fragte Liv.

»Ja, genau wie alle in meiner Familie.«

Liv nickte. »Und was hat das alles zu bedeuten?« Sie zeigte zu der Falle, die er geschickt aufgestellt hatte und auf die seltsame Rüstung, die er trug.

Er riss die Bücher, die ihm als Brust- und Rückenschild dienten, ab und stieß einen Seufzer aus. »Ich weiß, du hast behauptet, du wolltest mich beschützen, aber auf der Busfahrt begann ich mich zu fragen, ob du der Bösewicht bist, der mir das alles nur erzählt hat, damit ich dir vertraue.«

Liv spitzte die Lippen und erkannte mit einem Mal, dass er ihr nicht blind vertraute. Er schien sowohl hochintelligent als auch ehrlich zu sein. Auch seine ausgezeichnete Berufswahl ließ sie nicht außer Acht, als sie anerkennend den Buchladen unter die Lupe nahm.

»Deine Bedenken sind berechtigt«, erklärte Liv. »Ich habe mich um die gekümmert, die dich verfolgt haben, aber ich bin mir nicht ganz sicher.«

Er stand auf Zehenspitzen und blickte aus den Schaufenstern seines Geschäfts. »Ist das der Grund für die Aufregung da draußen?«

Liv nickte.

»Was ist passiert?«, wollte Ireland wissen.

»Ich habe gegen eine Übeltäterin gekämpft. Sie hat verloren. Jetzt liegt sie auf dem Bürgersteig«, erzählte Liv die Kurzfassung.

Er zitterte und las zwischen den Zeilen. »Noch einmal: Woher weiß ich, dass du nicht einfach die Guten getötet hast und selbst die Böse bist?«

Liv dachte einen Moment lang nach. Wirklich, sie konnte ihm nur ihr Wort geben. Das war aber wahrscheinlich nicht ausreichend für diesen Typen. »Ich habe dich noch nicht getötet und ich hätte es wahrscheinlich längst tun können.«

Er dachte über diese Antwort nach. »Ich bin mir nicht sicher, ob das ein überzeugendes Argument ist.«

»Richtig, dir zu gestatten, zu leben und zu atmen, ist überhaupt nicht überzeugend«, bestätigte Liv. »Sieh her, ich glaube, du bist einer der Sterblichen Sieben. Wenn du mir einen Moment Zeit gibst, werde ich dir genau erklären, was das bedeutet.«

Als Liv mit ihrer Erklärung fertig war, starrte Ireland sie einfach mit offenem Mund an. Nach einem Moment schnalzte er mehrmals mit der Zunge, als wäre sie ausgetrocknet, weil sein Mund so lange offenstand.

»Und du denkst, ich gehöre zu diesen Leuten? Einer der Sterblichen Sieben?«, staunte Ireland.

»Es gibt nur eine Möglichkeit, das festzustellen.« Liv zeigte auf die Katze, die oben auf dem Regal saß. »Wenn ich einer von denen wäre, die versuchen Sterblichen wehzutun, würde ich Harry nicht verwandeln können. Das ist der letzte Schritt, um die Familie Reynolds wieder in das Haus der Vierzehn einzugliedern. Diejenigen, die dich umbringen möchten, würden das niemals wollen.«

Ireland zeigte auf Harry, dann auf Liv und dann wieder auf Harry. »Denkst du ernsthaft, dass meine Katze eine Chimäre ist? Eines dieser mystischen Geschöpfe? Und er ist im Körper eines Haustiers gefangen?«

»Es gibt nur einen Weg das herauszufinden«, sagte sie. »Aber wenn er es ist, wirst du diesen Laden verlassen müssen, zumindest für eine Weile. Du wirst mich zum Haus der Vierzehn begleiten müssen, wo du eine wichtige Aufgabe zu erledigen hast. Wir brauchen die Sterblichen Sieben.«

Ireland nickte, schüttelte dann aber den Kopf. »Ich möchte helfen. Das möchte ich wirklich. Aber ich habe Kunden und ich habe Rechnungen zu bezahlen und ich bin mir nicht sicher, ob ich das alles kann.«

Liv trat nach vorne, was ihn reflexartig dazu bewog einen Schritt von ihr zurückzutreten. »Beantworte mir nur eine Frage, Ireland: Möchtest du es tun?«

»G-g-gut, ja«, stotterte er. »Ich meine, ich habe immer gewusst, dass Magie real ist, obwohl ich mich vielleicht auch für verrückt gehalten habe. Ich hatte auch schon Ideen, was erlaubt sein sollte und was nicht. Es erschien mir einfach natürlich. Und dieses Haus der Vierzehn und der Rat? Es klingt wie die Welt, nach der ich mein ganzes Leben lang gesucht habe, ohne sie zu kennen. Aber das ist eine Menge zu verarbeiten.«

Liv verstand ihn völlig. Sie erinnerte sich, dass sie sich in einer ähnlichen Position befunden hatte, zumindest in gewisser Weise. Sie war im Haus aufgewachsen, aber die

Rückkehr in das Haus war überwältigend gewesen. Sie hatte nicht viel gewusst, aber in ihrem Innersten war ihr klar, dass sie sich den Royals anschließen musste. Etwas hatte ihr gesagt, dass sie es ihr Leben lang bereuen würde, wenn sie es nicht täte. Den gleichen Gesichtsausdruck sah sie jetzt bei Ireland.

»Wenn du dem Haus der Vierzehn beitreten möchtest, dann tu es einfach«, bot Liv an. »Mach dir keine Sorgen um den Laden oder deine Rechnungen oder sonst etwas. Wir haben Möglichkeiten diese Dinge zu regeln.«

Er zeigte auf Harry, der sich nicht von seinem Platz bewegt hatte. »Aber es dreht sich alles um ihn. Was, wenn er sich nicht verwandelt?«

Liv zuckte die Achseln. »Dann bist du nicht das Mitglied der Sterblichen Sieben für die Familie Reynolds. Ich ziehe weiter und du kehrst in die Welt zurück, die du kennst, wobei wir dir Schutz bieten, wenn es nötig ist.«

Er runzelte die Stirn. »Ich will nicht, dass meine Welt wieder so wird, wie sie war. Meine Schwester und mein Bruder sind tot. Das kann nicht umsonst gewesen sein. Wenn ich zu den Sterblichen Sieben gehöre, klingt es, als könnte ich die Welt zum Besseren verändern. Ich kann versuchen das Böse auszumerzen, das sie getötet hat. Aber wenn ich es nicht bin, dann bin ich nur ein Ladenbesitzer, der nichts gegen diese Ungerechtigkeiten tun kann, die oft ungestraft bleiben.«

Liv brauchte Harry das Lied der Chimäre nicht mehr vorzusingen, um zu wissen, dass Ireland Reynolds einer der Sterblichen Sieben war. Sie konnte es an der Leidenschaft in seinen Worten erkennen. Er sprach auf eine Art und Weise, die rein war. Irgendetwas an ihm war genau richtig. Er erinnerte sie an John.

Es gab jedoch nichts mehr, was sie sagen konnte, um Ireland zu überzeugen. Stattdessen meinte sie: »Egal in welcher Rolle wir dienen, wir haben immer die Macht, Ungerechtigkeiten zu bekämpfen. Es sind die Tyrannen in dieser Welt, die wollen, dass alle etwas anderes glauben. Wie die Politiker, die danach hungern, die Massen zu kontrollieren. Mitglieder von Glaubensgemeinschaften, die ihre Anhänger mit falschen Überzeugungen indoktrinieren. Führungskräfte, die ihre Ziele vorantreiben, anstatt das Allgemeinwohl zu fördern. Es ist jedoch nur der Glaube einer Person nötig, um alles zu ändern. Ganz gleich, ob du zu den Sterblichen Sieben gehörst oder nicht, du hast die Fähigkeit die Welt zu retten, wenn auch nur im Kleinen.« Der Schatten eines Lächelns huschte über ihren Mund. »Und weißt du was?«, fragte sie ihn und bemerkte, dass sie plötzlich seine volle und ungeteilte Aufmerksamkeit hatte.

Er blickte sie mit einer Frage in den Augen an. »Was?«

»Ich glaube, es spielt keine Rolle, ob es die kleinen oder die großen Dinge sind, die die Welt retten«, sagte Liv mit Überzeugung. »Wenn wir am Ende des Tages den Sonnenuntergang sehen können, mit dem Wissen, dass am darauffolgenden Tag die Sonne wieder aufgehen wird, dann ist die Welt trotzdem gerettet.«

Irelands Augen erhellten sich und Hoffnung keimte in ihnen. »Okay, ich bin bereit, Liv Beaufont, Kriegerin für das Haus der Vierzehn. Lass uns prüfen, ob ich einer der Sterblichen Sieben bin. So oder so, ich denke, ich werde es schaffen.«

Kapitel 42

»Heilige Scheiße!«, sagte Ireland Reynolds, sein Gesicht teilweise von seinen Händen verdeckt. Er schaute weiter zwischen Liv und der Chimäre oben auf dem Bücherregal hin und her, die wie ein Wasserspeier aussah und auf sie hinunterblickte. Es war prima, dass die Decke über den Regalen sehr hoch war, um der Chimäre die knappen zwei Meter zu geben, die sie brauchte, als sie zu voller Statur herangewachsen war. Das Gesicht des Löwen starrte auf sie hinunter, der Schlangenschwanz zuckte und der Ziegenkopf überblickte den Laden von oben, höchstwahrscheinlich auf der Suche nach potenziellen Gefahren.

Der Buchladenbesitzer hatte sich nicht so sehr verändert wie John, als seine Chimäre freigelassen wurde, aber er wirkte gesünder als kurz zuvor. Er hatte seine dicke Brille abgenommen und blinzelte, als bräuchte er sie plötzlich nicht mehr. Die Freigabe der Chimäre hatte ihn anscheinend von seiner Kurzsichtigkeit geheilt.

Ireland zeigte hinauf. »D-d-das ist meine Katze? Dieselbe, die nachts mit mir gekuschelt und Thunfisch verlangt hat, wenn ich aus dem Laden am Ende der Straße zurückgekommen bin?«

Liv nickte, unfähig, das zufriedene Grinsen auf ihrem Gesicht länger zu verbergen. »Ziemlich cool, was? Er hat dich die ganze Zeit beschützt.«

»Natürlich! Oh, mein Gott! Der Typ aus Asche«, keuchte Ireland plötzlich.

»Ein Typ aus Asche?«, erkundigte sich Liv.

»Vor kurzem kam ein Typ in den Laden«, erzählte Ireland. »Ich dachte, er wäre ein Kunde. Ich war nach hinten gegangen und etwas hat die Regale umgeworfen. Als ich nach vorne kam, habe ich die Regale von diesem Typen heruntergerissen, weil ich dachte, er wäre bei einem Unfall in meinem Laden ums Leben gekommen. Als ich jedoch nachsehen wollte, ob es ihm gut ging, passierte etwas Seltsames.«

»Er hat sich in Asche verwandelt?«, fragte Liv.

Ireland nickte. »Wie kommst du … oh, warte, du bist eine Magierin. Mitglied des Hauses der Vierzehn, richtig?«

Sie nickte. »Hatte dieser Typ zufällig einen schwarzen Irokesenschnitt?«

»Ja, genau wie der Typ, der mich in Brighton verfolgt hat.« Irelands Mund sprang auf. »Woher wusstest du das?«

»Ich habe diese Illusion schon ein paar Mal erledigt«, erläuterte Liv. »Er kommt gerne zurück.«

»Illusion?« Ireland kratzte sich am Kopf. »Das war es also, was meine Schwester und meinen Bruder getötet hat? Sie waren Illusionen? Und sie waren hinter Peggy und Paul her, weil sie dachten, sie wären möglicherweise die Mitglieder der Sterblichen Sieben für die Reynolds-Familie?«

»Ich fürchte, ja«, gestand Liv, da sie genau wusste, was er in diesem Moment nach seinen Verlusten durchmachte. »Es tut mir sehr leid.«

Ireland schluckte und versuchte das alles zu verstehen, als er sich im Laden umsah. »Also, meine Katze … oder Chimäre, oder was auch immer er ist … hat die Regale umgeworfen, um diesen Typen davon abzuhalten mir etwas anzutun? Ist das richtig?«

Liv zuckte die Achseln. »Ich denke schon. Ich versuche immer noch herauszufinden, wie Chimären funktionieren.

Bevor sie sich wandeln, glaube ich nicht, dass sie so mächtig sind. Aber es scheint, dass dein kleines Kätzchen einen Weg gefunden hat auch in seiner anderen Gestalt zu helfen. Wer weiß, wie sie das machen, aber ich weiß, dass die Chimären ihre Sterblichen Sieben in ihrer ruhenden Gestalt bewachen und das muss der Grund dafür sein. Es ist nicht nur damit wir sie identifizieren können, sondern auch, um euch zu schützen.«

Harry ließ ein donnerndes Gebrüll vernehmen, das den Boden unter ihren Füßen zum Beben brachte. Dann schrumpfte er und drehte den Kopf zur Seite, als ob er an den Ohren gekrault werden wollte.

»Das ist alles schwer zu glauben und doch ergibt es seltsamerweise vollkommen Sinn«, murmelte Ireland.

»Wenn du denkst, dass das viel ist, dann muss ich dich immer noch zum Haus der Vierzehn bringen und dort sind die Dinge noch merkwürdiger«, sagte Liv und schaute über ihre Schulter zum vorderen Fenster. Es war jetzt dunkel, nachdem die Sonne untergegangen war. »Ich bin mir nicht sicher, ob du hier noch in Sicherheit bist, aber ich hoffe, dass du es dort sein wirst.«

»Habe ich Zeit eine Tasche zu packen?« Ireland sah sich im Laden um, als wolle er entscheiden, welche Bücher er mitnehmen müsse.

»Ich denke, was immer du brauchst, wir werden es im Haus der Vierzehn für dich haben, oder wir können es leicht beschaffen«, erklärte Liv.

»A-a-aber meine Zahnbürste«, stammelte Ireland.

»So seltsam es auch scheint, bei uns gibt es Zahnbürsten. Wir sind Magier, keine Neandertaler.«

»Okay, aber mein Lieblingspyjama? Den hätte ich gerne dabei. Er hilft mir nachts zu schlafen und etwas sagt mir, dass ich ihn brauchen werde«, erklärte Ireland.

Liv streckte ihre Hände aus und ein abgetragener karierter Schlafanzug tauchte auf. »Ist er das?«

»Ja!«, rief Ireland aus und riss ihr die Kleidungsstücke aus den Händen.

»Alles, was du sonst noch brauchst, können wir auf die gleiche Weise herbeiholen«, erklärte Liv. Sie drehte sich um und zeigte auf die orangefarbene Katze, die sich auf dem obersten Regalbrett zusammengerollt hatte. »Wie auch immer, ihn wirst du brauchen.«

»Meinst du damit, dass ich ihn brauche, um ins Haus der Vierzehn zu kommen?«, fragte Ireland.

»Ja«, antwortete Liv. »Aber du brauchst ihn auch, um zu überleben.«

Kapitel 43

Ireland Reynolds starrte mit verdutzter Miene in die Schwarze Leere. »Ich glaube, ich höre sie sprechen oder etwas in ihr spricht. Hörst du die Stimmen?«

Liv warf einen Blick auf die wirbelnde Masse der Schwarzen Leere und dann auf Ireland. »Du kannst sie also auch sehen?«

»Wie könnte man das nicht sehen?« Ireland streichelte geistesabwesend Harry, den er in seinen Armen trug. »Ist das eine Art von Befall?«

»Ich bin mir nicht sicher«, gab Liv zu. »Weitere Nachforschungen müssen aber warten. Das Treffen beginnt gleich, aber selbst in der magischen Welt ist es am besten den Leuten nicht zu sagen, dass man Stimmen hört.«

Ireland nickte, schaute sich überall um und studierte jedes Detail des Hauses der Vierzehn. Seit er das Haus betreten hatte, machte er große Augen. Im Gegensatz zu John hatte er erst vor kurzem etwas über diese Welt erfahren, daher war seine Einführung in das Haus für Liv sehr unterhaltsam gewesen.

»Was ist da drüben?« Er zeigte auf das garagengroße Tor, das in den Wohnbereich des Hauses führte.

»Dort wirst du wohnen«, sagte Liv ganz sachlich. John wohnte nur die Straße hinunter. Es war einfach für ihn zu pendeln. Aber Ireland hätte es nicht so einfach und da er kein Portal verwenden konnte, musste er wahrscheinlich die meiste Zeit im Haus bleiben.

»Aber mein Laden«, sagte er, hin und hergerissen zwischen Aufregung und Verwirrung.

»Ich weiß und ich verspreche dir, dass alles klappen wird«, erklärte Liv. Einer der nächsten Punkte auf ihrer Tagesordnung war herauszufinden, wie man John und Ireland dabei helfen könnte ihre Geschäfte am Laufen zu halten. Sie war sich sicher, dass es eine kreative Möglichkeit geben musste, damit sie ihr gewohntes Leben nicht ganz verloren, während sie in der magischen Welt dem Rat dienten.

Ireland schien sich nicht so sicher zu sein.

»Hey, nach diesem Treffen bringe ich dich an einen Ort, der dir gefallen wird«, munterte Liv ihn auf.

»Dir ist schon klar, dass du mich gerade in ein riesiges magisches Haus gebracht hast, das sich hinter einem winzigen Handleseladen versteckt, oder? Ich bin bereits in diese Welt verliebt. Ich weiß nur nicht, was ich davon halten soll.« Er hob die Katze in seinen Armen hoch. »Ganz zu schweigen davon, dass du Harry vor weniger als einer Stunde in eine riesige Chimäre verwandelt hast. Ich frage mich, warum er in meinen Armen nicht mehr wiegt.«

Liv lachte. »Das ist Magie. Umgekehrt wiege ich viel mehr, als man mir ansehen kann. Wir sind in der Lage Dinge magisch zu verbergen.«

»Okay, also dieser Rat, mit dem ich mich treffe …«, begann Ireland mit zögerlicher Stimme, während er sich umdrehte, als wolle er herausfinden, welchen Weg er einschlagen sollte.

»Du triffst dich nicht nur mit ihnen. Erinnerst du dich, ich sagte, du würdest *im* Rat sitzen.«

Er nickte. Schluckte. Hielt Harry fester. »Tut mir leid, es ist schwer alles auf die Reihe zu bringen. Ich glaube, es wird eine Weile dauern, bis ich mich daran gewöhnt habe.«

Liv wurde weicher und erinnerte sich an alles andere, was dieser Mann durchgemacht hatte. Sie streckte ihre Hand aus, ihre Handfläche schwebte knapp über seiner Schulter, bevor sie sich entschied, sie ihm auf eine unbeholfene, aber tröstende Art und Weise aufzulegen. »Ich weiß, du hast viel durchgemacht. Ich weiß, du hattest noch nicht einmal die Gelegenheit, um deine Schwester und deinen Bruder zu trauern. Die Dinge werden leichter mit der Zeit.‹ Und hoffentlich können du und John zusammen etwas Frieden finden, weil die ersten beiden Sterblichen Sieben wieder mit dem Haus vereint sind.«

»John. Ja, ich freue mich darauf jemanden wie mich kennenzulernen.« Ireland machte einen Schritt nach vorn, nachdem Liv an der Tür der Reflexion angekommen war.

Sie drehte sich zu ihm um und schenkte ihm ein ermutigendes Lächeln. »Ich werde auf der anderen Seite auf dich warten.«

Er nickte. »Okay. Wie vorhin, als wir das Haus der Vierzehn betraten, muss ich da allein durch, oder?«

»Ja, wie bei den meisten Dingen im Leben ist man auf sich allein gestellt, aber dann merkt man, dass es überall um einen herum Unterstützung gibt. Alles, was man tun muss, ist danach zu suchen.«

»Danke.« Ireland tat so, als hätte er gerade einen Haarballen von Harrys Größe verschluckt.

Liv hatte fast vermutet Spencer auf seinem Platz unter den Kriegern zu sehen, als sie die Kammer des Baumes betrat. Glücklicherweise schien dieser böse Traum vorbei zu sein. Weder die Spencer-Illusion noch Kayla Sinclair waren im Raum.

»Kriegerin Beaufont«, sagte Hester mit einem merkwürdigen Tonfall in ihrer Stimme. »Wir hatten nicht erwartet dich zu sehen.«

»Ich habe gute und schlechte Nachrichten«, gestand Liv, als sie zu ihrem Platz neben Stefan marschierte. Er schenkte ihr ein kleines Lächeln, das bis zu seinen blauen Augen reichte.

»Fangen wir mit den schlechten Nachrichten an«, schlug Haro vor, das Kinn auf der Brust und den Blick konzentriert auf sie gerichtet.

»Kayla Sinclair war eine Verräterin im Haus, genau wie ihre Onkel«, begann Liv. »Ich habe festgestellt, dass sie meine Bemühungen die Sterblichen Sieben zu rekrutieren, sabotiert hat. Sie tötete …«

»Mitglieder der Reynolds-Familie«, setzte Raina fort und nickte ernst. »Wir haben gerade einen Bericht über die Familie gesehen. Glücklicherweise sind die meisten von ihnen aus dem Haus geflohen.«

»Dem Haus?«, fragte Liv.

»Ja, Trinity Reynolds Haus in Brighton«, erklärte Clark. »Eine Explosion hat es getroffen, aber sie schienen vorher einen Hinweis erhalten zu haben. Viele waren aus dem Haus geflohen, bevor es in die Luft flog.«

»Oh, wow«, sagte Liv leise und warf einen Blick auf die Tür der Reflexion, durch die Ireland bald eintreten sollte. Sie wusste, dass er eine Minute brauchte, um sich zu sammeln. Sie hatte ihm gesagt, er solle sich Zeit lassen und getrennt von Harry eintreten, der die Gestalt der Chimäre annehmen musste, bevor er die Kammer betrat.

»Wir waren in der Lage diesen Bericht mit dem Tod von Peggy und Paul Reynolds in Verbindung zu bringen«, erklärte Hester. »Die Videoüberwachung des Vorfalls in

London bestätigt, was du sagst. Es war Kayla Sinclair, die Paul ermordet hat und wir vermuten auch Peggy.«

»Sie hatte die Fähigkeit Illusionen zu schaffen«, berichtete Liv, dankbar, dass sie den Rat nicht noch einmal überzeugen musste. »Sie hatte Spencer, eine Illusion, in die Sümpfe geschickt, um zu versuchen mich daran zu hindern, den Sand-Man zu finden.«

»Das wissen wir jetzt«, bestätigte Haro.

Liv war sprachlos. Sie hatte immer das Gefühl, dass sie versuchen musste dem Rat Dinge zu erklären, um ihn dazu zu bringen die Wahrheit zu erkennen. Es war merkwürdig, dass sie endlich alles so akzeptierten.

John war ruhig geblieben und hatte sie nur mit einer zärtlichen Wertschätzung betrachtet. Sie wusste, dass er immer noch versuchte sich einzugewöhnen und es musste schwer für ihn sein die Berichte zu sehen und zu wissen, dass sie da draußen das Böse bekämpfte. »Bist du okay, Liv?«, fragte er schließlich.

Sie lächelte ihn an. »Es geht mir gut. Ich meine, der Kampf gegen die Illusionen hat mich irgendwie paranoid gemacht, aber Kayla ist tot.«

»Du hast sie getötet?«, fragte Lorenzo.

»Ja.« Liv war voller Zuversicht.

»Bist du sicher?«, schob er hinterher.

»Ja, sie wurde von einem Gebäude in Ost-London gestoßen«, erklärte Liv.

»Aber hast du sie wirklich sterben sehen?«, bohrte Lorenzo.

»Nein, weil …«

»Ich habe den Bericht aus den Nachrichten gefunden«, unterbrach Clark, hielt seinen Bildschirm hoch und las vor. »Man fand die Leiche einer Frau, die vor Stunden von einem Dach im dritten Stock gefallen war.«

Liv nickte. »Das wäre dann wohl Kayla. Ich erfuhr auch, dass sie sich in die Verhandlungen der Elfen eingemischt und den Fortgang verzögert hat.«

»Oh«, sagte Lorenzo.

»König Dakota von den Elfen hat mir auch mitgeteilt, dass du, Ratsmitglied Rosario, sie beleidigt hast«, beschuldigte Liv ihn und verdrehte die Augen.

Er hielt ihrem Blick stand. »Das habe ich nicht. Ich sagte nur, dass ...«

»Du selbst hast Mitteilungen an die Elfen geschickt?«, fragte Haro und wandte sich an den Mann.

»Ich dachte einfach ...«

»So machen wir das nicht«, widersprach Hester.

»Die Elfen reagieren nicht auf Vernunft.« Lorenzo stand auf und schüttelte den Kopf. »Es ist zwecklos für uns Beziehungen mit solchen Wilden aufbauen zu wollen.«

»Das ist genau das, was König Dakota erzählt hat, wie du sein Volk genannt hast«, erklärte Liv mit Nachdruck.

»Das liegt daran, dass sie so sind«, warf Bianca ein. »Zufällig stimme ich mit Lorenzo überein. Warum sollten wir versuchen Leute zu integrieren, die in ihrem Reich nicht einmal Elektrizität haben, frage ich mich.«

»Weil alle Wesen unseren Respekt verdienen«, erklärte Liv unerbittlich. »Wenn wir etwas aus der Vergangenheit lernen sollten, dann, dass keine einzige Rasse alles im Griff hat. Die Gnome leisten Erstaunliches in der Edelsteinbearbeitung. Die Riesen verstehen die Erde besser als jeder andere. Als Magier sind wir fantastisch darin Ordnung zu schaffen. Und die Fae ... nun, sie sind wirklich hübsch. Aber der Punkt ist, dass wir, wenn wir uns gegenseitig betrachten und uns auf unsere Unterschiede konzentrieren, übersehen, einzigartige Fähigkeiten zu erkennen.«

»Das war eine sehr schöne Ansprache.« Lorenzo klang wütend, als er wieder Platz nahm. »Aber die Welt betrachtet man nicht durch eine rosarote Brille. Die Elfen können uns nicht helfen. Wir verschwenden nur unsere Zeit.«

»Damit bin ich absolut nicht einverstanden«, erklärte Raina. »Die Elfen haben viel zu bieten.«

»Dem stimme ich nicht zu«, feuerte Bianca zurück.

»Und ich …«

Hester wurde unterbrochen, als Ireland Reynolds durch die Tür in die Kammer trat und sich wie ein verlorener Welpe umsah.

»Oh und die gute Nachricht ist, dass ich einen Weiteren der Sterblichen Sieben gefunden habe«, meinte Liv trocken, als ob das keine große Sache wäre.

Alle im Raum drehten sich um, ihre Aufmerksamkeit auf Ireland gerichtet.

John stand auf, sein Mund klappte auf, als ob er den Kerl seltsamerweise erkannte, der unbeholfen in der Kammer des Baumes stand.

»Kayla war also nicht erfolgreich?«, fragte Haro.

»Nein. Ich konnte zuerst zu Ireland gelangen«, erklärte Liv.

»Ireland Reynolds also, nehme ich an?«, fragte Raina laut.

»Ja, das bin ich«, sagte er, starrte durch den Ratssaal und nahm all die funkelnden Lichter in sich auf.

John ging mit ausgestreckter Hand die Treppe von der Bank hinunter. »Ich bin John Carraway. Willkommen im Haus.«

Zum ersten Mal, seit sie ihn getroffen hatte, lächelte Ireland, ein Ausdruck der Erleichterung überflutete sein Gesicht. »John. Ich habe schon viel von dir gehört.«

»Und ich weiß genau, was du durchmachst«, erwähnte John, als Pickles die Treppe hinunterlief und ihm folgte.

Irelands Blick richtete sich auf den Terrier, sein Mund ging auf, als wolle er etwas sagen. Doch in diesem Moment war die Aufmerksamkeit aller abgelenkt, weil Harry in Form einer Chimäre, einer wunderschönen und majestätischen magischen Kreatur, in die Kammer trat.

Kapitel 44

Viele keuchten beim Anblick der Chimäre, die der anderen Gestalt von Pickles ähnelte, aber auch anders und auf ihre Art einzigartig war. Beim Anblick seiner eigenen Rasse verwandelte sich Pickles, riesig in seiner Statur, sogar im Vergleich zu Harry. Die beiden näherten sich mit einer seltsamen Neugierde im Gesicht, während ihre Besitzer an der Seite standen und beobachteten, wie sie einander begrüßten.

»Mein Bericht über die Auslöschung eines Dämonennestes wird davon völlig überschattet«, flüsterte Stefan. »Wieder einmal steht Liv im Rampenlicht.«

Sie lächelte ihn leicht an. »Das ist doch kein Wettbewerb.«

»Nein, das ist es definitiv nicht«, warf Akio von ihrer anderen Seite ein. »Sonst hätten wir alle schon vor langer Zeit gegen dich verloren, Kriegerin Beaufont. Gute Arbeit.«

Nachdem sie einen seltsamen Tanz umeinander durchgeführt hatten, setzten sich die Chimären neben ihr jeweiliges Herrchen und schrumpften in ihre Katzen- und Hundegestalt zurück. Auf dem Baum hinter dem Rat leuchtete der mit der Familie Reynolds verbundene Ast. Auf einem der Zweige erschien der Name ›Ireland‹, der hell aufleuchtete, bevor er sich den anderen anpasste.

»Absolut faszinierend«, meinte Hester atemlos. »Ich liebe es einfach, wie sich das Haus entwickelt. Ich schätze, es kehrt wieder dahin zurück, wie es sein sollte. Unsere Gründer waren wirklich erstaunlich.«

»Ich bin absolut einverstanden«, fügte Haro hinzu.

»Ireland Reynolds?«, sagte Raina noch von der Bank aus, während er sich neugierig im Raum umblickte. »Willkommen im Haus der Vierzehn. Bitte schließe dich uns hier oben an.«

Ireland schaute John zaghaft an, als seien sie befreundet und er müsste plötzlich sein ganzes Vertrauen in den älteren Mann setzen.

»Es ist schon in Ordnung«, bestätigte John. »Folge mir.«

Der Sterbliche nickte und nahm den Weg zur Bank, wo der Rat einen Platz für ihn vorgesehen hatte.

»Also, die Sinclairs«, sagte Hester mit schwerem Ton in der Stimme.

»Sie sind durch und durch schlecht«, stellte Liv klar. »Wenn noch mehr an der Tür auftauchen und anklopfen, stimmen dann alle dafür, dass wir ihnen sagen, sie sollen weiterziehen?«

»Amen«, sagte Stefan.

»So arbeiten die Royals nicht«, erklärte Bianca. »Die Sinclairs haben hier ihren angestammten Platz. Solange es keine berechtigten Mitglieder gibt, die ihre Plätze einnehmen können, dürfen wir sie nicht blind ablehnen.«

»Zweimal haben sie schon bewiesen, dass sie unsere Ziele als leitendes Organ der magischen Welt untergraben«, argumentierte Clark. »Ich verstehe wirklich nicht, weshalb wir einen weiteren in das Haus lassen sollten.«

»Und dennoch, wenn es deine Familie wäre, würdest du sicher nicht gezwungenermaßen ausgeschlossen werden wollen«, erklärte Bianca.

»Eigentlich ...«

»Bei allem Respekt«, fiel Haro Clark ins Wort, »wir werden dem Protokoll folgen und versuchen alle verbliebenen

Sinclairs zu finden. Ich denke jedoch, dass Kayla und Spencer die letzten infrage kommenden Mitglieder waren.«

Die Ratsmitglieder sahen sich gegenseitig an und als niemand Einspruch erhob, wurde der Antrag angenommen. Liv konnte nur hoffen, dass es keine anderen Sinclairs da draußen gab, denn sie spürte, dass das Blut, das in deren Adern floss, etwas von Natur aus Böses in sich trug. Vielleicht waren Hass und Vorurteile erblich oder vielleicht war es einfach leicht falsche Überzeugungen von Familienmitglied zu Familienmitglied weiterzugeben.

»Okay, da das geklärt ist«, begann Lorenzo, »ist mir klar, dass es einige Zeit dauern wird, bis unsere Sterblichen sich an den Rat gewöhnt haben, also …«

»Eigentlich habe ich einige Fortschritte bei der Aufspürung von Mitgliedern der Renegades gemacht.« John strahlte neu gewonnene Zuversicht aus.

»Du hast was?«, fragte Bianca. »Du meinst diese Rebellengruppe, die Propaganda gegen das Haus verbreitet?«

»Genau die«, sagte John.

»Wir wissen schon seit geraumer Zeit über sie Bescheid«, verdeutlichte Haro. »Wir haben jedoch keine wirklichen Informationen über sie finden können.«

»Und ehrlich gesagt, sie scheinen so bodenständig zu sein, dass es unsere Zeit nicht wert war mehr über sie herauszufinden«, fügte Clark hinzu.

»Dennoch verwenden wir die Bemühungen unserer Krieger darauf mit den Elfen zu verhandeln«, schoss Lorenzo zurück.

»Wirklich, Rat Rosario, du musst deine Vorurteile während der Sitzungen ablegen«, erklärte Hester.

»Die Renegades?« Raina sah zu John hinüber. »Was hast du erfahren?«

»Und noch wichtiger, wie?«, wollte Haro wissen.

»Ich war tatsächlich mit einer ihrer Anführerinnen verheiratet«, erklärte John. »Sie ist zurückgekommen und ich spiele den Doppelagenten, indem ich Informationen über die Organisation und ihre Bemühungen erhalte, während ich ihr Scheininformationen über das Haus gebe.«

Alle waren still und sahen sich an, als hätten sie ihn nicht richtig verstanden.

Schließlich holte das Klatschen von Trudy DeVries alle aus ihrer Lethargie. »Gute Arbeit. Es sind Anstrengungen wie diese, die unseren Weg als Führungsgremium verändern werden.«

Stefan lächelte die Kriegerin neben sich an. »Ich bin einverstanden. Wenn wir weiter so effizient arbeiten könnten, wäre es ein Leichtes die Ordnung wieder herzustellen.«

»Es gäbe Frieden unter den meisten«, fügte Akio hinzu.

»Als Krieger wäre es unsere Aufgabe einfach den Frieden zu erhalten«, erklärte Maria.

»Aber wir haben noch einen langen Weg vor uns«, sagte Emilio und blickte gespannt auf seine Schwester.

»Und doch werden wir es noch schaffen«, beendete Liv.

Den Kriegern war es nie erlaubt gewesen, während eines Treffens so zu sprechen. Doch die Dinge änderten sich. Das Gleichgewicht wurde hergestellt. Der Frieden unter den Mitgliedern wuchs und damit hoffentlich auch die Beziehungen zwischen den Rassen.

Kapitel 45

Zweimal rieb sich Ireland Reynolds die Augen, bevor er in die riesige Bibliothek blinzelte, in die Liv ihn geführt hatte. »Das ist doch nicht real, oder?«

Sie lachte. »Deine Hauskatze hat sich in eine riesige Chimäre verwandelt und du bezweifelst, dass das echt ist?«

Er schluckte. »Es ist einfach so viel zu verkraften. Es müssen zehntausend Bände hier drin sein.«

»Bestimmt noch mehr«, sagte sie kniend und streichelte Harry am Kopf. »Behalte ihn im Auge. Hier drin kann man sich leicht verlaufen.«

Die Katze schien diesen Befehl zu verstehen und antwortete mit einem Augenzwinkern.

»Liv, erst das Haus der Vierzehn, dann die Kammer des Baumes und jetzt das.« Ireland drehte sich und nahm all die schönen Regale in sich auf, die es zu erkunden galt.

»Vergiss nicht, dass du jederzeit einen Antrag auf Veränderung deines Wohnsitzes stellen kannst. Er muss für dich angepasst werden, da du keine Magie hast.«

»Veränderungen?«, fragte Ireland. »Ich habe über dem Buchladen in einer Einzimmerwohnung gelebt. Du hast mir einen riesigen Wohnraum in einem magischen Haus zur Verfügung gestellt. Vorher hatte ich nur eine Herdplatte und jetzt habe ich eine ganze Küche.«

»Die du nicht brauchen solltest«, erklärte Liv. »Die Mahlzeiten werden dreimal täglich im Speisesaal serviert. Draußen sind die Gärten, die einen Platz zum Sonnenbaden bieten. Ich möchte nicht, dass du das Haus im Moment viel allein verlässt. Wir wissen einfach nicht, welche anderen Gefahren da draußen lauern, aber wenn du gehst, nimm auf jeden Fall …«

»Harry mit«, unterbrach Ireland und blickte liebevoll auf seine ahnungslose Katze herab. »Und ja, natürlich. Ich bleibe hier. Ich habe eine Menge zu lesen.«

»In der Zwischenzeit werde ich die Optionen für deinen Buchladen prüfen«, bot Liv an. »Möglicherweise kann ich ein permanentes Portal zwischen deinem Wohnsitz hier und der Buchhandlung einrichten, aber es müssen gewisse Sicherheitsmaßnahmen getroffen werden. Wir wollen nicht, dass ein ahnungsloser Sterblicher in das Haus der Vierzehn kommt. Kannst du dir seine Verwirrung vorstellen?«

Ireland schaute sich immer noch voller Ehrfurcht um. »Nun ja, das kann ich wohl. Ich habe mein ganzes Leben lang Magie gesehen und das ist immer noch zu viel für mich, um es einfach zu verarbeiten. Es wird eine Weile dauern.«

Liv klopfte ihm auf den Arm. »Keine Sorge, du hast Zeit. Fühl dich erst einmal wie zu Hause und lass es mich wissen, wenn du etwas brauchst.«

Ireland wandte sich um, seine Aufmerksamkeit nur auf sie gerichtet. »Du hast mich gerettet, Harry verwandelt, mich hierher gebracht und meine Welt auf die beste Art und Weise verändert. Kriegerin Liv Beaufont, ich hoffe, von diesem Moment an dienen zu dürfen.«

Liv wusste nicht, was sie sagen sollte. So sollten die Räte und Krieger arbeiten, aber es brauchte einen Neuling, um es auszusprechen. Die ganze Zeit über sollten sie sich gegenseitig dienen, zum Wohle aller Rassen.

Davon waren sie hoffentlich nicht mehr weit entfernt.

Kapitel 46

Der Rauchmelder war in der letzten Stunde sechsmal losgegangen.

»Es ist nichts!«, schrie Clark aus der Küche und duckte sich mit rotem Gesicht um die Ecke.

Liv schüttelte den Kopf und verdeckte ihr Gesicht wegen des Rauchs. »Ich bin sicher, du irrst dich, lieber Bruder.«

»Ich muss nur den richtigen Zeitpunkt für diese Crêpes finden«, antwortete er.

»Was macht er denn da?«, fragte Stefan und öffnete die langen Fenster entlang des überdimensionalen Balkons auf der anderen Seite von Livs Wohnung, um den Rauch abziehen zu lassen.

»Er versucht meine Wohnung abzufackeln«, antwortete sie.

»Nein, ich meinte eigentlich, warum macht er Crêpes?«

»Oh«, sagte Liv und lächelte ihn an. »Das ist die Midlife-Crisis. Aber das Positive daran ist, dass er nicht mehr so verkrampft ist, seit er mit dem Kochen angefangen hat.«

Ohne ihre Erlaubnis ergriff Stefan ihre Hand und führte sie hinaus, wo es frische Luft gab. Sie zog ihre Finger weg, seltsam besorgt, dass jemand sie sehen könnte. In diesem Moment waren nur Freunde da. Sophia und Frank sahen sich Zeichentrickfilme an und die kleine Magierin erklärte dem Drachen, was auf dem Bildschirm passierte. Rory stand in der Ecke und häkelte eine Babydecke. John bürstete Pickles und plauderte mit ihm über ihre Zukunftspläne, die sie hatten, um die Renegades auszuspionieren. Es schien ein eher einseitiges Gespräch zu sein, aber hin und wieder hielt John inne, als ob er hören wollte, was der Terrier zu sagen hatte.

Dennoch wusste Liv, dass sie und Stefan in ihrer Beziehung nichts dem Zufall überlassen konnten. Ja, die Sinclairs waren fort, aber was, wenn es andere gab, die sie aus dem Haus werfen würden? Sie durften nicht riskieren ihre Positionen zu verlieren. Die Dinge fingen endlich an, an Dynamik zu gewinnen.

Stefan drehte sich um und warf ihr einen herausfordernden Blick zu, als sie draußen auf dem Balkon waren. »Wie lange noch, bis die Sweetwaters hier auftauchen?«

Deshalb hatten sie sich an diesem Nachmittag alle bei ihr versammelt. Rudolf hatte sie angerufen und gesagt, dass er und Serena etwas groß ankündigen wollten. Da sich alle ziemlich sicher waren, dass sie wussten, was es sein könnte, hatten sie geholfen die Wände mit Babyschuhen und Schnullern zu dekorieren. Clark hatte einen Teddybär-Kuchen gebacken und Sophia eine Menge Spiele mit Babythema entworfen.

»Da es Rudolf ist, könnte er zwischen jetzt und nächster Woche jederzeit hier sein«, antwortete Liv.

»Das gibt mir hoffentlich genug Zeit dir etwas mitzuteilen.« Stefans Lächeln verblasste.

Liv verspannte sich. »Was ist los?«

Vorsichtig schaute er ihr in die Augen. »Ich fürchte, die Drachen-Elite weiß von Sophia und dem Ei.«

Liv wusste nicht, was das bedeuten sollte.

»Was? Wie? Warum ist das ein Problem?«, fragte sie.

Stefan schenkte ihr ein zärtliches Lächeln. »Sie haben kürzlich eine Anfrage an den Rat geschickt. Raina hat sie abgefangen und am unteren Ende des Stapels vergraben.«

»Wow, die Organisation des Rates ist noch schlimmer als meine eigene. Sie brauchen eine Sekretärin.«

Stefan nickte. »Ich hoffe, es macht dir nichts aus, aber ich habe Raina von Sophia erzählt. Ehrlich gesagt, ich glaube, dass sie es bereits wusste. Sie weiß viel mehr, als sie zugibt.«

Liv brauchte nicht zu raten, was er meinte. Stefan bezog sich auf sie beide. Seine Schwester wusste es, was bedeutete, dass dieses Geheimnis mehr als nur sie betreffen könnte. Jeder, der es verbarg, machte sich strafbar. Sie atmete aus. »Die Drachen-Elite, die Organisation, die ähnlich dem Haus ist?«

»Ja, aber mit einem anderen Verantwortungsbereich«, erklärte Stefan. »Jedenfalls denken die meisten, dass sie ausgestorben oder verschwunden sind, aber diese Botschaft macht deutlich, dass das nicht der Fall ist.«

Liv hatte es erwartet. Sie hatte es in ihrem Innersten gespürt. »Sie wissen also von Sophia und dem Ei? Warum bist du so ernst deshalb?«

»Nun«, begann er und wandte seine Augen ab, »wenn sie sie und das Ei finden, dann könnten sie sie mitnehmen.«

»Mitnehmen?«, schrie Liv und erregte damit die Aufmerksamkeit aller Anwesenden.

Sie verbarg ihre Panik und tat so, als würde sie lächeln. »Mich mit ins Kino nehmen! Mein Gott, Stefan, du weißt, dass wir uns nicht verabreden dürfen.« Sie versuchte ihren Fehler zu vertuschen. Es schien zu funktionieren, denn die meisten kehrten zu dem zurück, was sie gerade taten. Die meisten, nicht aber Sophia.

Stefan lehnte sich eng an Liv, sein Flüstern streichelte ihre Wangen. »Liv, sie ist eine Drachenreiterin, noch bevor ihr Ei schlüpft. Dieser Drache spricht telepathisch mit ihr. Wenn sie sie finden, gehört sie ihnen an, von jetzt bis in alle Ewigkeit, so wie du und ich dem Haus gehören.«

»Aber ich darf meine eigene Wohnung haben, kommen und gehen wie ich möchte«, argumentierte Liv.

»Aber bei den Drachenreitern ist es anders«, erklärte Stefan. »Sie verbergen die Anwesenheit der Drachen vor dem Rest der Welt.«

»Sie wissen also von Sophia und Tom?«, vermutete Liv.

»Ich glaube, sie können es spüren«, sagte Stefan. »In dem Schreiben hieß es, sie spürten einen Drachen, der sich nicht wohlfühlte. Du weißt, dass Sophia eines Tages gehen muss.«

»Ich bin noch nicht so weit, dass sie gehen kann«, stellte Liv klar.

»Ich weiß«, meinte er nachdenklich. »Deshalb müssen wir etwas tun. Zumindest bis es wirklich an der Zeit für sie ist zu gehen. Wenn sie älter ist. Wenn sie bereit ist. Wenn du es bist. Wir müssen die Elite nur für eine Weile ablenken.«

Liv nickte, dankbar, dass Stefan genau wusste, was gut für sie war. Sie war von Papa Creolas Mission und der Suche nach den Sterblichen Sieben so überwältigt gewesen, dass sie kaum Gelegenheit gehabt hatte sich Sophias Problem mit dem Ei zu widmen. »Dem Drachen gefällt es hier nicht. Das müssen sie spüren können, so ist er auf ihr Radar gekommen. Rory hat eine Oase für ihn geschaffen, aber ich muss ihn dorthin bringen.«

»Was kann ich tun, um zu helfen?«, bot Stefan sofort an.

Liv konnte nicht anders als lächeln. Er zögerte nicht. Raina hatte alles riskiert, um zu helfen. Sie war verrückt gewesen, den Ludwigs nicht von Anfang an vertraut zu haben.

»Du bist so gut zu mir«, sagte sie und schüttelte den Kopf.

»Nein, ich bin gerade gut genug für dich«, konterte er.

»Sag mir, Stefan Ludwig, was siehst du in mir?«, wagte sie zu fragen.

»Ich mag flüchtige Dinge wie Sonnenuntergänge, frische Herbstwinde und deine Geduld«, antwortete er mit einem seitwärts gerichteten Lächeln.

Liv lachte. »Okay, das ist die beste Antwort auf diese Frage, die ich je gehört habe.«

»Es ist meine einzig Wahre! Noch einmal, was kann ich tun, um zu helfen? Du musst etwas tun, damit die Elite nicht noch hierherkommt.«

Liv wusste, dass er recht hatte. Sophia und der Drache würden der Elite beitreten, wenn er geschlüpft und sie älter wäre, aber sie wollte ihre Schwester noch nicht verlieren. Sie musste die Dinge hinauszögern. Liv brauchte nur ein wenig mehr Zeit. »Ich muss nach Texas gehen, um eine Arbeitskraft zu rekrutieren und damit meine ich einen weiblichen Riesen.«

Stefan lachte. »Natürlich musst du das. Kann ich mit dir kommen?«

Sie wusste, dass sie nein sagen sollte. Jedes Mal, wenn sie ihm nahe war, wollten ihre Hände nach Stefan Ludwig greifen, aber es gab niemanden mit dem sie besser zusammenarbeitete. Er war in jeder Hinsicht ein echter Partner für sie. »Ja«, gestand Liv. »Ich würde mich über deine Hilfe freuen.«

Wieder ohne ihre Erlaubnis streckte er seine Hand aus, nahm ihre kurz und drückte sie. »Okay, dann machen wir uns bald auf den Weg.«

Liv verlor sich plötzlich in seinen Augen. Seine Berührung. Sie zog ihn näher an sich heran. Er ließ es zu.

»Sie sind hier!«, schrie Clark aus der Küche und ließ sie auseinanderfahren. »Kommt rein!«, rief er über das plötzliche Piepen des Rauchmelders.

Liv und Stefan gingen in den Wohnbereich, als Rudolf und Serena hereinkamen und alle aufgeregt umarmten.

Als die Gruppe still war, schaute Rudolf in jedes Gesicht und schien vor Aufregung fast zu platzen. »Wir haben eine große Ankündigung zu machen.«

»Ja?«, fragte Liv, nach vorne gebeugt.

»Die große Neuigkeit ist, dass wir erwarten …« Ein breites Lächeln erschien auf Rudolfs Gesicht.

Den Rest des Satzes ahnend, begann die Gruppe um sie herum zu klatschen und dem Paar zu gratulieren.

»Ich freue mich so für dich.« Liv umarmte ihn fest. »Auch wenn das bedeutet, dass deine Nachzucht mir alle möglichen Probleme bereiten wird.«

Rudolf zog sich plötzlich von ihr zurück. »Nachzucht? Wovon redest du?«

Liv warf ihm einen Seitenblick zu, als alle ruhig wurden. »Du hast gesagt, ihr erwartet etwas?«

Er nickte. »Ja und ich dachte, ihr habt mich alle verstanden. Alle haben geklatscht.« Rudolf warf einen Blick auf die verwirrten Gesichter. »Natürlich habe ich gemeint, dass wir erwarten mit einem riesigen Konzern zu fusionieren. Er wird uns helfen die Industrie für Proteinriegel und vegane Nahrungsergänzungsmittel auf die nächste Stufe anzuheben.«

Jeder im Raum stöhnte.

»Du bist also nicht schwanger?«, fragte Clark.

Rudolf schnalzte mit der Zunge und schüttelte den Kopf. »Hat Liv dir nicht erklärt, dass Männer keine Babys bekommen können? Ich war anfangs auch verwirrt.«

Liv stieß einen langen Atemzug aus. »Ich glaube, Clark hat sich auf dich und Serena bezogen. Ihr seid hergekommen, um zu verkünden, dass sich euer Geschäft stabilisiert?«

»Nun, ja«, meinte Rudolf. »Ich dachte, es würde euch interessieren, da wir helfen Brücken zu bauen.«

»Wie das?«, fragte Liv.

»Das Unternehmen, mit dem wir zusammenarbeiten, ist im Besitz der Elfen«, erklärte Rudolf. »Wir werden uns regelmäßig mit ihnen treffen, da sie die Hälfte der Aktien besitzen.«

Liv wandte sich an Stefan. »Haben sie sich nicht geweigert sich noch einmal mit uns zu treffen?«

Er nickte.

»Aber wenn wir einen Weg hinein haben …«

»Könnten sie zuhören«, beendete er ihren Satz.

Das war noch weit von Fortschritten entfernt, aber es reichte. »Herzlichen Glückwunsch«, gratulierte Liv. »Und als einer deiner Hauptberater bestehe ich darauf bei diesen Treffen dabei zu sein.«

Rudolf nickte. »Okay, aber nur damit du es weißt, Rory wird auch da sein und seinen langweiligen Buchhaltungsvortrag halten.«

»Langweilig? W-w-warte, was?«, rief Liv mit Blick auf den Riesen und Rudolf.

Der Fae schien zu begreifen, dass ihm etwas herausgerutscht war. Er duckte sich hinter seiner Frau, was ihm nicht half, da sie winzig war und ihn kaum verbergen konnte.

»Rory, du bist Buchhalter?«, fragte Liv verdutzt. »*Ist es das*, was du verheimlicht hast?«

So gut er konnte, duckte sich der Riese auch und eilte aus dem Raum. »Ja. Wir sehen uns bei der nächsten Vorstandssitzung, Kriegerin Beaufont.«

Liv war kurz davor ihm hinterherzulaufen, entschied aber, dass es am besten war ihn gehen zu lassen. Sie schüttelte nur den Kopf und stellte fest, wie merkwürdig und fantastisch ihre Freunde waren. Sie konnte nur erahnen, welche weiteren Überraschungen sie noch auf Lager haben könnten.

Clark reichte ihr einen mit Schokolade gefüllten und Schlagsahne überzogenen Crêpe und sie sah das Lächeln auf Sophias Mund, als Pickles ihr das Gesicht leckte. Liv hoffte, dass weitere Überraschungen noch ein oder zwei Tage auf sich warten ließen. Sie brauchte diese Zeit, um einfach mit denen zusammen zu sein, die sie liebte und es zu genießen, solange sie die Gelegenheit dazu hatte, bevor ihre Träume und die Drachen sie in die Ferne schweben ließen.

Kapitel 47

»So ist es besser«, meinte Talon, als Kayla über den Tierknochen, die den Boden verunreinigten, hin und her rannte. Es war schwer gewesen, sie wieder ins Haus zu bekommen, aber da sie immer noch eine Royal war, hatte es ihr den Zutritt gestattet.

»Aber meine Tarnung ist aufgeflogen«, argumentierte sie, ihr weißes Haar fiel ihr ins Gesicht.

»Was gut ist«, sagte der alte Zauberer. »Sag mir, bist du sicher, dass sie dich für tot halten?«

»Ja«, erklärte Kayla. »Ich habe eine Sterbliche getötet und sie an die Stelle meiner Illusion gelegt. Olivia Beaufont hat nicht einmal geahnt, dass sie nicht gegen mich gekämpft hat.«

Talon lachte und war sich sicher, dass seine Stimme durch das Haus hallte. Dagegen war nichts zu machen. Seine Macht wuchs und das war ein Teil davon.

»Das ist perfekt«, erklärte er. »Olivia Beaufont hat dich beobachtet. Alle haben dich beobachtet. Jetzt kannst du von der Seitenlinie aus arbeiten. Sie werden nicht erwarten, was wir als Nächstes tun. Sie denken, es gibt keine Hindernisse mehr.«

Kayla blieb stehen, die Erkenntnis dämmerte ihr. »Du hast recht. Ihre Wachsamkeit wird jetzt nachlassen.«

»Ja und wir müssen nicht im Rat sein, um zu hören, was passiert. Ich bin stark genug das allein auszuspionieren.«

»Du möchtest also, dass ich den Rest der Sterblichen Sieben verfolge?«, fragte Kayla.

Talon nickte, er hob seine strahlenden Augen und ließ den Blick auf ihr ruhen. »Außerdem muss ich Vater Zeit finden. Er ist mir wieder einmal entwischt.«

»Wie können wir ihn endlich fangen?«, fragte Kayla.

»Du konzentrierst dich auf die Sterblichen Sieben«, befahl der Gott-Magier.

»Aber Meister, wenn ich irgendwie helfen kann …«

»Das kannst du nicht!«, schrie Talon, unterbrach sich und erkannte, dass seine Stimme das Haus wahrscheinlich erschüttert hatte. Er beruhigte sich und nahm auf seinem Thron Platz, der mit kriechenden Echsen und Schlangen bedeckt war. »Ich habe ein Übel geweckt, das nur einen Feind hat.«

»Vater Zeit?«, fragte Kayla.

Der Gott-Magier schüttelte den Kopf. »Nein, dieser Gnom hat viele Feinde, aber keinen, der mächtig genug ist ihn zu besiegen. Ich habe jedoch den Feind von jemandem geweckt, der ihm sehr am Herzen liegt.«

»Und Vater Zeit wird aus dem Versteck kommen, um ihn zu retten?«, fragte Kayla.

»Das ist meine Hoffnung.« Talon Sinclair erkannte wie verzweifelt er sein musste, ein so fürchterliches Übel geweckt zu haben – eines, von dem sogar er befürchtete, dass es zu mächtig werden könnte, wenn es unkontrolliert blieb.

FINIS

Liv Beaufont kehrt zurück in Band 11

—

Wie hat Dir das Buch gefallen? Schreib uns eine Rezension oder bewerte uns mit Sternen bei Amazon. Dafür musst

Du einfach ganz bis zum Ende dieses Buches gehen, dann sollte Dich Dein Kindle nach einer Bewertung fragen.

Als Indie-Verlag, der den Ertrag weitestgehend in die Übersetzung neuer Serien steckt, haben wir von LMBPN International nicht die Möglichkeit große Werbekampagnen zu starten. Daher sind konstruktive Rezensionen und Sterne-Bewertungen bei Amazon für uns sehr wertvoll, denn damit kannst Du die Sichtbarkeit dieses Buches massiv für neue Leser, die unsere Buchreihen noch nicht kennen, erhöhen. Du ermöglichst uns damit, weitere neue Serien parallel in die deutsche Übersetzung zu nehmen.

Am Endes dieses Buches findest Du eine Liste aller unserer Bücher. Vielleicht ist ja noch ein andere Serie für Dich dabei. Ebenso findest Du da die Adresse unseres Newsletters und unserer Facebook-Seite und Fangruppe – dann verpasst Du kein neues, deutsches Buch von LMBPN International mehr.

Sarahs Autorennotizen

Danke an euch alle, dass ihr lest, mich unterstützt, fantastisch seid, mich auf Trab haltet und mich zum Lächeln bringt. Ernsthaft. Ich darf das tun, was ich liebe und das verdanke ich dir. Es überrascht mich immer noch, wenn ich Rezensionen lese und herausfinde, dass du die Bücher immer noch magst oder dass du die verrückten Handlungsstränge genießt. Ich schätze, ich denke immer noch, dass das alles noch nicht real ist. Ich bin mir sicher, dass ich bald aufwachen werde und feststellen werde, dass nichts von all dem jemals passiert ist und dass niemand jemals eines meiner Bücher gelesen hat.

Also fürs Protokoll: Michael wird mir nie wieder etwas Persönliches über ihn erzählen. Er und ich waren in einer Videokonferenz und kamen auf die Idee mit der Chimäre. Er erzählte, dass er, als er ein Kind war, diesen Vogel mit einer Luftdruckpistole getroffen hatte. Ich habe mich mit aller Kraft daran geklammert und ihn dafür verspottet, dass er ein so grausames Kind war.

Ich bin mir ziemlich sicher, dass er mir mehrmals sagte, ich sei ›lächerlich‹, als ich damit drohte, diese Geschichte in das Buch zu schreiben. Und so haben wir den Mikey-Charakter aus der Reynolds-Familie, der versucht hat, Harry, die Chimäre, mit seiner Luftdruckpistole zu erwischen.

Ich weiß, dass MA keine gemeine Person ist, die herumläuft und Tiere verletzt. Ganz im Gegenteil. Ich lasse ihn seine Pistolengeschichte erzählen. Ich weiß, dass sie von Gewissensbissen gezeichnet ist. Wirklich, ich mag es ihn zu necken, wenn ich die Chance dazu bekomme. Ich nerve Craig Martelle, wenn er bei Konferenzen auf der Bühne steht. Siehst du, kleine Leute müssen ihre Schüsse abgeben, wenn wir können. Wir überkompensieren offensichtlich, dass wir unser ganzes Leben lang den Leuten in die Nase schauen müssen. Im Ernst, ihr müsst alle rausgehen und Nasenhaarschneider anschaffen. So! Ich habe es gesagt. Jetzt weißt du es.

Mein Punkt, bevor ich anfing, über Nasenhaare zu schimpfen, war, dass ich mich von überall her inspirieren lasse. MA erzählte mir seine Vogelgeschichte und sie inspirierte die Cousin-Tyrann-Beziehung mit Ireland Reynolds und seiner Chimäre. Ich mache das ernsthaft die ganze Zeit. Meine Friseurin war diejenige, die mir erzählte, dass ihre Schwägerin ihren Sohn Captain Jack Sparrow nannte. Ich dachte, das ist verdammtes Gold. Oh, aber es wird noch besser. Als der Junge fünf Jahre alt war, durfte er sich in Captain Kristoff umbenennen, weil er Frozen mag. Im Ernst, sie haben seinen Namen legal ändern lassen. Ich kann mir das Zeug nicht ausdenken! Und so habe ich es in die Bücher geschrieben. Eines Tages werden Rudolf und Serena den kleinen Captain Crunch haben.

Wie auch immer, danke an MA, dass er ein guter Kumpel ist. Es war seine Idee mit der Chimäre. Er hat mich immer ermutigt, Tiere in die Bücher aufzunehmen, daher Plato. Also mag er offensichtlich Tiere. Wir machen alle ungezogene Dinge, wenn wir aufwachsen, weil wir es noch nicht verstehen. Nun, ich nicht. Ich war ein Engel, der in meinem Baumhaus Gedichte schrieb und lange vor der Sperrstunde nach Hause eilte. Da war dieses eine Mal, als ich mich ins Zimmer meiner Mutter schlich, um meine Geburtstagsgeschenke auszuspionieren. Da war es! Das ist die eine schlimme Sache, die ich getan habe. Oh, und die Plastikgabel im Schloss des Zimmers meiner Mutter abgebrochen, als sie es abschloss, damit ich nicht mehr reingehen konnte, um wieder Sachen auszuspionieren. Und ich habe es auf meinen Bruder geschoben. Aber abgesehen davon habe ich nie etwas Schlimmes getan. Und mein Bruder hat es verdient. Er hat mich regelmäßig in einen Schwitzkasten gesteckt und mich ›Zwerg‹ genannt.

Okay, zurück zum Thema Tiere. Plato, wie viele von euch wissen, wurde von meinem eigenen Kätzchen inspiriert, das ich für Lydia besorgt habe, genannt Finley. Er ist schwarzweiß und hat viel mehr Persönlichkeit als jeder Kater, den ich je hatte, und das sagt eine Menge aus. Neulich liege ich um fünf Uhr morgens im Bett, wie ich es immer mache, und rede mir ein, dass ich aufstehen sollte, weil ich nicht schlafen kann, aber dann sage ich mir auch, dass der Boden aus Lava besteht. Wie auch immer, ich habe die tägliche Debatte in meinem Kopf, wenn ich eine Katze schreien höre. Ich springe aus dem Bett (ohne mich plötzlich um die Lava zu kümmern), schaue aus dem Fenster und sehe einen Kojoten um meinen Zaun herumlaufen. Finley rannte dann durch die Katzentür herein und schleppte seinen Arsch die Treppe hinauf. Er versteckte sich für eine Weile unter dem Bett.

Der Kojote, so wie ich mir das vorstellen kann, versuchte durch den Zaun zu kommen und Finley steckte seine Pfote durch und schlug den Trottel. Und dann biss das wilde Tier ihm fast die Pfote ab. Es war eine verrückte und emotionale Erfahrung, aber ich glaube fest daran, dass wir besser und stärker als je zuvor sind. Finley sollte eigentlich seine ganze Pfote verlieren, aber es scheint, dass er einen Zeh behalten wird, da er mein einzehiges Piratenkätzchen mit Haken ist. Er hat während der ganzen Sache so eine erstaunliche Einstellung gehabt. Und ich musste mir etwa eine Woche freinehmen, um ihn wieder gesundzupflegen und ihn jeden Tag zum Tierarzt zu bringen. Kein Problem, das bedeutete nur, dass ich mich wirklich anstrengen musste, um dieses Buch termingerecht fertig zu bekommen. Ich musste mich mit Blut und Fleischstücken herumschlagen und Lydia Dinge erklären, die schwierig waren, aber wir kamen alle stärker und verbundener miteinander davon.

Finley ist Plato. Ich hoffe, das hilft, die Beziehung zwischen Liv und Plato ein bisschen besser zu beleuchten. Und es fließt auch voll in das Geheimnis ein, das der Luchs bald in Buch 11 oder 12 offenbaren wird. Auch die Piratenszene kam zur richtigen Zeit. Ich rufe Fin immer wieder meinen kleinen Piraten und manchmal schwöre ich, dass ich ihn antworten höre: ›Rrrrr‹.

Meine Bücher stammen aus meinem wirklichen Leben und die Gespräche, die ich täglich führe, gehen direkt in die Bücher ein. Wie auch immer, also sag MA, dass er nicht böse auf mich sein soll. Er hat mich inspiriert. Und ich brauche mehr Geschichten aus der Kindheit des kleinen Mikey. Es ist für die Leser, Michael! ;)

Sarah Noffke
21. August 2019

Michaels Autorennotizen

DANKE, dass du nicht nur diese Geschichte, sondern auch diese Autorennotizen liest.

(Ich denke, ich habe es gut hinbekommen, immer mit »Danke« zu beginnen. Wenn nicht, muss ich die anderen Autorennotizen bearbeiten.)

Meist zufällige Gedanken

Als ich ungefähr zwölf oder so war, war ich oben in Oklahoma, und einer meiner Onkel hatte eine Luftdruckpistole, die ich haben wollte. Irgendwie glaube ich, dass ich das Geld von Weihnachten hatte, um sie mir zu kaufen.

Meine Eltern waren einverstanden, dass ich sie kaufen konnte. Das erstaunt mich bis heute. Ich weiß, dass mein Vater als Kind Gewehre hatte (er lebte in einer sehr kleinen Stadt in Texas), aber ich dachte nicht, dass meine Stiefmutter verrückt nach dieser Idee war.

Sie war offensichtlich die Weiseste der Bande.

Also, wir lebten damals außerhalb von Houston, Texas, in der Nähe einer kleinen Stadt namens Jersey Village auf der Nordwestseite, in der Nähe der ›Farm to Market Road 1960‹ – das waren Landstraßen, die ländliche Gebiete mit den nächstgelegenen Marktstädten verbanden. Es war eine klassische Nachbarschaft, ein- und zweistöckige Häuser, die auf Farmland gebaut wurden, mit Plätzen zum Spielen, die noch nicht entwickelt worden waren.

Als Zwölfjähriger (oder Zehnjähriger, oder Vierzehnjähriger) will man natürlich männlicher sein. Stark und mächtig sein.

Und eine Luftdruckpistole gibt dir Kraft! Aber ich konnte nicht schießen, was einen Dreck wert war.

DIE UNWAHRSCHEINLICHSTEN HELDEN

‹Edit: Stimmt nicht ganz, ich könnte die breite UND schmale Seite einer Scheune treffen. Ich sollte es wissen, da einer meiner Großväter eine hatte, auf die ich geschossen habe. Erinnere mich daran, dir zu erzählen, wie mein älterer Bruder und ich ihn einmal verärgert haben, als wir Nägel in Bäume getrieben haben, um uns beim Klettern zu helfen.›

Also, ich bin draußen im Hinterhof des Hauses, und oben auf einer Stromleitung (denn in Texas legt man Stromleitungen meistens überirdisch, nicht unterirdisch) war ein Vogel.

Ein Vogel, der sich um seinen eigenen Kram kümmerte und die emotionalen Probleme eines Zwölfjährigen nicht erkannte, der ihn von unten beobachtete. Ich dachte: ›Ich könnte diesen Vogel treffen. Ich habe das Talent dazu!‹

Wenn ich nur eine Gelegenheit hätte, in der Zeit zurückzugehen und mir etwas zu sagen ... mir zu sagen, dass ich den Vogel nicht abschießen soll, dann wäre es nicht so. Aber vielleicht, wenn ich DREI Gelegenheiten hätte, würde ich mir sagen, dass ich den Vogel nicht erschießen soll.

Wie auch immer, Mom und Dad waren nicht zu Hause, und ich ging in die Garage und holte die Luftdruckpistole. Ich ging wieder nach draußen und zielte ...

Und verfehlte. Der Vogel zerzauste nicht einmal seine Federn, als die Kugel vorbeiflog, ich bin so ein schlechter Schütze.

Ende der Geschichte, richtig?

NEIN. (Ich wünschte es.)

Nö, ich hatte jede Menge Kugeln und die Willenskraft, die Waffe immer wieder aufzupumpen. Ich glaube, ich habe nur einmal aufgepumpt - vielleicht zweimal, denn ich wollte den Vogel nur erschrecken.

Zweiter Schuss, und der Vogel fällt. Das Blut läuft mir aus dem Gesicht, als ich merkte, dass die Kugel in den Vogel ging …

Ich laufe los, um das Tier zu suchen, und es flattert herum. Ich bin schockiert. Ich hebe den Vogel auf und nehme ihn vom Hinterhof durch die Tür im Zaun und die Einfahrt hinunter, um ihn oben auf den Müll zu legen, und lege den Deckel auf den Mülleimer...

Mein Herz war schwer vor Gewissensbissen.

Dann, um die Sache noch schlimmer zu machen, dreht sich der Vogel in der Mülltonne um, und ich muss mich mit einem Vogel beschäftigen, der Schmerzen hat (erinnere dich, das ist so im letzten Jahrhundert, wir hatten keine Tierärzte (das war mir bewusst), um so etwas zu reparieren. Ich habe Western gelesen, und wenn ein Pferd sich so verletzt hat, dann ›gibst du ihm den Gnadenstoß‹

Also musste ich meinen Mann stehen, wenn ich mich verstecken und weinen wollte. Zumindest sagte ich mir das selbst, als ich mich dazu brachte, wieder die lang gezogene Einfahrt hinunter zu laufen und den Vogel von seinem Schmerz zu erlösen.

Ich jedoch habe den Schmerz dieser Aktion mehr als vierzig Jahre lang getragen.

Was passiert also, wenn ich diese Geschichte mit meiner kurzen … kurzen … WIRKLICH KURZEN Mitautorin teile?

Sie lacht sich kaputt und schreibt sie in ein Buch.

Das wird mich lehren, Mitautoren, die kurz sind, nicht zu trauen. Oder ist Sarah die einzige, die so ist und die Tatsache, dass sie klein ist, nur als Ablenkungsmanöver benutzt?

IN 80 TAGEN UM DIE WELT

Dublin, Irland

Ich bin also im Haus der Kobolde (kleine, schelmische Kobolde … wie Sarah, zum Beispiel), und arbeite im Restaurant

Oly's, das unserem Hotel angegliedert ist.

Ich bin jetzt seit über einundzwanzig Tagen unterwegs, und es zieht sich langsam in die Länge ... und weiter ... und weiter ...

Was vermisse ich am meisten an meinem Zuhause? Das Essen.

Nein, ernsthaft. Es tut mir leid für euch alle, Familie und Freunde, die ich liebe und schätze, ich würde dich für meine drei Lieblingsrestaurants total abweisen.

Javier's (Tex-Mex / Mexikanisch im Aria-Hotel)

Ping Pang Pong (Chinesisch im Orleans-Hotel)

... und natürlich (für BBQ) Jessie Rae's auf der anderen Seite der Interstate 15 in der Nähe des neuen Stadions, das sie bauen.

Ich kann Facetime mit meinen Freunden und meiner Familie machen, aber ich kann kein Bild von meinen Lieblingsspeisen schmecken.

Dann, wenn ich genug gegessen habe, habe ich auch endlich Zeit für Familie und Freunde.

Es tut mir so leid, mein Hunger lässt mich verrückte Dinge sagen ...

WIE DU BÜCHER, DIE DU LIEBST, VERMARKTEN KANNST

Schreibe Rezensionen über sie oder erwähne sie in den sozialen Medien, damit andere deine Gedanken mitbekommen und mal in die Bücher reinschauen, erzähle Freunden und den Hunden von deinen Feinden (denn wer will schon mit Feinden reden?) davon ... Genug gesagt ;-)

Ad Aeternitatem,
Michael Anderle
15. August 2019

Danksagungen von Sarah Noffke

Mein Lieblingsteil beim Schreiben eines Buches ist die Erstellung der Seite mit den Danksagungen. Es erinnert mich daran, dass das Schreiben eines Buches keine Einzelleistung ist. Ich sitze vielleicht allein und schreibe, aber das fertige Produkt ist das Ergebnis der Unterstützung und Ermutigung eines Stammes von Menschen.

Vielen Dank an die Leser, die die Bücher kaufen, lesen, rezensieren und empfehlen. SIE sind es, die uns am Schreiben halten. Ich bin immer inspiriert von den Botschaften, die ich von den Lesern erhalte. Ich danke euch, dass Ihr meine Schreibarbeit unterstützt und meinem Leben so viel Reichtum bietet – aber nicht auf das Geld bezogen, sondern auf Erfahrungen und Erlebnisse, die mein Leben als Autorin erst möglich machen.

Danke an meine LBMPN-Familie für die Unterstützung. Steve, Michael, Lynne, Moonchild, Jennifer und so viele andere, die sich für die Veröffentlichung des Buches und darüber hinaus einsetzen.

Vielen Dank an die Beta-Leser, die schon früh so viele wertvolle Einblicke geboten haben. Vielen Dank an John, Chrisa, Kelly, Martin und Larry.

Vielen Dank an das JIT-Team für all das großartige Feedback. Eine neue Serie ist immer aufregend und nervenaufreibend. Michael und ich dachten, wir hätten eine großartige Idee für eine neue Welt, aber wir wissen es erst wirklich, wenn wir objektives Feedback erhalten. Was würde ich ohne all die großartigen Leser tun?

Ich danke meinen Freunden und meiner Familie. Das Schreiben ist ein seltsamer Beruf. Ich arbeite zu seltsamen Zeiten, führe Selbstgespräche, habe eine fragwürdige

Ernährung, werde unruhig wegen der Fristen. Aber die wunderbaren Menschen in meinem Leben zeigen weiterhin ihre Ermutigung und Nachdenklichkeit, egal was passiert. Es ist für mich nie verloren, denn ich weiß, dass ich nicht das tun würde, was ich liebe, wenn mich nicht mit all diese wunderbaren Menschen anfeuern würden.

Wie bei allen meinen Büchern geht der letzte Dank an meine Muse Lydia. Ich habe mein erstes Buch geschrieben, damit ich meine Tochter stolz machen konnte und es hat nie aufgehört. Ich schreibe jedes Buch für dich, meine Liebe.

SOZIALE MEDIEN

Möchtest Du mehr?
Abonnier unseren Newsletter, dann bist Du bei neuen Büchern, die veröffentlicht werden, immer auf dem Laufenden:
https://lmbpn.com/de/newsletter/

Tritt der Facebook-Gruppe und der Fanseite hier bei:
https://www.facebook.com/groups/ZeitalterderExpansion/
(Facebook-Gruppe)
https://www.facebook.com/DasKurtherianischeGambit/
(Facebook-Fanseite)

Die E-Mail-Liste verschickt sporadische E-Mails bei neuen Veröffentlichungen, die Facebook-Gruppe ist für Veröffentlichungen und ›hinter den Kulissen‹-Informationen über das Schreiben der nächsten Geschichten. Sich über die Geschichten zu unterhalten ist sehr erwünscht.

Da ich nicht zusichern kann, dass alles was ich durch mein deutsches Team auf Facebook schreiben lasse, auch bei Dir ankommt, brauche ich die E-Mail-Liste, um alle Fans zu benachrichtigen wenn ein größeres Update erfolgt oder neue Bücher veröffentlicht werden.

Ich hoffe Dir gefallen unsere Buchserien, ich freue mich immer über konstruktive Rezensionen, denn die sorgen für die weitere Sichtbarkeit unserer Bücher und ist für unabhängige Verlage wie unseren die beste Werbung!

Jens Schulze für das Team von LMBPN International

DEUTSCHE BÜCHER VON LMBPN PUBLISHING

Das kurtherianische Gambit
(Michael Anderle – Paranormal Science Fiction)

Erster Zyklus:
Mutter der Nacht (01) · Queen Bitch – Das königliche Biest (02) · Verlorene Liebe (03) · Scheiß drauf! (04) · Niemals aufgegeben (05) · Zu Staub zertreten (06) · Knien oder Sterben (07)

Zweiter Zyklus:
Neue Horizonte (08) · Eine höllisch harte Wahl (09) · Entfessel die Hunde des Krieges (10) · Nackte Verzweiflung (11) · Unerwünschte Besucher (12) · Eiskalte Überraschung (13) · Mit harten Bandagen (14)

Dritter Zyklus:
Schritt über den Abgrund (15) · Bis zum bitteren Ende (16) · Ewige Feindschaft (17) · Das Recht des Stärkeren (18) · Volle Kraft voraus (19)

Kurzgeschichten:
Frank Kurns – Geschichten aus der Unbekannten Welt

In Vorbereitung:
...die restlichen Bücher bis Band 21

Aufstieg der Magie
(CM Raymond, LE Barbant & Michael Anderle – Fantasy)

Unterdrückung (01) · Wiedererwachen (02) · Rebellion (03) · Revolution (04)
In Vorbereitung sind die restlichen Bücher bis Band 12 aus dem Kurtherian-Gambit-Universum

**Das zweite Dunkle Zeitalter
(Michael Anderle & Ell Leigh Clarke
– Paranormal Science Fiction)**
Der Dunkle Messias (01) · Die dunkelste Nacht (02)
In Vorbereitung sind die restlichen Bücher bis Band 4
aus dem Kurtherian-Gambit-Universum

**Der unglaubliche Mr. Brownstone
(Michael Anderle – Urban Fantasy)**
Von der Hölle gefürchtet (01) · Vom Himmel verschmäht (02) ·
Auge um Auge (03) · Zahn um Zahn (04) ·
Die Witwenmacherin (05) · Wenn Engel weinen (06) ·
Bekämpfe Feuer mit Feuer (07)
In Vorbereitung sind die restlichen Bücher dieser
Oriceran-Serie

**Die Schule der grundlegenden Magie
(Martha Carr & Michael Anderle – Urban Fantasy)**
Dunkel ist ihre Natur (01)
In Vorbereitung sind die restlichen Bücher bis Band 8
diese Oriceran-Serie

**Die Schule der grundlegenden Magie: Raine Campbell
(Martha Carr & Michael Anderle – Urban Fantasy)**
Mündel des FBI (01)
In Vorbereitung sind die restlichen Bücher bis Band 9
diese Oriceran-Serie

**Die Chroniken des Komplettisten
(Dakota Krout – LitRPG/GameLit)**
Ritualist (01) · Regizid (02) · Rexus (03) ·
Rückbau (04) · Rücksichtslos (05)
In Vorbereitung sind die derzeit verfügbaren Teile

Die Chroniken von KieraFreya
(Michael Anderle – LitRPG/GameLit)
Newbie (01)
Anfängerin (02)
In Vorbereitung sind die restlichen Bücher bis Band 6

Die guten Jungs
(Eric Ugland – LitRPG/GameLit)
Noch einmal mit Gefühl (01)
Heute Erbe, morgen Schachfigur (02)
In Vorbereitung sind die restlichen Bücher der Serie

Die bösen Jungs
(Eric Ugland – LitRPG/GameLit)
Schurken & Halunken (01) in Vorbereitung
In Vorbereitung sind die restlichen Bücher der Serie

Die Reiche
(C.M. Carney – LitRPG/GameLit)
Der König des Hügelgrabs (01)
In Vorbereitung sind die restlichen Bücher der Serie

Stahldrache
(Kevin McLaughlin & Michael Anderle –
Urban Fantasy)
Drachenhaut (01) · Drachenaura (02) ·
Drachenschwingen (03) · Drachenerbe (04) ·
Dracheneid (05) · Drachenrecht (06) ·
Drachenparty (07) · Drachenrettung (08)
In Vorbereitung sind die restlichen Bücher bis Band 15

Animus
(Joshua & Michael Anderle – Science Fiction)
Novize (01) · Koop (02) · Deathmatch (03) ·
Fortschritt (04) · Wiedergänger (05) · Systemfehler (06) ·
Meister (07)
In Vorbereitung sind die restlichen Bücher bis Band 12

Opus X
(Michael Anderle – Science Fiction)
Der Obsidian-Detective (01)
Zerbrochene Wahrheit (02)
Suche nach der Täuschung (03)
In Vorbereitung sind die restlichen Bücher bis Band 12

Unzähmbare Liv Beaufont
(Sarah Noffke & Michael Anderle – Urban Fantasy)
Die rebellische Schwester (01)
Die eigensinnige Kriegerin (02)
Die aufsässige Magierin (03)
Die triumphierende Tochter (04)
Die loyale Freundin (05)
Die dickköpfige Fürsprecherin (06)
Die unbeugsame Kämpferin (07)
Die außergewöhnliche Kraft (08)
Die leidenschaftliche Delegierte (09)
Die unwahrscheinlichsten Helden (10)
Die kreative Strategin (11)
Die geborene Anführerin (12)

Die einzigartige S. Beaufont
(Sarah Noffke & Michael Anderle – Urban Fantasy)
Die außergewöhnliche Drachenreiterin (01)
Das Spiel mit der Angst (02)

In Vorbereitung sind die restlichen Bücher bis Band 24

**Die Geburt von Heavy Metal
(Michael Anderle – Science Fiction)**
Er war nicht vorbereitet (01)
Sie war seine Zeugin (02)
Hinterhältige Hinterlassenschaften (03)
In Vorbereitung sind die restlichen Bücher bis Band 8

**Weihnachts-Kringle
(Michael Anderle –
Action-Adventure-Weihnachtsgeschichten)**
Stille Nacht (01)